Hilary Mantel

DER HILFSPREDIGER

Hilary Mantel

DER HILFSPREDIGER

Roman

Aus dem Englischen von
Werner Löcher-Lawrence

Für Anne Ostrowska

Eine Bemerkung

Die Kirche in dieser Geschichte hat einige, aber keine große Ähnlichkeit mit der tatsächlich existierenden römisch-katholischen Kirche um das Jahr 1956. Das Dorf Fetherhoughton findet sich auf keiner Karte.

Der wirkliche Fludd (1574–1637) war ein Arzt, Gelehrter und Alchemist. In der Alchemie besitzt alles eine wörtliche und faktische Bedeutung – und darüber hinaus eine symbolische und fantastische.

Sie kennen zweifellos Sebastiano del Piombos riesiges Gemälde *Die Auferweckung des Lazarus*, das in der Londoner Nationalgalerie hängt und im 19. Jahrhundert zusammen mit der Angerstein-Sammlung angekauft wurde. Vor dem Hintergrund von Wasser, einer Bogenbrücke und eines heißen blauen Himmels drängen sich Menschen, wahrscheinlich die Nachbarn, um den Erweckten. Der Tod hat Lazarus ziemlich gelb werden lassen, aber er ist ein muskulöser, gut gebauter Mann. Seine Grabeskleider trägt er wie ein Handtuch über den Kopf gelegt, und die Leute beugen sich eifrig in seine Richtung und scheinen zu beratschlagen. In gewisser Weise sieht er aus wie ein Boxer in seiner Ecke. Der Gesichtsausdruck der Leute um ihn herum ist verwundert und leicht kritisch. Man hat das Gefühl, in diesem Moment, da er sein Bein aus dem Leichentuch zu befreien versucht, beginnen seine Probleme erst. Eine Frau, Maria oder vielleicht auch Martha, flüstert etwas hinter vorgehaltener Hand. Christus deutet auf den Wiedergekehrten und hält die andere Hand in die Höhe, die Finger ausgestreckt: Soundso viele Runden sind absolviert, jetzt noch fünf.

Kapitel eins

Am Mittwoch kam der Bischof persönlich. Er war ein moderner Prälat, forsch und füllig, mit randloser Brille, und nichts gefiel ihm besser, als mit seinem großen schwarzen Wagen durch die Diözese zu rasen.

Zur Sicherheit hatte er zwei Stunden vor seiner Ankunft angerufen, was unter den gegebenen Umständen ratsam war. Das Klingeln des Telefons in der Diele des Gemeindepfarrers hatte etwas gedämpft Geistliches. Miss Dempsey hörte es auf ihrem Weg aus der Küche. Einen Moment lang stand sie da, betrachtete den Apparat und ging dann behutsam auf den Fußballen darauf zu. Sie hob den Hörer ab, als könnte sie sich daran verbrennen. Den Kopf zur Seite geneigt, die Hörmuschel in einigem Abstand von ihrer Wange, lauschte sie der Nachricht des bischöflichen Sekretärs. »Ja, Mylord«, murmelte sie, wobei ihr im Nachhinein klar wurde, dass der Sekretär das nicht verdient hatte. »Der Bischof und seine Speichellecker«, sagte Vater Angwin immer. Miss Dempsey nahm an, sie waren so etwas wie Diakone. Sie hielt den Hörer mit den Fingerspitzen und legte ihn mit großer Sorgfalt zurück auf die Gabel, stand im düsteren Licht, dachte nach und senkte kurz den Kopf, als hätte sie den Heiligen Namen Jesu gehört. Dann ging sie zur Treppe und bellte nach oben: »Vater Angwin, Vater Angwin, stehen Sie auf und ziehen Sie sich an. Der Bischof wird uns noch vor elf heute heimsuchen.«

Miss Dempsey ging zurück in die Küche und schaltete die elektrische Deckenleuchte ein. Es war kein Morgen, an dem das Licht einen großen Unterschied machte: Wie eine dicke graue Decke hing der Sommer über dem Fenster. Miss Dempsey hörte das unablässige *tropf, tropf, tropf* von den Ästen und Blättern draußen und dazu ein dringlicheres metallisches Tropfen, *pitt-patt*, *pitt-patt*, von der Dachrinne. Ihre Gestalt bewegte sich, das elektrische Licht hinter sich, über die trist grüne Wand, riesige Hände trieben zum Wasserkessel, ihre Glieder wie durch ein dickflüssiges Meer zum Herd. Oben schlug der Pfarrer mit einem Schuh auf den Boden und tat so, als wäre er bereits auf dem Weg.

Zehn Minuten später stand er tatsächlich auf. Sie hörte das Knarzen der Dielen, das Gurgeln des aus dem Becken abfließenden Wassers, seine Schritte auf der Treppe. Er seufzte sein einsames Morgenseufzen, als er den Flur herunterkam, war plötzlich hinter ihr und fragte: »Agnes, haben Sie etwas für meinen Magen?«

»Ich denke schon«, sagte sie. Er wusste, wo das Salz stand, aber sie musste es ihm holen, als wäre sie seine Mutter. »Waren heute viele in der Sieben-Uhr-Messe?«

»Komisch, dass Sie fragen«, sagte Vater Angwin ganz so, als fragte sie das nicht jeden Morgen. »Ein paar alte Marienkinder waren da, dazu die gewohnten Hilflosen. Ist das ein besonderes Fest für sie? Die Walpurgisnacht?«

»Ich weiß nicht, was Sie meinen, Vater. Ich bin selbst ein Marienkind, wie Sie wissen, und ich habe nichts dergleichen gehört.« Sie wirkte gekränkt. »Trugen sie ihre Umhänge und alles?«

»Nein, sie waren in Zivil, einfach in ihren normalen Pferdedecken.«

Miss Dempsey stellte die Teekanne auf den Tisch. »Sie sollten sich nicht über die Schwesternschaft lustig machen, Vater.«

»Ich frage mich, ob was drüber durchgesickert ist, dass der Bischof kommt. Durch einen unterirdischen Nachrichtendienst? Bekomme ich keinen Speck, Agnes?«

»Nicht, solange Ihr Magen in so einem Zustand ist.«

Miss Dempsey schüttete ein, und das dicke braune Gurgeln des Tees gesellte sich zum Tropfen der Bäume und zum Wind im Kamin.

»Und noch etwas«, sagte er. »McEvoy war da.« Vater Angwin kauerte sich über den Tisch und wärmte die Hände an der Tasse. Als er den Namen McEvoy aussprach, huschte ein Schatten über sein Gesicht und blieb an seinem Kieferknochen hängen, sodass Miss Dempsey mit ihrer blühenden Fantasie einen Augenblick lang zu sehen glaubte, wie er als Achtzigjähriger aussehen würde.

»Ach ja«, sagte sie, »und wollte er etwas?«

»Nein.«

»Warum erwähnen Sie ihn dann?«

»Liebe Agnes, gönnen Sie mir etwas Frieden. Gehen Sie, ich muss mich auf Seine Korpulenz vorbereiten. Was, denken Sie, will er? Was führt er diesmal im Schilde?«

Agnes ging hinaus, einen Staubwedel in der Hand, das Gesicht voller Beschwerden. Was immer er mit dem unterirdischen Nachrichtendienst gemeint haben mochte, er wollte ihr doch wohl nichts vorwerfen? Der Bischof formte seine Absichten tief in seinem Herzen, und niemand außer ihm selbst hatte gewusst, dass er zu Besuch kommen wollte, höchstens vielleicht einer der Speichellecker. Und deshalb hatte sie es auch nicht wissen, ausplaudern oder verraten können, den Marienkindern nicht und auch sonst keinem in der Gemeinde. Hätte sie es gewusst, hätte sie es womöglich erwähnt. Womöglich – wenn sie gedacht hätte, jemand müsse es wissen. Denn Miss Dempsey hatte eine spezielle vermittelnde Position inne, zwischen der Kirche, dem Kloster und allen anderen. Informationen zu sammeln war eindeutig ihre Pflicht. Was sie damit machte, unterlag ihrem Urteil und ihrer Erfahrung. Miss Dempsey würde sogar im Beichtstuhl lauschen, wenn sie könnte. Oft schon hatte sie überlegt, wie das wohl möglich wäre.

Allein am Frühstückstisch zurückgeblieben, starrte Vater Angwin in seine Teetasse und bewegte sie hin und her. Miss Dempsey wusste nicht mit dem Teesieb umzugehen. In den Teeblättern war zwar nichts Besonderes zu erkennen, doch Vater Angwin hatte für einen Moment das Gefühl, dass jemand hinter ihm in die Küche gekommen war. Wie in einer Unterhaltung hob er den Blick, aber da war niemand. »Komm herein, wer immer du bist«, sagte er, »und trink etwas bitteren Tee.« Vater Angwin war ein listiger Mann, Augen und Haare hatten die Farbe toter Blätter. Er neigte den Kopf leicht zur Seite, atmete schnüffelnd ein und scheute vor dem zurück, was er da roch. Irgendwo im Haus schlug eine Tür.

Und Agnes Dempsey: wie sie mit dem Staubwedel in der Hand über den staublosen Schreibtisch fuhr. In den letzten Jahren war ihr Gesicht sanft nach unten gerutscht, einem leichten Baumwollstoff gleich, der sich in einer Schachtel bauscht, und ihr Hals fiel in mehligen, runden Falten hinter den Schutz ihrer Kleidung. Ihre Augen waren rund wie die eines Kindes, leuchtend blau, der Ausdruck überrascht, verstärkt noch durch die unsichtbaren Brauen und das verblichene, grau melierte Gold ihres Haares, das wie statisch aufgeladen in die Luft stand. Über den kurzen, flaschenförmigen Beinen trug Miss Dempsey Faltenröcke, dazu pastellfarbene Twinsets, die die zarten Hügel ihrer Brust bedeckten. Ihr Mund, klein, blass und kaum zu erkennen, war wie dafür gemacht, all die Dinge aufzunehmen, die sie so gern mochte: Eccles Cakes, Vanilleschnitten und Miniatur-Schokoröllchen, die in rot-silberne Folie gewickelt waren. Es war ihr zur Gewohnheit geworden, die Folie vorsichtig herunterzuziehen, dünn wie einen Stift zusammenzudrehen und Ringe daraus zu formen, die sie sich über den Ringfinger schob. Dann hielt sie beide Hände vor sich hin, die blutleeren Finger leicht krumm von der beginnenden Arthritis, und bewunderte sie, wobei sich an ihrer linken Braue oberhalb der Nase eine Konzentrationsfalte bildete. Schließlich legte sie sich die Hand mit dem Ring noch eine Weile aufs Knie, zog ihn herunter und warf ihn ins Feuer. Das war Miss Dempseys ganz persönliches kleines Ritual, bei dem sie noch niemand beobachtet hatte. Über der Oberlippe, rechts, hatte sie eine kleine, flache Warze, so farblos wie ihr Mund. Es fiel ihr schwer, sie nicht zu befühlen. Miss Dempsey hatte Angst vor Krebs.

Als der Bischof hereingeeilt kam, hatte Vater Angwin seinen Kater überwunden und saß mit gekonnt einschmeichelndem Lächeln in der guten Stube.

»Vater Angwin, Vater Angwin«, sagte der Bischof, durchquerte den Raum und ergriff ihn: Die eine Hand drückte seinen Oberarm, die andere pumpte seine Rechte auf und ab, fast außer sich vor Herzlichkeit, und doch schwamm Argwohn im Funkeln der bischöflichen Zweistärkenbrille und der Bischofskopf wanderte wie das bewegliche Ziel, das man auf einer Kirmes zu treffen versucht, mechanisch von einer Seite zur anderen.

»Tee«, sagte Vater Angwin.

»Ich habe keine Zeit für Tee«, sagte der Bischof und trat auf den Kaminvorleger. »Ich bin gekommen, um mit Ihnen über die Vereinigung aller unvoreingenommen denkenden Menschen in der Familie Gottes zu sprechen«, sagte er. »Nun ja, nun ja, Vater Angwin. Bei Ihnen rechne ich da mit Schwierigkeiten.«

»Wollen Sie sich nicht setzen?«, fragte Vater Angwin zurückhaltend.

Der Bischof verschränkte die rosafarbenen Hände vor dem Leib, sah den Priester streng an und wiegte sich ganz leicht vor und zurück. »Die nächste Dekade, Vater Angwin, ist die Dekade der Eintracht. Die Dekade des Zusammenkommens. Die Dekade der menschlichen Familie Christi. Die Dekade der christlichen Gemeinschaft im Austausch mit sich selbst.« Agnes Dempsey kam mit einem Tablett herein. »Oh, wenn Sie ihn schon bringen«, sagte der Bischof.

Als Miss Dempsey den Raum wieder verlassen hatte – ihre Knie waren ganz steif vom nassen Wetter, und sie brauchte daher ihre Zeit –, sagte Vater Angwin: »Meinen Sie eventuell: die Dekade, um das Kriegsbeil zu begraben?«

»Die Dekade der Versöhnung«, sagte der Bischof. »Die Dekade der Freundschaft, der Koexistenz und der Vielen-in-Einem.«

»Sie sprechen, wie ich noch nie jemanden habe sprechen hören«, sagte Vater Angwin.

»Der ökumenische Geist«, sagte der Bischof. »Spüren Sie ihn nicht in der Luft? Spüren Sie nicht, wie er mit den Gebeten einer Million christlicher Seelen in Ihre Richtung weht?«

»Im Nacken spüre ich ihn.«

»Bin ich meiner Zeit voraus?«, fragte der Bischof. »Oder hinken Sie ihr hinterher, Vater Angwin? Schließen Sie Augen und Ohren vor dem Wind des Wandels? Schenken Sie ruhig den Tee ein, ich kann es nicht ausstehen, wenn er zu lange gezogen hat.«

Vater Angwin tat, wie ihm geheißen, der Bischof ergriff seine Tasse, wackelte leicht damit und nahm einen heißen Schluck. Immer noch vor dem Kamin stehend, drehte er die Füße ein wenig weiter nach außen, legte den freien Arm hinter den Rücken und atmete hörbar ein und aus.

»Er ist erzürnt«, sagte Vater Angwin mit leiser Stimme, aber nicht zu sich selbst. »Ich erzürne ihn. Sagen Sie, ist der Tee heiß genug? Gut genug? Möchten Sie etwas Whisky hinein?« Er hob die Stimme. »Ich habe so gut wie keine Vorstellung, worauf Sie hinauswollen.«

»Nun«, sagte der Bischof. »Haben Sie von der Messe in Landessprache gehört? Haben Sie darüber nachgedacht? Ich denke darüber nach. Ich denke ständig darüber nach. In Rom gibt es Männer, die darüber nachdenken.«

Vater Angwin schüttelte den Kopf. »Da könnte ich nicht mitmachen.«

»Keine Wahl, mein guter Mann, da haben Sie keine Wahl. In fünf Jahren, lassen Sie sich das gesagt sein, vielleicht auch etwas mehr als fünf Jahren …«

Vater Angwin hob den Blick. »Meinen Sie«, sagte er, »die Leute werden verstehen, was wir sagen?«

»Genau darum geht es.«

»Schlimm«, murmelte Vater Angwin durchaus hörbar. »Reiner Unsinn.« Dann lauter: »Ich kann verstehen, wenn Sie denken, Latein sei zu gut für die Leute. Aber das Problem, das sich mir stellt, ist ihr mangelndes Verständnis des Englischen.«

»Das sehe ich durchaus«, sagte der Bischof. »Die Leute von Fetherhoughton sind nicht unbedingt gebildet. Das würde ich nicht behaupten.«

»Was soll ich also tun?«

»Wir tun alles, um die Menschen voranzubringen, Vater. Ich meine da nicht den sozialen Wohnungsbau, der, wie ich weiß, in der Gegend hier ein wunder Punkt ist …«

»Requiescant in pace«, murmelte Vater Angwin.

»… aber werden den Leuten nicht Brillen verschrieben? Werden ihre Zähne nicht versorgt? In diesen Zeiten, Vater Angwin, wird getan, was getan werden kann, um die materielle Situation der Menschen zu verbessern, und es ist Ihre Aufgabe zu überlegen, wie sie sich auch spirituell fördern lassen. Und ich habe da ein paar Hinweise und Tipps für Sie, die Sie freundlicherweise annehmen werden.«

»Ich sehe nicht, warum ich das sollte«, sagte Vater Angwin wieder durchaus laut genug, um gehört zu werden, »wo Sie doch so ein alter Narr sind. Ich verstehe nicht, warum ich in meiner Gemeinde nicht der Papst sein soll.« Er hob den Blick. »Ich stehe ganz zu Ihrer Verfügung.«

Der Bischof starrte ihn mit blanken Augen an. Er schürzte die Lippen, sagte aber erst wieder etwas, als er die zweite Tasse getrunken hatte: »Ich möchte mir die Kirche ansehen.«

An diesem frühen Punkt mag ein Blick auf die Topografie des Dorfes Fetherhoughton lohnen, wie auch auf die Sitten und Gebräuche seiner Einwohner und darauf, wie sie sich zu kleiden pflegten.

Das Dorf lag in einem Moorgebiet, von dem es auf drei Seiten umgeben war. Die dahinter liegenden Berge sahen von den Straßen des Dorfes wie der gesträubte, hingekauerte Rücken eines schlafenden Hundes aus, und die allgemeine Haltung der Leute war, keine schlafenden Hunde zu wecken, denn sie hassten die Natur. So wandten sie ihre Blicke denn der vierten Seite zu, der Straße und der Eisenbahn, die sie ins schwarze Herz des industriellen Nordens trugen: nach Manchester, Wigan, Liverpool. Dennoch waren sie keine Stadtmenschen und besaßen nicht deren Neugier. Landmenschen waren sie allerdings auch nicht. Ja, sie konnten eine Kuh von einem Schaf unterscheiden, doch davon lebten sie nicht. Die Baumwolle war ihr Geschäft, und das seit fast einem Jahrhundert. Es gab drei Webereien, aber keine Tracht, nichts Malerisches.

Im Sommer war das Moor schwarz. Winzige ferne Gestalten schwärmten über Hügel und Berge, Leute von der Wasserbehörde und der Forstverwaltung. In den Falten der Erhebungen, außer Sicht, gab es zinnfarbene Wasserspeicher. Das erste Ereignis des Herbstes war der Schnee, der den Pass durch die Moore hinüber nach Yorkshire blockierte, was allgemein als eine gute Sache galt. Den ganzen Winter über blieben die Berge schneebedeckt. Bis April schmolz der Schnee zu einzelnen Flecken zusammen, und erst im Mai, wenn es wirklich warm wurde, verschwand er ganz.

Mit einer einzigartigen Willensanstrengung hielten die Menschen von Fetherhoughton den Blick von den Mooren abgewandt und redeten auch nicht über sie. Sprach jemand von der wilden Würde und Größe der Landschaft, gab er sich damit als Fremder zu erkennen. Die Fetherhoughtoner ignorierten das alles, waren nicht Emily Brontë und wurden auch nicht dafür bezahlt, es zu sein, und schon die bloße Andeutung, dass es um etwas Brontëhaftes gehen mochte, reichte, dass sie sich verschlossen und die Augen mit dem Betrachten ihrer Schuhriemen beschäftigten. Die Moore waren der riesige Friedhof ihrer Fantasie. Später sollte es zu berüchtigten Morden in der Gegend kommen, deren Opfer dort ebenfalls begraben wurden.

Die Hauptstraße von Fetherhoughton hieß bei den Einheimischen »Upstreet«: »Ich geh die Straße rauf«, sagten sie, »in die Upstreet, zum Co-op-Textilladen.« Arm waren sie nicht. Hinter Schaufensterdekorationen mit Dosenlachs standen die Händler an ihren Aufschneidemaschinen mit durchwachsenem Speck bereit. Neben dem Co-op-Textilladen, der Co-op-Gemischtwarenhandlung, dem

Co-op-Fleischer, dem Co-op-Schuhgeschäft und dem Co-op-Bäcker gab es noch Madame Hildas Moden und einen Friseur, der die jungen Frauen in Einzelkabinen setzte, mit Plastikvorhängen voneinander getrennt, und ihnen die Haare in Dauerwellen legte. Einen Buchladen gab es nicht oder sonst etwas in der Art. Aber es gab eine öffentliche Bibliothek und ein Kriegerdenkmal.

Um die Upstreet herum verliefen andere, sich windende Straßen mit Steigungen von fünfundzwanzig Prozent, gesäumt von Reihenhäusern aus dem örtlich vorkommenden Stein. Sie stammten vom Ende des letzten Jahrhunderts und waren von den Webereibesitzern für ihre Arbeiter gebaut worden. Die Haustüren gingen direkt auf den Bürgersteig hinaus. Unten gab es zwei Zimmer, von denen das Wohnzimmer das »Haus« genannt wurde, was im unwahrscheinlichen Fall, dass jemand aus Fetherhoughton seine Tagesaktivitäten erklären wollte, zu folgender Aussage hätte führen können: »Heute Morgen hab ich oben sauber gemacht, heute Nachmittag mach ich mich ans Haus.«

Die Sprache der Fetherhoughtoner ist nur schwer wiederzugeben, es zu versuchen ist so abwegig wie sinnlos. Ihr Ernst und ihre archaische Förmlichkeit lassen sich nicht auf eine Seite bannen. Es war ein Dialekt, der sich, wie Vater Angwin glaubte, von der Sprache ringsum gelöst hatte. Irgendeine Strömung hatte die Fetherhoughtoner überrascht und weit von den navigierbaren Läufen des einfachen Englischs entfernt; sie trieben und tanzten auf eigenen Gewässern, ohne Paddel den Bach rauf.

Aber das ist eine Abschweifung, und in den Häusern des Ortes war kein Platz für Abschweifungen. Im »Haus« stand ein Kohleofen, alle anderen Räume waren unbeheizt, wobei es vielleicht einen Heizstrahler gab, mit einem einzelnen Stab, der für einen kaum definierten Notfall gedacht war. Aus der Küche, mit einem tiefen Spülbecken und einem Kaltwasserhahn, führte eine steile Treppe in den ersten Stock. Zwei Schlafzimmer, eine Mansarde, draußen ein gepflasterter Hof, den sich zehn Häuser teilten. Eine Reihe Kohlenschuppen, eine Reihe Außenklos: Jedes Haus hatte seinen eigenen Kohlenschuppen, die Klos teilten sich jeweils zwei. Das waren die gewohnten häuslichen Umstände in Fetherhoughton und den umliegenden Bezirken.

Und die Frauen von Fetherhoughton, wie ein Fremder sie sehen mochte – hatte der doch die Gelegenheit, sie zu sehen: Während die Männer in der Weberei festsaßen, standen die Frauen gerne in den Haustüren. Das war es, was sie taten. Freizeitaktivitäten für Männer waren: Fußball, Billard, Hühnerzucht. Männer bekamen kleine Leckereien, als Belohnung für gutes Verhalten: Zigaretten, ein Bier im Arundel Arms. Religion und die öffentliche Bibliothek waren was für die Kinder. Frauen redeten nur. Sie analysierten Beweggründe, besprachen die ernsten Sachen und trugen das Leben voran. Nach der Schule und vor ihrem Status als Frau hatten sie in den Webschuppen gearbeitet: Vom Lärm der Maschinen halb taub, redeten sie heute zu laut, und ihre Stimmen schallten wie die Schreie verlorener Möwen durch die düsteren Straßen.

Baumlose Straßen, durch die der Wind blies.

Und ihre Straßenkleidung (nicht das, was sie in der Tür stehend trugen): Plastik-Regenmäntel von einem schweren, zähen Grün, luftundurchlässig wie die Haut von Außerirdischen. Regnete es zufällig einmal nicht, wickelten die Frauen die Mäntel zusammen und ließen sie im Haus, wo sie wie Reptilien vom Amazonas wirkten, die sich zum Schlafen eingerollt hatten.

Im Haus trugen die Frauen Pantoffeln, halbhoch und vorn mit einem großen Reißverschluss. Gingen sie hinaus, war es eine kräftigere Version aus robustem dunkelbraunem Wildleder. Die Beine wuchsen wie Röhren daraus empor, man sah aber nur ein paar Zentimeter davon unter den Säumen ihrer schweren Wintermäntel.

Die jüngeren Frauen trugen andere Pantoffeln, die sie von Verwandten zu Weihnachten geschenkt bekamen. Sie waren schalenförmig, mit einer dicken Krause aus rosafarbenem oder blauem Nylonfell. Zunächst waren die Sohlen dieser Pantoffeln hart und glänzten wie Glas. Es dauerte eine Woche, bis sie eingetragen waren und unter dem Fuß nachgaben, und während dieser Woche sah ihre Trägerin oft voller Stolz, doch auch mit einem Schuldgefühl wegen des Luxus auf sie hinab, während das Nylon an ihren Knöcheln kitzelte. Aber nach und nach verlor das Fell seine Fülle und Spannkraft, Krümel fielen hinein, und bis zum Februar verfilzte es mit Pommes-Fett.

Von ihren Türschwellen starrten die Frauen die Vorbeikommenden an und lachten. Wurde ihnen ein Witz als Witz erzählt, erkannten sie ihn als solchen, hauptsächlich jedoch fühlten sie sich durch die körperlichen Besonderheiten ihrer Mitmenschen unterhalten und lebten in der Hoffnung, einen Buckligen vorbeikommen zu sehen, jemanden mit X-Beinen oder einer Hasenscharte. Sie hielten es nicht für grausam, sich über die, die den Schaden hatten, lustig zu machen, sondern fanden es ganz natürlich. Sie waren sentimental, jedoch ohne Mitleid, sehr verletzend und gnadenlos, was Anomalien, Abweichungen, Verschrobenheiten, aber auch Originalität anging. Es herrschte ein Geist, der sich so grundsätzlich gegen alle Anmaßung wandte, dass er selbst noch Ehrgeiz und sogar Bildung ablehnte.

Von der Upstreet zweigte die Church Street ab, eine weitere steile Straße mit Hecken links und rechts, die mit einem ascheartigen Belag aus Rauch und Staub überzogen waren. Die Church Street weitete sich nach oben hin zu einem breiten matschigen, steinigen Pfad, der in Fetherhoughton als der »Kutschweg« bekannt war. Vielleicht war irgendwann im vorigen Jahrhundert einmal eine Kutsche dort hinaufgefahren und hatte eine fromme Person befördert. Der Pfad führte nirgendwohin, nur zur Dorfschule, zum Kloster und zur Kirche St Thomas Aquinas. Vom Kutschweg verliefen Fußpfade zum Fleckchen Netherhoughton und zu den Mooren.

Über einer der kleineren Dorfstraßen stand eine Methodistenkapelle, vierschrötig und rot, mit einem Friedhof rundherum, auf dem die Kapellengänger ihr frühes Grab fanden. Es gab nur wenige

Protestanten, die sich auf die verschiedenen Häuserreihen verteilten. Wohnen konnten sie überall, ihre Häuser waren nicht gleich von den anderen zu unterscheiden, nur dass bei ihnen kein Farbbild des Pontifex mit einem Kalender darunter an der Tür des Wohnzimmerschranks klebte.

Und doch waren die Protestanten in den Augen ihrer Nachbarn ganz anders, waren des sträflichen Unwissens schuldig und weigerten sich, die Grundsätze des wahren Glaubens anzuerkennen. Sie wussten von St Thomas Aquinas, wollten aber nicht hinein, weigerten sich, Mutter Perpetua ihre Kinder für eine gute katholische Erziehung zu überlassen, und schickten sie stattdessen mit dem Bus in ein anderes Dorf.

Mutter Perpetua sagte den Kindern mit ihrem berühmten, gefährlich süßen Lächeln: »Wir haben nichts dagegen, dass die Protestanten Gott auf ihre eigene Weise anbeten. Aber wir Katholiken ziehen es vor, es auf Seine Weise zu tun.«

Natürlich waren die Protestanten aufgrund ihres sträflichen Unwissens verdammt. In der Hölle würden sie schmoren. Etwa siebzig Jahre hatten sie, um mit dem Fahrrad durch die steilen Straßen zu fahren, zu heiraten, Brot und Schmalz zu essen: Dann kam die Bronchitis, die Lungenentzündung, eine gebrochene Hüfte. Der Priester ruft an, und der Blumenhändler flicht einen Kranz. Und am Ende reißt ihnen der Teufel das Fleisch mit der Beißzange von den Knochen.

Das ist gut nachbarschaftliches Denken.

Die Kirche St Thomas Aquinas war ein mächtiges Gebäude, das Mauerwerk mit den Rückständen von Ruß und Fett überzogen, das ursprüngliche Grau längst schwarz. Sie stand auf einer Art Pickel, erhöhtem Grund, was kleine Steintreppen und gepflasterte Aufgänge notwendig machte; rutschig und vermoost drängten sie sich am Fuß des Turmes und sahen aus wie ein paar Terrier zu Füßen eines gefährlichen, verdreckten Landstreichers.

Tatsächlich war die Kirche keine hundert Jahre alt. Sie war gebaut worden, als die Iren nach Fetherhoughton kamen, um in den Webereien zu arbeiten, aber jemand hatte dem Architekten gesagt, sie solle aussehen, als stünde sie schon immer da. In jenen armen, sorgenvollen Tagen war das ein verständlicher Wunsch, und der Architekt hatte ein Gefühl für Geschichte, ein shakespearesches Gefühl für Geschichte, mit großer Verachtung für mögliche anachronistische Fallstricke. Der letzte Mittwoch und die Schlacht von Bosworth gehören zusammen, die Vergangenheit ist die Vergangenheit, und die am letzten Mittwoch begrabene Mrs O'Toole liegt im Rennen in die Ewigkeit Kopf an Kopf mit König Richard. Das war, das muss die Sicht des Architekten gewesen sein. Von den Römern bis zu den Hannoveranern war für ihn alles gleich: Sie alle trugen, zweifellos, Lederwamse und eiserne Kronen, verbrannten Hexen, und ihre Gebäude waren aus Stein, malerisch, kalt und mit Fenstern, die nicht wie unsere waren. Und sie schlugen sich auf die Schenkel und sagten: »Wohl denn!« Nur solch ein Blick hatte die Tingeltangel-Mittelalterlichkeit von St Thomas Aquinas schaffen können.

Der Architekt hatte vage gotisch begonnen und mit etwas Sächsischem, Brutalem geendet. Am westlichen Ende gab es einen Turm ohne Spitze oder Fialen, aber mit einer Brustwehr. Unter dem Vorbau standen steinerne Bänke und ein einfaches Weihwasserbecken, drum herum lagen schlecht riechende Matten, von schlurfenden Schritten dünn gewetzt. Die Matten waren ständig triefnass und womöglich aus einem wasseranziehenden pflanzlichen Gewebe. Der Eingang verfügte über einen Bogen im normannischen Stil, aber ohne versetzte kleinere Bögen, kleine Säulen oder sonst einen Schmuck und war nicht mal mit einer Raute, einer Zickzacklinie oder einem Winkelstreifen verziert. Streng war die Laune an dem Tag gewesen, da der Eingang entworfen wurde, und die Tür war mit Angeln und Eisenbeschlägen versehen, die an eine Belagerung, an Hunger und Menschen denken ließen, die nur noch Ratten zu essen hatten.

Drinnen, in der grubenhaften Düsternis, stand ein tiefes, schmuckloses Taufbecken auf einem einzelnen, einfachen Fuß, das groß genug war, um eine Mehrlingstaufe zu bewältigen oder ein Schaf darin zu baden. Im Westen gab es eine Galerie für die Orgel, mit noch größerer Düsternis darunter, und die Galerie selbst sah man erst, wenn man in die Schwärze dort eintauchte. Hinauf ging es durch eine kleine Tür mit Miniatur-Belagerungsbeschlägen, hinter der eine tückische Wendeltreppe mit hohen, steilen Stufen nach oben führte. Es gab zwei Seitenkapellen, zwei Gänge, und in den seitlichen Säulengängen wurde die Verwirrtheit des Architekten am deutlichsten: Manche der Bögen waren rund, andere spitz, dem Anschein nach spontanen Entscheidungen folgend, und wer durchs Hauptschiff ging, dem vermittelte das stilistische Durcheinander fälschlicherweise einen heroischen Eindruck, als wäre die Kirche wie eine der großen europäischen Kathedralen in Jahrhunderte auseinanderliegenden Phasen errichtet worden. Die Schäfte der Säulen waren plumpe, massige Zylinder aus grauem, feinnarbigem Stein, und ihre unbearbeiteten Kapitelle glichen Transportkisten.

Die Spitzbogenfenster waren paarweise angeordnet und wurden von sparsamen Maßwerken beherrscht, hier einem Kreis, da einem Vierpass, dort einem gekreuzten Dreipass. In jedem der Fenster stand ein Heiliger mit seinem Namen in einer unlesbaren germanischen Frakturschrift auf einer sich öffnenden Schriftrolle. Die Gesichter der Glasheiligen waren identisch, ein Ausdruck wie der andere, und das Glas selbst war das einer Textilstadt, hatte einen lichtabweisenden, industriellen Charakter, und die Farben waren so grell wie abscheulich: Ampelgrün, Zuckertütenblau und dazu das fade, säuerliche Rot billiger Erdbeermarmelade.

Der Boden bestand aus Steinplatten, die langen Bänke waren in einem fleckigen Siruprot lackiert, die Türen zum einzigen Beichtstuhl niedrig und verriegelt wie ein Kohlenschuppen.

Vater Angwin und der Bischof kamen durch den zugigen Gewölbezugang aus der Sakristei bei der Marienkapelle im Nordgang in die Kirche und sahen sich um. Nicht, dass es ihnen etwas gebracht hätte. Alles in allem war St Thomas Aquinas so finster wie Notre-Dame und glich ihr darüber hinaus in einer weiteren alarmierenden Besonderheit: Ganz gleich, wo man sich befand, man verlor alles Gespür dafür, was in den anderen Teilen der Kirche geschehen mochte. Man konnte die Decke nicht sehen, obwohl einen doch, in St Thomas Aquinas, das unbehagliche, kriechende Gefühl begleitete, dass sie sich nicht hoch über dem Kopf befände und womöglich langsam absenkte, ganz langsam, um ihr Ziel zu verbergen, sich eines schönen Wintertages mit den Steinplatten des Bodens zu vereinen und zu einem festen Block Mauerwerk zu werden, die Kirchgänger in sich gefangen. Die Innenräume der Kirche waren Ansammlungen von Finsternis, mit Kanälen noch tieferer Finsternis zwischen sich, in denen Gipsheilige standen, die der Bischof nun, so gut es ging, in Augenschein nahm. Auf schweren eisernen Gestellen, die so massiv waren wie die Gitter eines Raubtierkäfigs, flackerten Andachtskerzen vor den meisten von ihnen. Es war ein lichtloses Flackern wie von Sumpfgas in einem kaum spürbaren, atemlosen Wind. Es zog in der Kirche, richtig, und die Luftzüge folgten den Andächtigen wie ein schlechter Ruf, der ihnen gegen die Fesseln schlug und an ihren Kleidern hochkletterte, so wie es Katzen bei Menschen tun, die sie nicht mögen. War die Kirche leer, ruhte die Luft und pfiff nur von Zeit zu Zeit über die Bodenplatten, und die Kerzenflammen reckten sich in die Höhe, gerade und dünn, den Nadeln eines Schneiders gleich.

»Diese Statuen«, sagte der Bischof. »Haben Sie eine Taschenlampe?« Vater Angwin antwortete nicht. »Dann führen Sie mich herum«, verlangte der Bischof. »Hier fangen wir an. Ich kann diesen Burschen nicht identifizieren. Ist es ein Neger?«

»Nicht wirklich. Er ist angemalt. Viele sind das. Es ist der heilige Dunstan. Sehen Sie seine Zange nicht?«

»Wozu hat er eine Zange?«, fragte der Bischof grob. Den Wanst vorgereckt, starrte er den Heiligen feindselig an.

»Er war gerade in seiner Schmiede, als der Teufel kam, um ihn zu versuchen, und der Heilige packte seine Nase mit der rot glühenden Zange.«

»Ich frage mich, welchen Versuchungen man sich in einer Schmiede gegenübersehen kann.« Der Bischof linste ins Dunkel. »Da stehen eine Menge Heilige, Vater. Sie müssen mehr Statuen haben als alle anderen Kirchen in der Diözese.« Er wanderte den Gang hinunter. »Wie haben Sie die alle bekommen? Woher sind sie?«

»Die standen hier schon lange vor meiner Zeit. Sie waren immer schon hier.«

»Sie wissen, dass das unmöglich ist. Jemand hat sich für sie entschieden. Wer ist die Frau mit der Kombizange? Das ist ja der reinste Eisenwarenladen.«

»Die heilige Apollonia. Die Römer haben ihr die Zähne herausgeschlagen. Sie ist die Schutzheilige der Zahnärzte.« Vater Angwin sah in das nach unten gewandte, ausdruckslose Gesicht der Märtyrerin. Er bückte sich, holte eine Kerze aus der Holzkiste zu Füßen der Statue und steckte sie an der einzelnen Kerze von Dunstan an. Vorsichtig trug er sie zurück und stellte sie in einen von Apollonias Kerzenhaltern. »Niemand kümmert sich um sie. Die Leute hier halten nicht viel von Zahnärzten. Ihnen fallen die Zähne schon ziemlich früh aus, und sie empfinden es als Erleichterung.«

»Weiter«, sagte der Bischof.

»Das hier sind meine vier Kirchenväter. Den heiligen Gregor werden Sie an seiner päpstlichen Tiara erkennen.«

»Ich sehe nichts.«

»Glauben Sie es mir einfach. Dort steht der heilige Augustinus, der ein Herz hält, von einem Pfeil durchbohrt. Und die anderen Väter. Der heilige Hieronymus mit seinem kleinen Löwen.«

»Der ist wirklich klein.« Der Bischof lehnte sich vor und war praktisch Nase an Nase mit ihm. »Ganz und gar nicht realistisch.«

Vater Angwin legte die Hand auf die gewölbte Mähne des Löwen und fuhr mit dem Finger über seinen Rücken. »Hieronymus ist mein Lieblingsheiliger. Ich stelle ihn mir in der Wüste vor, mit seinen wilden Augen und seinen nackten Einsiedlerknien.«

»Wer noch?«, sagte der Bischof. »Ambrosius. Ambrosius mit dem Bienenkorb.«

»Der heilige Bienenkorb, wie ihn die Kinder nennen. In ähnlicher Weise hieß es in der Gemeinde vor etwa zwei Generationen, dass Augustinus der Bischof von Hippo sei, der Bischof der Flusspferde, und seitdem, fürchte ich, gibt es da einiges an Verwirrung, die sorgsam, verstehen Sie, von den Eltern an ihre Kinder weitergegeben wird.«

Der Bischof ließ ein leises Brummen hören, tief in der Kehle. Vater Angwin hatte das Gefühl, ihm irgendwie in die Hände gespielt zu haben. Dass er denken musste, dass ihm, dem Pfarrer, die Verwirrung wichtig sei.

»Aber was macht das?«, sagte er schnell. »Sehen Sie die heilige Agathe hier, die arme Christenseele, mit ihren Brüsten auf einem Tablett. Warum ist sie die Schutzheilige der Glockengießer? Weil ein kleiner Fehler mit der Form gemacht wurde, das kann man verstehen. Warum segnen wir am fünften Februar Brot auf einem Tablett? Weil sie nicht nur wie Glocken, sondern auch wie Brötchen aussehen. Es ist ein harmloser Fehler, schicklicher als die Wahrheit und weniger grausam.«

Mittlerweile waren sie fast ganz hinten in der Kirche angelangt, und gegenüber im Nordgang gab es weitere Heilige. Der heilige Bartholomäus hielt das Messer gefasst, mit dem er geschunden worden war, die heilige Cäcilia ihre tragbare Orgel. Mit einem dümmlichen Ausdruck, der von ihrem matten Lächeln und einer abgestoßenen Nase herrührte, streckte die Jungfrau ihre blauen Arme steif unter ihrem Gewand aus, und die heilige Therese, die »kleine Blume«, sah finster hinter einem Rosengebinde hervor.

Der Bischof durchquerte die Kirche, sah ins Gesicht der Karmelitin und klopfte ihr auf den Fuß. »Ich mache Ausnahmen, Vater«, sagte er. »In den Gräben Flanderns haben unsere Jungs ihre Gebete durch die kleine Blume an Gott gerichtet, und einige von ihnen waren, wage ich zu sagen, ganz und gar nicht katholisch. Es gibt besondere Heilige für unsere Tage, Vater, und die heilige Therese ist ein leuchtendes Beispiel für gesamte katholische Weiblichkeit. Vielleicht kann sie hierbleiben. Ich werde es mir überlegen.«

»Hierbleiben?«, sagte der Pfarrer. »Wo gehen die anderen hin?«

»Raus«, sagte der Bischof lapidar. »Wohin, ist mir egal. Irgendwie, Vater Angwin, werde ich Sie, Ihre Kirche und Ihre Gemeindemitglieder in die 1950er-Jahre holen, in die wir alle gehören. Ich ertrage dieses Getue nicht, Vater, diese Götzenanbetung.«

»Aber das sind keine Götzen. Es sind einfach nur Statuen, die für die Leute etwas Bestimmtes repräsentieren.«

»Wenn wir hinaus auf die Straße gingen, Vater, und ich würde jemanden aus Ihrer Gemeinde heranwinken, glauben Sie, er wäre in der Lage zu unterscheiden, zu meiner Befriedigung zu unterscheiden zwischen der Ehre und Ehrfurcht, die wir den Heiligen erweisen, und der Anbetung, die allein Gott gebührt?«

»Schwätzer«, sagte Vater Angwin. »Entchristianisierer. Saladin.« Seine Stimme hob sich. »Es ist nicht so, wie Sie denken. Aber die Leute hier sind sehr unbegabt, was die Macht des Gebetes betrifft. Es sind einfache Leute. Ich selbst bin ein einfacher Mann.«

»Das ist mir bewusst«, sagte der Bischof.

»Die Heiligen haben ihre besonderen Merkmale. Sie stehen für bestimmte Interessen. Die Gemeindemitglieder finden Halt bei ihnen.«

»Den Halt müssen sie aufgeben«, sagte der Bischof. »Ich nehme das nicht hin. Die verschwinden von hier.«

Als er am Erzengel Michael vorbeikam, hob Vater Angwin den Blick, betrachtete die Waage, mit der der Heilige menschliche Seelen abwog, und senkte den Blick auf Michaels Fuß: ein nacktes, muskulöses, klauenartiges Ding, das ihm manchmal wie der Fuß eines Affen vorkam. Er trat unter die Galerie, in die dichtere, samtene Schwärze, wo der heilige Thomas, der engelsgleiche Doktor, in der Mitte auf seinem Sockel stand, den starren Blick zum Hochaltar gerichtet, und der Stern, den er in seinen schönen Händen hielt, schickte lichtlose Strahlen ins noch tiefere Dunkel.

Kapitel zwei

Als sie zurück ins Haus kamen, war der Bischof aufgewühlt und angriffslustig. Er wollte mehr Tee und auch Kekse.

»Da gibt's nichts zu debattieren«, sagte er. »Ich werde nicht darüber debattieren. Ihre Gemeinde ist in einem Maße abergläubisch, wie es sizilianischen Bauern zur Schande gereichen würde.«

»Ich fürchte nur«, sagte Vater Angwin, »wenn Sie ihnen die Statuen nehmen, das Lateinische, die Feiertage, die Fastentage, die Gewänder ...«

»Davon habe ich nichts gesagt, oder?«

»Ich kann doch sehen, wohin das führt. Dann kommen sie nicht mehr. Warum sollten sie auch? Warum sollten sie noch in die Kirche kommen? Dann können sie auch draußen auf der Straße bleiben.«

»Wir sind hier nicht wegen Rüschen und Tand, Vater«, sagte der Bischof. »Nicht wegen irgendwelchem Firlefanz. Es geht um das christliche Zeugnis.«

»Unsinn«, sagte Vater Angwin. »Die Leute hier sind keine Christen. Hier gibt's nur Heiden und Katholiken.«

Als Agnes Dempsey mit den schönen Keksen hereinkam, sah sie, dass sich Vater Angwin in einem bedauernswerten Zustand befand. Er zitterte, schwitzte und fuhr sich mit der Hand über die Stirn. Sie blieb draußen auf dem Korridor stehen, um mitzubekommen, was mitzubekommen war.

»Nun kommen Sie schon«, sagte der Bischof. Sie konnte hören, dass er erschrocken war. »Regen Sie sich nicht auf. Ich sage doch nicht, dass sie kein Bild behalten dürfen. Ich sage nicht, dass ihnen keine Statuen mehr erlaubt sind. Ich sage nur, dass wir uns den Zeiten anpassen müssen, in denen wir leben.«

»Ich wüsste nicht, warum«, sagte Vater Angwin gut vernehmlich. »Sie fetter Narr.«

»Geht es Ihnen nicht gut?«, fragte der Bischof. »Sie reden mit verschiedenen Stimmen. Sie beleidigen mich.«

»Wenn die Wahrheit Sie beleidigt.«

»Schon gut«, sagte der Bischof. »Ich hab eine robuste Natur. Aber ich denke, Vater Angwin, dass Sie einen Assistenten brauchen. Einen jungen Burschen, so stark wie ich. Es kommt mir vor, als wüssten Sie so gut wie nichts vom Wandel der Zeiten. Sehen Sie fern?«

Vater Angwin schüttelte den Kopf.

»Sie besitzen keinen Fernsehapparat«, sagte der Bischof. »Das sollten Sie, wissen Sie. Der Rundfunk ganz allgemein ist, klug genutzt, unser größter Aktivposten. Ich kann gar nicht ermessen, wie viel Gutes er der Republik tut, indem er den Konfessionen hilft, sich gegenseitig zu verstehen, allein schon durch Rumble und Cartys ›Radio-Antworten‹. Nutzen Sie den Rundfunk, Vater. In ihm liegt die Zukunft.« Der Bischof schlug gegen den Kamin, so wie Moses gegen den Felsen geschlagen hatte.

Vater Angwin beobachtete ihn. Woher hatte er, irisch, wie er war, diese englische, rotbläuliche Gesichtsfarbe? Von einer Privatschule, bestimmt, einer weniger bedeutenden englischen Privatschule. Hätte Angwin es entscheiden können, wäre der Bischof dort nicht hingegangen und hätte nicht all diese Sachen gelernt. Er musste wissen, wer Galileo war, und im Chor hätte er singen sollen, stundenlang. Die Leben der Heiligen hätten ihm gereicht und die Bewegung der Sphären, dazu ein bisschen praktisches Wissen über Kuhhaltung und Milcherzeugung oder etwas Ähnliches, was mit der ländlichen Wirtschaft zu tun hatte.

All das brachte er dem Bischof gegenüber zum Ausdruck, und der Bischof starrte ihn an. Draußen vor der Tür stand Miss Dempsey. Ihre blauen Augen hellten sich auf, und sie saugte an einem Finger wie ein Kind, das sich am Ofen verbrannt hatte. Sie hörte Schritte über sich im Flur und im Schlafzimmer. Das sind Geister, dachte sie, die über meinen frisch gewischten Boden laufen. Engelsgleiche Doktoren, jungfräuliche Märtyrerinnen. Türen schlugen über ihr.

Der Regen hatte aufgehört. Stille kroch durchs Haus. Der Bischof war ein moderner Mann, ohne Geduld für Skrupel, ohne Zeit für die Nebenwege des Glaubens, und was konnte man gegen einen so modernen Mann tun? Als Vater Angwin erneut sprach, war der streitende Ton aus seiner Stimme gewichen, Müdigkeit hatte ihn ersetzt. »Die Statuen sind lebensgroß«, sagte er.

»Lassen Sie sich helfen«, sagte der Bischof. »Sie haben viele Helfer. Lassen Sie die Gemeindemitglieder mit anpacken, die Männer-Kameradschaft.«

»Wohin soll ich mit den Statuen? Ich kann sie schließlich nicht zerschlagen.«

»Nun, da stimme ich Ihnen zu. Das wäre nicht unbedingt anständig. Räumen Sie sie in Ihre Garage. Warum nicht dahin?«

»Was ist mit meinem Fahrzeug?«

»Was? Meinen Sie das Ding da draußen vor der Tür?«

»Mein Kraftwagen«, sagte der Vater.

»Dieser Schrotthaufen? Warum überlassen Sie ihn nicht den Elementen?«

»Es stimmt schon«, sagte Vater Angwin demütig, »der Wagen ist nichts wert. Beim Fahren können Sie durch den Boden die Straße sehen.«

»Ich kann mich noch erinnern«, sagte der Bischof scharf, »wie die Jungs mit dem Fahrrad fuhren.«

Jungs, dachte Vater Angwin. Sind wir das jetzt? »Mit dem Fahrrad kämen Sie nicht nach Netherhoughton«, sagte er. »Die würden Sie runterholen.«

»Großer Gott«, sagte der Bischof. Er sah sich über die Schulter. Er war sich nicht ganz klar über die Geografie dieses nördlichsten Außenpostens seiner Diözese. »Sind das Oranier da oben?«

»Es gibt eine Oranier-Loge, und sie sind alle mit drin, auch die

Katholiken. Sie veranstalten Feuerwerksfeste in Netherhoughton. Braten Ochsen und spielen mit Menschenköpfen Fußball.«

»Manchmal übertreiben Sie«, sagte der Bischof. »Ich bin nur nicht sicher, wann.«

»Würden Sie gern einen seelsorgerischen Besuch machen?«

»Sicher nicht«, sagte der Bischof. »Auf mich warten dringende Angelegenheiten, ich muss zurück. Thomas Aquinas dürfen Sie behalten, auch die heilige Therese, die kleine Blume, und die heilige Jungfrau. Sehen Sie nur, ob sich ihre Nase nicht reparieren lässt.«

Miss Dempsey bewegte sich von der Tür weg. Der Bischof trat in den Flur und sah sie durchdringend an. Nervös wischte sie sich die Hände an der Schürze ab und kniete sich auf den Boden. »Darf ich M'lord die Hand küssen?«

»Oh, verschwinde, Frau. In die Küche. Trag etwas Praktisches bei.«

»Der Bischof erträgt die Frömmigkeit der Unwissenden nicht«, sagte Vater Angwin.

Unter Schmerzen erhob sich Miss Dempsey wieder. Zwei Schritte trugen den Bischof durch die Diele, er griff nach seinem Umhang, stieß die Haustür auf und balgte sich auf dem Pfad draußen mit dem feuchten, windigen Tag. »Der Sommer ist vorbei«, bemerkte er. »Nicht, dass es in diesem Teil der Diözese viel davon gäbe.«

»Erlauben Sie mir, Sie zu Ihrem fürstlichen Fahrzeug zu begleiten«, sagte Vater Angwin. Er beugte die Schultern und schlug einen unterwürfigen Ton an.

»Das wär's für heute«, sagte der Bischof und schob sich mit einem leisen Ächzen auf den Fahrersitz. Er wusste, dass Angwin verrückt war, wollte aber keinen Skandal in der Diözese. »Ich werde wiederkommen«, sagte er, »wenn Sie es am wenigsten erwarten. Um nachzusehen, ob alles ausgeführt wurde.«

»Gebongt«, sagte Vater Angwin. »Ich bereite das kochende Öl für Sie vor.«

Der Bischof röhrte davon, mit einem Krachen und Stöhnen des Getriebes, musste hinter der nächsten Kurve aber schon wieder anhalten, da eine Prozession Kinder aus dem Schultor kam und zum Essen zur Nissenhütte hinüberging. Der Bischof stieg auf die Hupe und hielt sie zweimal heftig gedrückt, worauf die Würmer in den Graben flüchteten. Verschreckt krochen sie wieder heraus und sahen ihm hinterher, die nackten Knie voller nasser Blätter.

Die blecherne kleine Uhr auf dem Kaminsims in Vater Angwins Wohnzimmer schlug zwölf. »Zu spät«, sagte Agnes Dempsey mit entmutigender Stimme. »Dabei wollte ich Sie etwas aufheitern, Vater. Wenn Sie mittwochs vor zwölf zur heiligen Anna beten, gibt es noch vor Ende der Woche eine angenehme Überraschung.«

Vater Angwin schüttelte den Kopf. »Nein, dienstags, Agnes, mein Lämmchen. Nicht mittwochs. Wir müssen in diesen Dingen schon genau bleiben.«

Ihre unsichtbaren Brauen hoben sich etwas. »Dann hat es deswegen nie funktioniert. Aber es gibt noch etwas, Vater, worauf ich Sie aufmerksam machen muss. Ich kann oben jemanden herumgehen hören, obwohl niemand da ist.«

Nervös hob sie die Hand an den Mund und berührte die blasse, flache Warze.

»Ja, das kommt vor«, sagte Vater Angwin und setzte sich auf einen der harten Stühle am Esstisch. Er beugte den rostfarbenen Kopf vor und ließ die Schultern hängen. »Ich denke, oft bin ich es selbst.«

»Aber Sie sind hier.«

»In diesem Moment, ja. Vielleicht ist es ein Vorbote. Jemand, der kommen wird.«

»Der Herr?«, fragte Miss Dempsey aufgeregt.

»Ein Vikar. Mir wurde mit einem Vikar gedroht. Was für ein außergewöhnlicher Vikar das wäre ... ein fußloser Läufer, der durch Wände schmilzt. Aber nein. Wahrscheinlich nicht.« Er zwang sich zurück in eine aufrechte Haltung. »Ich denke, der Bischof wird einen ganz gewöhnlichen Spion schicken, mit gewöhnlichen Kräften.«

»Einen Speichellecker.«

»Genau.«

»Was werden Sie mit den Statuen machen, Vater? Sie wissen, die Garage hat kein Dach im eigentlichen Wortsinn. Sie wären der Nässe ausgesetzt und würden schimmeln, was kaum richtig sein könnte.«

»Sie denken, wir sollten sie mit Ehrfurcht behandeln, Agnes. Sie denken nicht, dass es nur Gips und Farbe ist.«

»Mein ganzes Leben«, sagte Agnes eindrücklich. »Mein ganzes Leben lang kenne ich diese Statuen. Ich weiß nicht, wie wir uns ohne sie in der Kirche zurechtfinden sollen. Es wird nur noch eine große, schmutzige Scheune sein.«

»Haben Sie eine Idee?«

»Sie könnten sie in Pflege geben. Bei unterschiedlichen Leuten. Die Marienkinder würden die heilige Agathe nehmen und unter sich weitergeben. Allerdings bräuchten wir einen Lieferwagen. In Ihren würde sie nicht passen.«

»Sie würden sie leid werden, Agnes. Angenommen, eine der Frauen hat einen Ehemann? Er mag sie nicht im Haus haben wollen. Und Sie wissen, wie wenig Platz die Leute in Fetherhoughton haben. Ich fürchte, das wäre keine langfristige Lösung.«

Miss Dempsey sah ihn trotzig an. »Sie müssen erhalten bleiben. Für den Fall, dass der Bischof wechselt.«

»Nein, ich fürchte, die will nie wieder einer. Wir wollen die Uhr zurückdrehen. Der Bischof hat in so vielen Dingen recht, ich wünschte nur, er bliebe bei seiner Politik und hielte sich aus der Religion heraus.«

»Was sollen wir also tun?« Miss Dempsey hob die Hand, zögerte und berührte ihre Warze. »Sie sind wie Menschen für mich. Wie meine Verwandten, und die würde ich auch nicht in die Garage stellen.«

»Der Glaube ist tot«, sagte Vater Angwin. »Seine Zeit ist abgelaufen. Und da der Glaube tot ist und wir keine Roboter werden wollen, müssen wir uns an unseren Aberglauben klammern, so gut wir können.« Er hob den Blick. »Sie haben ganz recht, Agnes. Es ist nicht richtig, sie wie altes Gerümpel in die Garage zu stellen. Aber ich verteile sie auch nicht in der Gemeinde, dann enden sie irgendwo an einer Straßenecke. Wir halten sie zusammen. An einem Ort, sodass wir wissen, wo sie sind. Wir begraben sie. So machen wir es. Wir begraben sie auf dem Kirchengelände.«

»Oh, mein Gott.« Tränen der Angst und des Zorns füllten Agnes' Augen. »Vergeben Sie mir, Vater, aber die Idee hat etwas unaussprechlich Schreckliches.«

»Ganz ohne Messe«, sagte Vater Angwin. »Nur ein Begräbnis.«

Man konnte nicht sagen, dass es in Fetherhoughton Buschtrommeln gab: In diesem von sibirischen Winden so gebeutelten Ort fand sich nicht einmal ein Busch. Dennoch – als die Schulkinder am nächsten Tag in ihre erste vormittägliche Pause entlassen wurden, hatten alle von den Entwicklungen gehört.

Die St-Thomas-Aquinas-Schule hatte zur Zeit ihrer Großeltern aus einem einzigen langen Klassenzimmer bestanden, aber Rowdytum und schlechtes Benehmen der nachfolgenden Generationen hatte diese eher chaotische Form des Unterrichts unmöglich gemacht, und jetzt trennten hauchdünne Wände einen Jahrgang vom anderen. Natürlich hatte man zu Zeiten der Schulgründung gedacht, dass große Mädchen und Jungen von zwölf Jahren keinen Rechenunterricht und keine charakterbildenden Verse mehr brauchten, stattdessen wurden sie in die Welt geschickt, um ihr Erwachsenenleben unter Webstühlen zu beginnen. Aber die Zivilisation war vorangeschritten, und heute saßen Fünfzehnjährige in der letzten Klasse und überragten Mutter Perpetua, die Direktorin, die dafür verantwortlich war, ihre Schüler vor den Exzessen einer enttäuschten Jugend zu bewahren.

Allerdings war es keine Jugend, wie wir sie kennen, die war, anderswo, gerade dabei, neu erfunden zu werden. Eine leichte Ahnung davon erreichte auch Fetherhoughton: Die fünfzehnjährigen Jungen kämmten sich das Haar fettig über die knorrige Stirn, und manchmal, wie bei Menschen, die an einer Nervenkrankheit und unkontrollierbaren Ticks litten, formten sie ihre Hände zu Klauen und fuhren sich damit rhythmisch über die Bäuche. Mutter Perpetua sagte, sie »imitieren Skiffle-Bands«. Es war ein strafbares Vergehen.

Die Großen Jungen war zu klein gewachsen, und ihre Gesichter brannten vom Fußballspielen im Wind des Moorlandes. Sie waren vage und achtlos und noch halbe Kinder. Man sah es an ihren schmalen Nacken, ihren Comics und plötzlichen unpassenden Ausbrüchen von Lebensfreude – unpassend, weil Lebensfreude für alle, die schon bald in die Mühle von Ehe und Weberei geraten werden, nichts als dumme Verschwendung ist.

Allein die Großen Mädchen hatten alles Kindliche hinter sich gelassen. Sie trugen Strickjacken, und in der großen Pause schlichen sie mit verdrossenen Gesichtern in einem Knäuel bei der Mauer herum und verbreiteten Skandale. Sie verschränkten die Arme vor der Brust und umfassten die wollenen Oberarme. Die Hände dicklich, die Brüste tief hängend wie die ihrer Großmütter. Ihre billigen Kleider waren ihnen oft zu klein, und genau das gab ihnen ihre unschickliche Weiblichkeit. Draußen in der Welt war es die Regel, dass Mädchen in diesem Alter zu wachsen aufhörten, doch wer die Großen Mädchen von Fetherhoughton sah, dachte, sie würden immer noch größer werden und dereinst die Welt verschlingen. Die Stühle im Klassenzimmer knarzten unter ihren Hintern, und von Zeit zu Zeit beugten sie sich vor, wiegten sich und lachten rau und rhythmisch ein schreckliches *Hehr-hehr-hehr.*

Die Mädchen lernten nichts, und wenn, vergaßen sie es wieder, sofort und aus Überzeugung. Die Schule war ein Gefängnis, viele hatten keine guten Augen, seit früher Kindheit schon, und die Schulschwester kam mit Buchstaben auf Karten, testete ihre Sehschärfe, und der Staat gab ihnen Brillen, doch sie trugen sie nicht. »Männer machen sich selten an Frauen heran, die eine Brille tragen.« Aber es machte sich sowieso niemand an sie heran. Der Prozess, der am Ende zu Paarung und Fortpflanzung führte, war unsichtbar und blieb es auch besser. Was den sexuellen Erfolg betraf, konnten sie sich ruhig ihren Astigmatismus korrigieren lassen.

Während die Großen Mädchen an der Mauer lehnten und die Großen Jungs mit ihren Fußbällen den Asphalt kreuzten, bekriegten sich die Jüngeren unerbittlich beim Fangenspielen, bei Himmel und Hölle und beim Seilspringen. Ihre Spiele waren voll fieberhafter Unduldsamkeit und eine Qual für die, die weder hüpfen noch springen konnten. Beim Fangen suchten sie sich jemanden aus, der besonders zerlumpt, dumm oder verkommen war, bellten seinen Namen heraus und riefen, sie seien von ihm »berührt« worden und müssten diese Berührung nun weitergeben. Die, die nicht bei diesen Spielen mitmachten, beschäftigten sich damit, wieder und wieder von der kleinen Mauer zwischen dem oberen und dem unteren Teil des Schulhofes zu springen, andere gerieten sich in die Haare. Das Maß an Durcheinander und die Zahl der Verletzungen waren so groß, dass Mutter Perpetua gezwungen war, die erste Klasse in den Pausen vom Rest der Schüler zu trennen und in einen gepflasterten, übel riechenden Hof hinter dem Gebäude zu sperren. Hier, im Schatten einer vermoosten, etwa sechs Meter hohen Mauer, hatte die Schule ihre Aborte. »Toiletten« konnte man sie nicht nennen, es gab noch nicht mal eine Möglichkeit, sich die Hände zu waschen (was als Getue abgetan worden wäre).

Hinter der Schule ging es steil zu Kloster und Kirche hinauf, vorn hinab ins Dorf. Die tristen bewaldeten Hänge hinterm Kutschweg hießen bei den Einheimischen die »Terrassen«. Von der Mauer am unteren Ende des Schulhofes blickten die Kinder auf Baumwipfel hinaus, hinter der Schule, hinter der hohen Mauer, die den Auslauf der Kleinen begrenzte, sahen sie die knorrigen, verirrt aus dem Erdreich hervorragenden Wurzeln anderer Bäume, die aus dem Hang hinaus in die Luft wuchsen. Die »Terrassen« waren lichtlose, unzugängliche Orte, und es war eine Besonderheit ihrer Bäume, dass sie nur ganz oben belaubt waren und sich unter dem grünen Blätterdach ein knorriges Meer schwarzer Äste ausbreitete, wie von Hexen gestrickt. Der Herbst kam früh, und der Boden war das ganze Jahr über ein sonnenloser toter Blättermulch.

An diesem besonderen Tag ging es auf dem Schulhof noch lauter und wilder als gewöhnlich zu. Die Kinder strömten zusammen, verkeilten sich und lösten sich wieder voneinander, liefen mit Geheul über den Asphalt und drängten sich an die niedrige Trennmauer. »Heiliger Hippo!«, riefen sie und: »Heiliger Bienenkorb!«, breiteten die Arme zu Bomberflügeln aus, kreisten und setzten zum Sturzflug an, ahmten das Fauchen und Heulen der Motoren nach, die Explosionen des Einschlags und das Hochzischen der Flammen.

Mutter Perpetua sah ihnen von der Schultür aus zu. Ein, zwei Minuten lang rührte sie sich nicht, verschwand mit einem Rascheln in den Schatten und tauchte mit ihrem Stock wieder auf. Energisch hob sie die Kutte an, schob die geschnürten Schuhe vor und schritt zur Tat. Schon war sie zwischen den Kindern, reckte den Arm, und der weite, tiefe Ärmel rutschte zurück und ließ mehrere Schichten schwarzer Wolle erkennen. »Hinein, hinein!«, rief Mutter Perpetua. »Hinein mit euch! Hinein!« Ihr Stock hob sich und senkte sich auf die zerfasernden Pullover der Kinder, die schreiend auseinanderstoben. Es klingelte, mit offenen Mündern bildeten sie kleine Reihen und schnieften zurück in ihre Klassen. Mutter Perpetua sah ihnen zu, bis der Schulhof leer war. Ein feuchter Wind erfasste ihre Röcke. Sie klemmte sich den Stock unter den Arm und marschierte aus dem Schultor, die Straße hinauf, um mit Vater Angwin zu reden. Als sie am Kloster vorbeikam, suchte sie in den Fenstern nach Zeichen von Leben, konnte aber nichts entdecken: nichts, was ihr missfiel.

Absolut unfähig, ihren Namen zu verstehen, hatten die Fetherhoughtoner sie immer »Mutter Purpiture« genannt, die respektloseren Schüler nannten sie »Old Ma Purpit«, und es war schon viele Jahre her, dass Vater Angwin sie mit einem anderen Namen verbunden hatte. Purpit war eine stämmige Frau in mittleren Jahren, wobei es sich nicht ziemte, das genaue Alter einer Nonne zu schätzen. Ihre Haut war blass und schwammig, die Nase von der fleischigen Sorte. Ihr Lachen klang heiser-kokett, und wenn sie lachte, schnipste sie den Saum ihres Schleiers über die linke Schulter und ließ ihre Zahnruinen sehen.

Miss Dempsey führte sie herein und hielt dabei die Hände wie ein Hausmädchen auf Höhe des unteren Knopfes ihres Twinsets verschränkt. »Mutter Purpiture«, verkündete sie schwer und ehrerbietig. Vater Angwin nahm schnell sein Brevier vom Tisch neben sich und tat so, als wäre er beschäftigt. Agnes tat einen kleinen Schritt zurück, um die Nonne hereinzulassen, stand unruhig da, befingerte ihre falschen Perlen und zog die Mundwinkel nach unten. »Werden Sie Tee wollen?«, hauchte sie und ließ ihren Blick hin und her wandern. Ohne eine Antwort abzuwarten, verflüchtigte sie sich, glitt hinter Mutter Perpetua und verließ den Raum im Rückwärtsgang.

Perpetua machte einen fröhlichen kleinen Schritt und bog den Spann in ihren Schnürschuhen. »Oh, ich störe Sie«, sagte sie.

Ich hoffe, Agnes bringt keinen Tee, dachte Vater Angwin. Ich hoffe, das nimmt sie nicht auf sich. Es würde Purpit ermutigen. »Mögen Sie sich setzen?«, fragte er. Aber Purpit fuhr mit ihrem Tänzchen fort.

»Darf ich glauben, was meine Ohren vernommen haben?«, fragte sie. »Stimmt es, dass der Bischof die Statuen loswerden will?«

»Es stimmt.«

»Ich fand die Kirche immer schon überladen. Nicht, dass ich da was zu beurteilen hätte.«

»Nicht, dass Sie das was zu beurteilen hätten.«

Purpit schnipste sich den Schleier über die Schulter. »Und höre ich weiter richtig? Dass Sie die Statuen begraben wollen? Weil, was stellen Sie sich vor, Vater? Dass das Dorf mit Kränzen kommt? Oder soll die Kirchengemeinde wie normal weitermachen, so tun, als wären sie nicht begraben, und ihre Kerzen um die Gräber aufstellen?«

»Sie sind es, die von ›Gräbern‹ spricht. Ich rede bisher nur von ›Löchern‹. Es wird keine Zeremonie geben. Keinen Ritus. Es ist eine bloße Maßnahme.« Sich das sagen zu hören tröstete Vater Angwin etwas. »Eine Maßnahme« brachte das Ganze auf Distanz, gab ihm Würde und den Anschein von Kalkül.

»Und wann gedenken Sie, diese Maßnahme zu ergreifen?«

»Ich dachte, am Sonnabend. Damit mir die Männer-Kameradschaft helfen kann.«

»Ich kann Ihnen Schwester Philomena ausleihen, ein gutes, starkes Mädchen. Sie kann graben. Ein echtes Kind irischer Erde.«

»Oirischer«, sagte sie, es war ihr kleiner Scherz. Man kann von Nonnen nicht zu viel Humor erwarten. Purpit ließ ihr heiseres Pferdelachen hören und schnipste ein weiteres Mal ihren Schleier nach hinten. »Wie ich höre, hat man Ihnen mit einem Vikar gedroht«, sagte sie.

Vater Angwin bemerkte ihre Wortwahl. Er hob den Blick. Zwischen Mutter Perpetuas oberen Schneidezähnen gab es eine Lücke, was nicht ungewöhnlich war, aber Vater Angwin fühlte seinen Blick immer wieder davon angezogen. Er stellte sich Mutter Perpetua als Kannibalin vor, wie sie durch diese Lücke die zarteren Teile ihrer Opfer in sich hineinsaugte.

»Nun, man weiß es nie«, sagte die Nonne. »Frisches Blut.«

Der folgende Samstag war der Tag, den Vater Angwin für die Beisetzung bestimmt hatte, in der Abenddämmerung, um einen Schleier des Anstands zu wahren. Das Wetter hatte aufgeklart, und die untergehende Sonne tauchte die Brustwehr auf dem Kirchturm in ein goldenes Licht. Mehlschwalben vollführten in der feuchten, nach Moos riechenden Luft über dem Pfarrhaus ihre Flugkunststücke.

Die Männer-Kameradschaft in ihren alten, grünschwarzen Anzügen wirkte wie eine Trauergemeinde. »Ich weiß nicht«, sagte Vater Angwin, »aber wären Cordhosen nicht angemessener gewesen?« In all seinen Jahren in der Gemeinde hatte er sich nicht an den seltsam zwittrigen Charakter des Ortes gewöhnen können. In seinem Herzen wusste er, dass es Angestellte und Textilarbeiter waren und dass sie keine Cordhosen hatten, keine Wollhemden und keine derben Stiefel.

Die verheirateten Männer mieden die Kameradschaft weitgehend. Sie kamen einmal im Jahr in die Kirche, meist um Ostern herum, im Übrigen überließen sie diese Dinge ihren Frauen. Aber es gab viele Junggesellen in der Gemeinde, zumeist mittelalte Männer, abstinent und ausgetrocknet, ganz gelb durch lange Stunden der Andacht, verhinderte Kleriker, aber in aller Regel zu demütig oder dumm, um eine Ordination anzustreben. Schimmelgeruch stieg von den fleckigen Schultern ihrer Jacken auf, und beim Gehen klirrten die heiligen Medaillen, mit denen sie behängt waren. Wie er aus der Beichte wusste, übten sich einige von ihnen in Entsagung, aßen nur wenig und rauchten nicht. Aber er vermutete noch einiges mehr: Büßerhemden und Geißeln. Allein zusätzliche Andachten vermochten ein Glänzen in ihre Augen zu bringen. Alle lebten sie für den Tag, an dem sie einer alten Nonne über die Straße helfen können oder mit dem Nicken eines Monsignore bedacht werden würden.

Der Boden war professionell vorbereitet worden. Vater Angwin wollte seine Mannschaft weder überlasten noch überschätzen, und so hatte er den Totengräber und seinen Gehilfen vom Friedhof, den sich St Thomas Aquinas mit der Nachbargemeinde teilte, gerufen. Die Fetherhoughtoner verdienten keinen eigenen Beerdigungsort. Unter dem Vordach der Kirche war es zu einer Diskussion (erhitzt) gekommen, am Ende hatte Geld die Hände gewechselt, und die beiden Männer hatten die Logik in der Argumentation des Pfarrers erkannt. Sicher, sie waren nicht angestellt, um Löcher zu graben, das war nicht ihr Beruf, das sagte ihnen nicht zu. Dafür hätte er besser, wie einer von ihnen sagte, einen Landschaftsgärtner bestellt. Aber da die Löcher nun mal die Form von Gräbern haben sollten, hätte man es als Verletzung ihres Zuständigkeitsbereichs betrachten können, hätte er jemand anderen damit beauftragt. Und die Löcher mussten ja auch nicht so tief sein wie normale Gräber, die Arbeit würde also leicht sein. Das alles hatten sie eingesehen und sich hinter der Garage an die Arbeit gemacht.

Als Vater Angwin die ausgehobenen Löcher sah, verschränkte er die Arme vor der Brust und spürte eine namenlose, schwebende Angst unter seiner Soutane. Was er da sah, war der Ort eines bevorstehenden Massakers, einer Gräueltat, und er sagte sich, wie es schlaue Kinder immer tun: Wenn Gott unser Schicksal kennt, warum kann er es dann nicht verhindern, warum ist die Welt so voller Bosheit und Grausamkeit, warum hat Gott sie überhaupt geschaffen und uns einen freien Willen gegeben, wo er doch längst weiß, dass einige von uns ihn dazu nutzen werden, uns zu zerstören? Aber dann erinnerte er sich, dass er nicht an Gott glaubte, und ging in die Kirche, um die Entfernung der Statuen von ihren Sockeln zu überwachen.

Vater Angwin kannte sich gut mit Hebeln und Flaschenzügen aus, doch es war Schwester Philomena, die den Männern den nötigen Antrieb gab. Als die Statuen draußen lagen, die Männer ihre Seile eingerollt und die Schaufeln ergriffen hatten, drang der Geruch ihrer, Schwester Philomenas, Haut durch die schwere schwarze Kutte bis an ihre Nasen, und sie wichen zur Seite – ihre keuschen Körper erschütterte, was sie nicht verstanden. Schwester Philomena in ihren Wollstrümpfen war eine große, gesunde Frau. Man roch die Seife auf ihrer Haut, ihren Brauen, den Füßen und anderen Körperteilen, die man bei Nonnen nicht sieht. Es war möglich, sie sich mit Knien vorzustellen.

Schwester Philomena hob ihre Röcke ein wenig, um sich auf die feuchte Erde zu knien und zu verfolgen, wie die Heiligen in die Erde gesenkt wurden, beugte sich im letzten Moment noch vor und fuhr mit ihrer rauen Hausfrauenhand über die Mähne des Löwen des heiligen Hieronymus. Seufzend lehnte sie sich zurück, setzte sich auf die Fersen und strich sich mit dem Handrücken über die Augen.

»Ich habe ihn gemocht, Vater«, sagte sie und hob den Blick. Er reichte ihr eine Hand, um ihr aufzuhelfen. Sie erhob sich und legte den Kopf so weit in den Nacken, dass ihr Schleier wieder wie gewohnt über ihre Schultern fiel. Ihre Hand war warm und ruhig, und Vater Angwin spürte das langsame Schlagen ihres Herzens.

»Sie sind ein braves Mädchen«, sagte er. »Ein braves Mädchen. Allein hätte ich das nicht geschafft. Auch ich bin traurig.«

Philomena hob die Stimme in Richtung der Männer-Kameradschaft, einer staksenden, wankenden, einbeinigen Gruppe schwarzer Flamingos, die sich die Schuhe sauber kratzten. »Sie alle, Gentlemen, sollten zur Nissenhütte gehen. Schwester Anthony hat die Teemaschine in Gang gesetzt und ein Früchtebrot gebacken.«

Diese Aufforderung schien die Männer zu treffen. Schwester Anthony, eine rundliche, strahlende Frau mit mehliger Schürze, war in der Gemeinde allgemein gefürchtet.

»Die arme, alte Seele«, sagte Vater Angwin. »Sie meint es gut. Denkt an die Schwestern, die müssen jeden Tag mit ihr zurechtkommen, bei Frühstück, Mittagessen und Abendbrot. Tut mir auch noch diesen letzten Gefallen, Jungs, und wenn es ungenießbar ist, nehmt es als Buße.«

»Es ist nicht mehr als eine Handvoll Sand mit drin«, sagte Philomena, »wenn auch vielleicht mehr als Rosinen. Büßet, wie der Vater sagt, und empfangt so Seine Gnade. Sagt: ›Heiligstes Herz Jesu, hilf mir, dieses Früchtebrot zu essen.‹«

»Sagt ihr das so?«, fragte Vater Angwin. »Ich meine, *mutatis mutandis*, entsprechend der jeweiligen Situation? Zum Beispiel, wenn sie den Haferbrei anbrennen lässt?«

»›Heilige Maria, Muttergottes, hilf mir, diesen Haferbrei zu essen.‹ Schwester Polykarp hat vorgeschlagen, den heiligen Michael, den Schutzheiligen der Lebensmittelhändler, in einer neuntägigen Andacht zu bitten, sie in Essensfragen ein wenig anzuleiten. Wir waren nicht sicher, ob wir uns nicht lieber an den Schutzheiligen der Köche wenden sollten, aber Schwester Polykarp meinte, ihr Problem ist grundsätzlicherer Natur: Gott allein weiß, was sie mit ihren Zutaten anstellt.«

»Und ihr habt alle eine fromme Formel?«

»O ja, aber natürlich benutzen wir sie nur still für uns, um ihr nicht wehzutun. Außer Mutter Perpetua: Die gibt ihr eine fromme Zurechtweisung.«

»Darauf wette ich.«

»Schwester Anthony ist sehr demütig. Sie wehrt sich nie.«

»Warum sollte sie auch? Sie hat ihre eigenen Rachemöglichkeiten.«

Der Mond war aufgegangen, ein Lichtsplitter über den schwarzen Terrassen. Judd McEvoy, der sich mit seiner gestrickten Weste von den anderen unterschied, tätschelte die Erde über der heiligen Agathe. »Judd?«, sagte Vater Angwin. »Ich hatte Sie noch gar nicht gesehen.«

»Oh, ich hab mich abgerackert«, sagte Judd McEvoy. »Ganz unauffällig hab ich mich abgerackert, und es gibt keinen Grund, Vater, warum ich Ihnen von uns allen besonders hätte auffallen sollen.«

»Aber sonst tun Sie es.« Vater Angwin wandte sich ab, und Schwester Philomena konnte sehen, wie verwirrt er war. »Ich weiß immer gern, wo du bist, Judd«, sagte er leise zu sich und lauter: »Gehen Sie mit den anderen und essen Ihr Früchtebrot?«

»Auf jeden Fall«, sagte Judd. »Ich möchte mich in keiner Weise von ihnen absetzen.« Er klopfte die Erde von seinem Spaten und richtete sich auf. »Ich denke, Sie können sagen, Vater, dass all unsere Heiligen sicher begraben sind. Soll ich mir die Mühe machen und einen Plan mit den Namen anlegen? Falls der Bischof es sich anders überlegt und einen von ihnen wieder einsetzen will?«

»Das wird nicht nötig sein.« Vater Angwin verlagerte sein Gewicht von einem Bein aufs andere. »Ich behalte ihre Lage im Gedächtnis. Da wird es keine Zweifel geben.«

»Wie Sie mögen«, sagte McEvoy, lächelte sein kaltes Lächeln und setzte seinen Hut auf. »Dann schließe ich mich jetzt den anderen an.«

Die Männer der Kameradschaft, erbaut durch die Worte der bemerkenswerten jungen Nonne, sahen zu Vater Angwin, berührten ihre Stirn und machten sich allein und zu zweit auf den Weg hinüber zur Schule. Ihr Murmeln hob sich in den duftenden Abend: »Heiligstes Herz Jesu, hilf mir, dieses Früchtebrot zu essen.« Vater Angwin sah ihnen hinterher. McEvoy warf noch einen Blick zurück. Als sie endlich hinter der Biegung beim Kloster verschwunden waren, hörte Schwester Philomena, wie der Pfarrer die Luft aus seiner Lunge entweichen ließ. Auf seinem Gesicht machte sich Erleichterung breit.

»Kommen Sie doch für einen Moment mit in die Kirche«, sagte er.

Sie nickte und folgte ihm. Gemeinsam traten sie durch die Tür und die tiefen Schatten, die sich unter dem Vordach gesammelt hatten. Kälte kroch aus dem Steinboden an ihren Beinen herauf, Erdbrocken lagen in den Gängen. »Darum kümmere ich mich morgen«, sagte Philomena mit ruhiger, gedämpfter Stimme. Sie sahen sich um. Ohne die Statuen wirkte die Kirche kleiner und schäbiger, und die Ecken traten schroffer hervor.

»Eigentlich sollte man denken, dass es andersherum wäre«, sagte Philomena und traf seinen Gedanken. »Dass sie größer aussehen würde. Nicht, dass sie nicht groß genug wäre. Ich erinnere mich, als Kind, als meine Tante Dymphna starb und wir ihre Sachen hinaus in den Hof schafften, ihr Bett, ihre Kommode und alles, da dachten wir hinterher, als wir noch mal hineinsahen, das Zimmer wäre nicht größer als ein Hühnerstall. Meine Mutter sagte: ›Lieber Gott, hat meine Schwester Dymphna mit all ihren schicken Kleidern in diesem kleinen Raum gelebt?‹«

»Woran ist sie gestorben?«

»Dymphna? Oh, es war die Lunge. Ihr Zimmer war feucht. Es war ein Bauernhof.«

Sie sprachen flüsternd von der Toten. Philomena senkte den Kopf, und der Pfarrer sah ein klares Bild vor sich, sah das modernde Strohdach des Cottages ihrer Tante und die Hühner, die im Vergleich so frei schienen und in der heiligen Erde Irlands scharrten, der Himmel über ihnen voller regenschwerer Wolken. Er sah den Tag der Beerdigung: wie Dymphnas Sarg auf einen Karren geladen wurde. »Ich hoffe, sie ruht in Frieden«, sagte er.

»Das bezweifle ich. Sie war berüchtigt, trieb sich auf Viehmärkten herum und ließ sich mit Männern ein. Gott sei ihrer Seele gnädig.«

»Sie sind eine eigenartige junge Frau«, sagte Vater Angwin und sah sie an. »Sie pflanzen mir Bilder in den Kopf.«

»Ich wünschte, Sie könnten sehen, wie es hier weitergeht«, sagte Philomena. »Ich bin traurig, Vater. Irgendwie niedergedrückt. Ich mochte den kleinen Löwen. Stimmt es, dass ein Vikar herkommen wird?«

»So hat es der Bischof gesagt. Seitdem habe ich nichts mehr gehört. Ich nehme an, der Bursche wird irgendwann auftauchen.«

»Dann wird er sehen, dass Sie getan haben, was man Ihnen aufgetragen hat. Es ist nicht viel übrig.« Sie ging zum Altar hinüber und hielt inne, um langsam und ehrfürchtig niederzuknien. »Darf ich eine Kerze anzünden, Vater?«

»Das dürfen Sie, wenn Sie ein Streichholz haben. Hier ist sonst nichts, woran man sie entzünden könnte.«

Sie war ein düsterer Umriss im Mittelgang, langte tief in die Tasche ihrer Kutte, holte eine Schachtel Streichhölzer heraus, riss eines an und nahm eine frische Kerze aus der hölzernen Schachtel unter der Statue der Jungfrau. Als der Docht Feuer gefangen hatte, schützte sie die Flamme mit der Hand und hielt die Kerze über ihren Kopf. Das Licht flackerte, wurde heller und umfing das Gesicht der Statue. »Ihre Nase ist angeschlagen.«

»Ja«, sagte Vater Angwin aus der Dunkelheit hinter ihr. »Ich frage mich, ob Sie eine Möglichkeit sehen, da was zu tun. Ich bin künstlerisch nicht so begabt.«

»Knetgummi«, sagte Philomena. »Ich kann was von den Kindern bekommen, und wir malen es an.«

»Gehen wir«, sagte Vater Angwin. »Agnes hat mir etwas Lende gekocht, und das hier macht einen nur melancholisch.«

»Nicht melancholischer als das Abendessen, das auf mich wartet. Ich fürchte, es wird das Früchtebrot sein.«

»Ich würde Sie ja gerne einladen«, sagte Vater Angwin, »für Ihre freundliche Hilfe bei unserer abendlichen Aufgabe, aber ich fürchte, da müsste ich erst den Bischof für eine Art Dispens anrufen, und der hätte zweifellos in Rom nachzufragen.«

»Ich werde mich dem Früchtebrot stellen«, sagte Philomena ruhig.

Als sie die Kirche verließen, dachte er, eine Hand streiche ihm über den Arm. Dymphnas Kneipenlachen schallte schwach von den Terrassen herüber, und ihr angeheiterter, guinnessgetränkter, seit elf Jahren in der Erde ruhender Atem füllte den Sommerabend.

Kapitel drei

Bald darauf endete das Schuljahr. Die Webereien schlossen die Tore für eine Woche, und wer es sich erlauben konnte, verbrachte die freie Zeit in einer Pension in Blackpool.

Alles in allem war es ein schlechter Sommer, in dem viele ihr Leben verloren. Die Gewitter und Stürme des 27. Juli kamen zwei Tage später noch einmal zurück, Bäume wurden entwurzelt, Dächer abgedeckt. Am 5. August kam es zu weiteren Unwettern, und die Pegel der Flüsse stiegen an. Am 15. August stießen im Bahnhof von Blackburn zwei Züge zusammen, fünfzig Personen wurden verletzt. Am 26. August forderten schwere Gewitter weitere Opfer.

Anfang September begann das neue Schuljahr, ein neuer Erstklässlerjahrgang kauerte unter der vermoosten Mauer und suchte Schutz im Schatten vor Mutter Perpetuas Krähenarmen.

Es war nach neun an einem besonders nassen Abend Ende September, als Miss Dempsey es zu ihrem Ärger an der Tür des Pfarrhauses klopfen hörte. Für gewöhnlich kamen die Gemeindemitglieder an die seitliche Küchentür, wenn sie einen Priester brauchten. Die Nonnen wussten ebenfalls, wo sie zu klopfen hatten. Miss Dempsey hatte Vater Angwin noch nicht einmal sein Essen serviert, war es doch der Abend, an dem sich die Marienkinder trafen, und Vater Angwin hatte ihnen einen erbaulichen Vortrag halten müssen.

Das Treffen war wie immer verlaufen. Sie hatten gebetet, dann hatte Vater Angwin gesprochen, der weitschweifiger als gewöhnlich gewesen war, dachte sie. Es war ein Loblied auf die heilige Agnes, die Beschützerin der Vereinigung, gefolgt. Es gab verschiedene solche Loblieder, die sämtlich absurd schmeichelhaft waren, und Miss

Dempsey wurde während des Gesangs wegen ihres Vornamens entweder gezielt übersehen oder höhnisch angestarrt. Die Marienkinder ertrugen es nicht, sie so gepriesen zu sehen.

»Wir singen ein Lied für Agnes,
Das Märtyrerkind aus Rom,
Jungfräuliche Braut Jesu Christi
Und reiner als Meeresschaum.«

Miss Dempsey versuchte bei den wöchentlichen Treffen (tatsächlich hoffte sie, dass sie es versuchte) demütig und unauffällig zu wirken und nicht mit ihrer Stellung in der Gemeinde zu protzen. Angesichts der scharfen Blicke, die sie auf sich zog, hatte sie jedoch das Gefühl, dass ihr Bemühen erfolglos war.

»Oh, hilf uns, heilige Agnes,
Ein freudvoll Lied zu singen,
Trompetend Dich zu rühmen und
Lob den Menschen zu bringen.«

Vater Angwin sagte, er möge gerade dieses Lied, oder? Er sagte, ihm gefalle der Gedanke, dass die Marienkinder Trompete spielten. Trotzdem entwich ihm ein leiser Seufzer.

Nach dem abschließenden Gebet stand es den Marienkindern frei, sich in der Schulaula dem geselligen Teil des Abends hinzugeben, starkem Tee, Gesellschaftsspielen und Rufmord. Agnes selbst kannte ihre Pflicht, hatte hinten in der Kirche ihren Umhang abgelegt, ihn der Vorsitzenden der Schwesternschaft gegeben, Band und Medaille abgenommen und war zurück in ihre Küche geeilt. Ihr war bewusst, dass den Marienkindern damit die Gelegenheit gegeben war, ihren Ruf in den Schmutz zu ziehen, aber es ging nicht anders: An einem Abend wie diesem konnte Vater Angwin nicht mit einem Sandwich abgespeist werden.

Wer kann das nur sein an der Tür?, fragte sie sich, nahm die Schürze ab und hängte sie auf. Vielleicht liegt jemand im Sterben, und die trauernden Angehörigen wollen Vater Angwin bitten, zu kommen und dem Todgeweihten die letzte Ölung zu geben. Vielleicht war sogar eines der Marienkinder Opfer eines Unglücks geworden, eine tödliche Verbrennung mit der Teemaschine schien immer eine Möglichkeit. Oder vielleicht, dachte Agnes, ist es ein armer Sünder mit Blut an den Händen, der durchs wilde Moor hergeritten ist, um die Absolution zu erbitten. Ein Blick auf die Uhr sagte ihr jedoch, dass das nicht sein konnte. Der letzte Bus aus Glossop war schon vor zwanzig Minuten durchgekommen.

Miss Dempsey öffnete die Tür einen Spaltbreit. Aus der bläulich wilden Finsternis draußen wehte der Regen an ihr vorbei in die Diele. Vor ihr stand eine große, düstere Gestalt, ein Mann in einem dunklen Mantel, mit Löchern, wo Mund und Augen hingehörten, und einem tief in die Stirn gezogenen Hut. Als sich ihre Augen langsam an die Düsternis draußen gewöhnten, sah sie, dass es ein junger Mann war, der in seiner rechten Hand offenbar eine Arzttasche trug.

»Fludd«, sagte die Erscheinung. »Wie die Flut.«

»In der Tat. Es ist mehr als eine Flut.«

»Nein«, sagte der Mann. »F-L-U-D-D geschrieben.«

Eine Böe zerrte an den Bäumen hinter ihm. Der Schatten ihrer Äste, kurzzeitig erleuchtet von Blitzen über Netherhoughton, strich über seine zur Seite geneigte Wange, ein Maßwerk aus Fingern oder Spitze. »Buchstabieren können wir später.« Miss Dempsey öffnete die Tür ganz und tat einen Schritt zurück. »Meinen Sie nicht?«

Der junge Mann trat ein. Regenrinnsale rannen von seinen Kleidern und sammelten sich auf dem Dielenboden zu einer Pfütze. Er fixierte sie mit seinem Blick und schälte sich aus seinen äußeren Schichten. Zum Vorschein kamen ein schwarzer Anzug und ein geistlicher Kragen. »So heiße ich«, sagte er. »Mein Name ist Fludd.«

Dann bist du also der Vikar, dachte sie. Sie verspürte den plötzlichen Drang, *Meiner, Vater, ist Mudd,* zu sagen, *wie der* ... Da hefteten sich seine Augen auf ihr Gesicht.

Der Drang erreichte ihre Lippen und erstarb. Die Kälte des Abends kroch in sie, durch die offene Tür, und sie machte sie zu. Sie begann zu zittern und presste die Zähne aufeinander, damit sie nicht hörbar klapperten. Zu sehr zu zittern war vulgär, so ihr Gefühl, und sie wollte keinen schlechten Eindruck hinterlassen. »Entschuldigen Sie«, sagte sie. »Ich schiebe den Riegel vor. Es ist an der Zeit. Ziemlich spät. Sie werden heute Abend sicher nicht wieder hinausgehen wollen.«

Sie drückte die Tür zu und spürte den Blick des jungen Mannes auf ihrem Rücken, als sie den Schlüssel im Schloss drehte.

»Nein«, sagte er. »Ich will nicht wieder weg. Ich werde bleiben.«

Tief in ihrem Inneren, unter ihrer Strickjacke, ihrer Bluse und ihrem mit kratziger Nylonspitze besetzten Unterrock, unter ihrem wärmenden Leibchen und der sommersprossigen Haut, spürte Miss Dempsey eine langsame Bewegung, ein winziges Sich-Verschieben von Materie, als hätte sich exakt in dem Moment, als der Vikar sprach, etwas verändert, nicht genug, um sich beschreiben zu lassen, aber in seiner Wirkung bis in alle Ewigkeit nachhallend. Wenn sie in späteren Jahren darüber sprach, sagte sie immer: »Haben Sie je gesehen, wie jemand einen Stapel Pennys umstößt? Haben Sie je ein Kartenhaus einstürzen sehen?« Und wer immer es war, mit dem sie sprach, sah sie an und versuchte sie zu verstehen, doch sie fand keine anderen Worte für dieses rutschende, gleitende, stolpernde Gefühl, das ihren ganzen Körper erfasst hatte. Miss Dempsey spürte ihre Sterblichkeit, doch gleichzeitig auch ihre Unsterblichkeit.

In diesem Moment streckte Vater Angwin den Kopf aus der Wohnzimmertür. Es bestand kein Zweifel an der Natur des Ankömmlings, der bereits eine besitzergreifende Miene aufgesetzt hatte, seinen triefenden Hut abnahm, auf den Garderobenständer legte und den Mantel auszog. Besorgnis und Widerwille strichen über Vater Angwins Gesicht, dann stärkere Gefühle. Wie Miss Dempsey einem Gemeindemitglied am nächsten Tag sagen würde: »Ich dachte ernsthaft einen Augenblick lang, er könnte sich auf ihn stürzen.« Sie sah den Pfarrer auf der Schwelle zum Wohnzimmer stehen, bereit, der schwache Leib erbebend, mit einem gefährlichen goldenen Licht in den Augen. Eine Melodie ertönte in ihrem Kopf, aber nicht die eines Kirchenlieds. Gegen ihren Willen fing sie an zu summen und war entsetzt zu hören, wie sie tatsächlich zu singen begann: *»John Peels ›Hallo!‹ vermochte die Toten zu erwecken / Oder den Fuchs am Morgen in seinem Bau …«*

»Das ist Miss Dempsey, meine Haushälterin«, sagte Vater Angwin. »Sie ist verwirrt.«

Bevor sie sich entschuldigen konnte, sah sie Vater Fludd in die Innentasche seines schwarzen Anzugs greifen und erwartete, die Finger nervös gegen die Lippen gedrückt, dass der Ankömmling irgendwelche Papiere hervorholte, eine Schriftrolle vielleicht, mit eingeprägtem päpstlichem Siegel: ein Dokument, das Vater Angwin wegen Trunkenheit und absonderlichen Verhaltens exkommunizierte und diesen jungen Mann an seine Stelle treten ließ. Aber die Hand des Vikars kam mit einer kleinen, flachen Dose wieder zum Vorschein, die er Vater Angwin mit den Worten hinhielt: »Wollen Sie einen Stumpen?«

Den Rest des Abends lief Miss Dempsey die Treppe hinauf und hinunter und tat ihr Bestes, es dem Vikar gemütlich zu machen. Er sagte, er wolle ein Bad nehmen, was an einem normalen Abend in der Woche ganz und gar nicht normal war. Das Bad, eines der wenigen in Fetherhoughton damals, war kalt wie eine Leichenhalle und das heiße Wasser ein rostiges, unverlässliches Tröpfeln. Miss Dempsey drang durch den kalten oberen Stock des Hauses, ein fadenscheiniges Handtuch über dem Arm, dann holte sie die Bettwäsche, dünne irische Leintücher, gestärkt und eisig kalt.

Sie suchte nach einer Wärmflasche und ging ins Zimmer des Vikars, um die Vorhänge zuzuziehen, mit dem Staubwedel über den kleinen Nachttisch zu fahren und die Matratze zu wenden. Es gibt Menschen, so heißt es, die, ohne es zu wissen, Engel beherbergt haben, doch Miss Dempsey wäre gern vorgewarnt worden. Jede Woche putzte sie diesen Raum, aber natürlich war das Bett nicht gelüftet. Sie hatte nichts Heimeliges, was sie dem Zimmer hätte hinzufügen können, hätte höchstens einen Eimer Kohlen holen und einheizen können, allerdings hatte sie noch nie erlebt, dass ein Schlafzimmer geheizt wurde, und es war besser, keine falschen Erwartungen zu fördern, die der Vikar haben mochte. Irgendwie hatte sich während jener ersten kurzen Unterhaltung und durch seine kunstvolle Unbekümmertheit in Bezug auf ihr Singen in ihrem Kopf die Vorstellung herausgebildet, dass er nicht nur ein Priester, sondern auch ein Gentleman sei. Es war nur ein Eindruck aufgrund seines Verhaltens und nicht seiner Erscheinung. Das Licht in der Diele war so düster, dass sie kaum hatte erkennen können, wie er wirklich aussah.

Die Wände im oberen Stock waren wie die Küche und die Diele unten in einem dunklen Anstaltsgrün gestrichen, die Kassettentüren gelblich lackiert. Im Zimmer des Vikars hing nur eine nackte Glühbirne ohne Lampenschirm und warf harte Schatten. Die Dielen im Flur knarzten, und Miss Dempsey blieb stehen, wiegte sich ein wenig auf den Füßen und fand die lauteste Stelle. Die Böden unten waren aus Stein, und in jedem Zimmer hing ein Kruzifix, an dem der sterbende Jesus eine leicht andere Gequältheit, eine größere oder kleinere Verkrümmung seines nackten Körpers zeigte, eine mehr oder weniger gepeinigte Muskulatur. Das Haus war ein Gefängnis für diese sterbenden Gottessöhne, ein Mausoleum.

Wenn sich Miss Dempsey das Haus des Bischofs vorstellte, sah sie Tischlampen mit Seidenschirmen vor sich, Esstische auf Podesten und den Glanz heißer, elektrischer Luft. Wenn sie sich die Speichellecker vorstellte, räkelten sie sich auf weichen Kissen und aßen Paranüsse. Sie stellte sich vor, dass sie Essen mit Soße bekamen und auch an ganz normalen Tagen Portwein. Ihre Finger spülten sie in Marmorbecken mit Weihwasser, und im bischöflichen Garten, durch den sie Latein redend wandelten, gab es Springbrunnen, Skulpturen und einen Taubenschlag. Auf dem Weg durch die Diele blieb Miss Dempsey vor der Wohnzimmertür stehen, durch die eine erregte Unterhaltung drang. Sie hörte, dass Vater Angwin Whisky getrunken hatte. Der Vikar sagte mit seiner leichten, trockenen Stimme: »Wenn ich über das Leben Christi nachdenke, frage ich mich oft: Bekam der Mann, dem die Gerasener Schweine gehörten, eine Entschädigung?«

Miss Dempsey schlich davon.

Der Vikar fuhr mit der Hand über die Tischdecke, es war eine blätternde Bewegung, mit der er das Thema beiseitewischte. Blutleer und spitz trieben seine Finger über das Leinen wie Schwäne über einen See aus Milch.

»Ich dachte, Sie wären vielleicht einer von den modernen Burschen«, sagte Vater Angwin. »Ich dachte, vielleicht hätten Sie nichts gelernt. Mir wurde ganz schlecht.«

Vater Fludd senkte den Blick mit einem nach innen gewandten bescheidenen Lächeln, als wollte er alle Anmaßung von sich weisen. Auch er hatte getrunken, war aber sicher nicht alkoholisiert. Trotz der späten Stunde, es war bereits elf, war er so angenehm, gelöst und lebhaft, als säßen sie beim Tee. Wann immer Vater Angwin ihn ansah, schien der Vikar sein Whiskyglas gerade an die Lippen zu heben, ohne dass die Menge in seinem Glas weniger wurde, und dennoch griff er von Zeit zu Zeit nach der Flasche und schenkte sich nach. Genauso war es bei ihrem späten Abendessen gewesen: Vater Fludd hatte drei Würste auf seinem Teller gehabt (vom Co-op-Metzger), ständig in die eine oder andere geschnitten, ein Stück auf die Gabel gespießt und es auf zurückhaltende, gesittete Weise mit fest geschlossenem Mund zerkaut. Und doch waren es drei Würste auf seinem Teller geblieben, bis am Ende plötzlich keine mehr da gewesen war. Vater Angwins erster Gedanke war gewesen, dass Fludd einen kleinen Hund in seinen Kleidern versteckt halte, so wie Starlets ihre

Schoßhündchen vor dem Zoll verbargen. Das hatte er in der Zeitung gesehen. Aber Fludd steckte im Unterschied zu Starlets nicht bis hoch an den Hals in einem dicken Pelz, und Vater Angwin fragte sich sowieso, ob ein Hund so viel Whisky trinken würde.

Von Zeit zu Zeit beugte sich der Vikar vor und kümmerte sich um das Feuer. Er wusste mit der Kohlenzange umzugehen, wie Vater Angwin sah. Der Raum blieb bemerkenswert warm, und doch, als Agnes mit einem frischen Eimer Kohlen hereinkam, stutzte sie überrascht und sagte: »Sie brauchen ja gar keine.«

Vater Angwin stand auf und öffnete das Fenster einen Spalt. »Das ist mal was anderes in diesem Haus«, sagte er, »aber es ist heiß wie die Hölle.«

»Nur besser belüftet«, sagte Fludd und nippte an seinem Whisky.

Es ist an der Zeit, dass sie ihren Kakao trinken, dachte Miss Dempsey. Der Bischof hat diesen Saufbold ausgesucht, um den armen Angwin zum Trinken zu verleiten. Er konnte was vertragen, das war sicher, und wenn Angwin umfiel, würde er, da bestand kein Zweifel, in die Diele schleichen, den Hörer abheben und Seine Korpulenz unter seiner speziellen Nummer anrufen.

Und doch war Miss Dempsey nicht sicher, was sie denken sollte. Der Blick, den er ihr geschenkt hatte, in der Diele, war der nicht trotz aller Schauderhaftigkeit voller tiefer Barmherzigkeit gewesen? Konnte es sein, dass dieser Fludd kein Speichellecker war, sondern ein Unschuldiger, den der Bischof in den Ruin schicken wollte? Sie spürte den Blick immer noch auf sich: als wäre ihr Fleisch zu Glas geworden.

Ich werde wieder singen, sagte sie sich, um ihm zu zeigen, dass ich für gewöhnlich fromme Sachen singe. Wenn ich das Tablett hineintrage, werde ich vor mich hin summen. Sie breitete ein rundes, weißes, mit Satin-Stiefmütterchen besticktes Tuch darüber, das sie im Juni auf dem Wohltätigkeitsbasar der Gemeinde gekauft hatte und das noch reiner als Meeresschaum aussah, stellte die Tassen mit dem

Kakao darauf, dazu zwei Teller, jeweils mit drei Rich-Tea-Keksen. *»Christus wurde Dein Herz geschenkt, / die Welt hat Dich umsonst versucht …«*

Sie klopfte. Natürlich kam keine Antwort, sie redeten wieder. *»Deren Versprechen dich nie …«* Sie drückte die Tür mit dem Fuß auf und manövrierte sich nach drinnen. Die Hitze ließ sie zurückfahren, das Feuer schlug den Kamin hinauf. Sie verlor den Faden ihres Liedes. Der Vikar sah sie an und lächelte, als sie das Tablett auf den Tisch stellte, und sie erwiderte seinen Blick und sah ihm dabei direkt ins Gesicht. Dieses Mal, dachte sie, muss ich sicher sein und mir merken, wie er aussieht. Sie hielt seinem Blick stand, so lange sie konnte, ohne den Eindruck zu erwecken, ihn anzustarren, beugte sich zur Feuerstelle hin und fegte die Kacheln mit dem kleinen goldenen Feger aus dem Kaminbesteck, was absolut unnötig war. Sie überraschte sich selbst damit, hätte sie doch für gewöhnlich einen schmutzigen, struppigen Handfeger aus der Küche geholt und sie schon der Gedanke explodieren lassen, dass sich jemand dafür am Kaminbesteck vergreifen könnte.

Sie wartete darauf, dass Vater Angwin wie gewohnt sagte: »Das sind langweilige Kekse, ich mag Feigen, Vanillecreme«, aber er war völlig in sein Gespräch mit dem Vikar versunken, seine Hände verschränkten und öffneten sich auf dem Tisch, und seine Stimme klang leicht erregt. »Ich versuche mir zu sagen, dass jemand, der Böses tut, was immer es ist, es *permettio dei* tut, mit Gottes Erlaubnis …«

»Ich verstehe«, sagte der Vikar mit ernster Stimme.

»… und Augustinus argumentiert im *Gottesstaat* äußerst überzeugend, dass das Gute ohne das Böse existieren könne, das Böse aber nicht ohne das Gute. Dennoch habe ich mittlerweile das Gefühl, dass der Teufel unabhängig in dieser Welt agiert. Er ist es, so scheint mir, der die Zügel in der Hand hält.«

Vater Fludd rührte bedächtig seinen Kakao um. Er hielt den Blick niedergeschlagen.

»Ich hole das Tablett später wieder«, sagte Agnes. »Ich möchte vorm Schlafengehen noch abwaschen, Vater. Wenn ich eines nicht ertragen kann, ist es schmutziges Geschirr früh am Morgen. Ich denke, es abends stehen zu lassen, ist eine so ordinäre Angewohnheit.«

»Ich weiß nicht, *wo* Gott ist«, sagte Vater Angwin, »und ich weiß nicht, ob es ihn gibt.«

»Trinken Sie den Kakao, solange er heiß ist«, sagte Agnes zu ihm, »und regen Sie sich vor dem Schlafengehen nicht zu sehr auf.«

Vater Angwin hörte ihr nicht zu. Er sah durch sie hindurch, als gäbe es sie nicht, und einen Moment lang wurde sie von Furcht übermannt, als gösse ihr jemand kaltes Wasser in den Nacken: Was, wenn sie tatsächlich nicht zu sehen war, weil Vater Fludd sie hatte verschwinden lassen? Aber schon beruhigte sie ihr gesunder Menschenverstand wieder, und sie ging hinaus in die Diele und summte: *»Vergeblich das Flehen des Buhlenden, / vergeblich der Zorn des Richters: / Nur eine Liebe trägst du im Busen, / entzündet durch keuschestes Feuer.«* War »Busen« kein unanständiges Wort? Aber es kam oft in Kirchenliedern vor. Miss Dempsey fehlten die Bezeichnungen für einige Teile ihrer Anatomie. Sie schenkte ihnen niemals Beachtung. *»Wenn Männer zum Festmahl gehen …«* Sie versuchte sich zu erinnern, wie Vater Fludd aussah, doch seine Züge waren wieder ganz aus ihrem Kopf entschwunden.

»Und so wachte ich eines Morgens auf«, fuhr Vater Angwin fort. »Das war vor zwanzig Jahren. Und er war über Nacht verschwunden.«

»Verstehe«, sagte Vater Fludd.

»Wie können Sie das erklären? Abends war er noch da, und am Morgen war er weg. Erst dachte ich, er käme wieder zum Vorschein, Sie wissen schon, wie die Pantoffeln, die man aus Versehen unters Bett getreten hat, oder eine verlegte Zahnbürste.«

Vater Fludd beugte sich vor. Sie hatten sich in die beiden Sessel links und rechts vom Feuer gesetzt. »Haben Sie den heiligen Antonius um Hilfe gebeten? Sie wissen, er ist unerreicht, wenn es darum geht, Verlorenes wiederzufinden.«

»Aber wie konnte ich?« Vater Angwin breitete die Hände mit einer ausladenden Geste offener Verzweiflung vor sich aus. »Wie hätte ich, angesichts dessen, was ich gerade verloren hatte, Antonius oder sonst einen Heiligen um Hilfe bitten können?«

»Wohl eher nicht«, sagte Fludd. »Es gibt Verluste wie den der Jungfräulichkeit, bei denen auch der heilige Antonius nicht helfen kann. Allerdings wäre es Ihnen nicht verboten gewesen, ihn dennoch zu fragen, als Optimist. Mir scheint, Ihr Verlust war schlimmer als der von Jungfräulichkeit. Was haben Sie dann gemacht?«

»Ich habe im Schrank nachgesehen, glaube ich. Ich bin aufgestanden, es war fünf Uhr und noch dunkel, und ich bin in die Sakristei gegangen. Ich habe die Truhe geöffnet und zwischen den Messgewändern nachgesehen. Ich wusste, es war unsinnig, aber Sie können sich vorstellen, wie ich mich fühlte. Ich war außer mir vor Angst um die Zukunft.«

»Und dann?«

»Sah ich zum Altar. Er war nicht da. Er war mir im Schlaf entglitten, und ich musste es akzeptieren.« Vater Angwin senkte den Kopf. »Ich hatte meinen Glauben verloren. Ich glaubte nicht mehr an Gott.«

»Sie rufen sich das vor Augen«, sagte Fludd, »als wäre es gestern gewesen. Darf ich fragen, was Sie als Nächstes getan haben?«

Vater Angwin legte die Hände zusammen, Fingerspitze an Fingerspitze. Er überlegte. »Ich dachte, was ich am meisten brauchte, sei eine Art Überlebensplan, eine Strategie. Ich fragte mich, ob es in der Diözese so etwas wie eine Besserungsanstalt für Priester wie mich gab. Einen Ort, wo sie die Öffentlichkeit nicht sah. Schließlich kann man nicht einfach so aufhören, Priester zu sein, oder? Ganz gleich, wie ungläubig oder skandalös jemand ist – ein Priester bleibt ein Priester, in alle Ewigkeit. Ich konnte mich nicht davonstehlen, konnte mich nicht bei Nacht und Nebel aus dem Staub machen.«

»Ich würde sagen, Ihr Weg war klar«, sagte Fludd. »Ein Mann kann die äußere Form wahren, auch wenn ihm die innerliche Anmut fehlt.«

»Richtig, und so dachte ich: Gut, mir fehlt der Glaube, aber ich muss so tun, als wäre es nicht so.«

»Und darf ich raten? Sie hatten eine Gemeinde, der es zu dienen galt. Trotzdem fühlten Sie sich auf unsicherem Boden. Angenommen, Ihnen unterliefe eine Unachtsamkeit und Sie hätten sich verraten.«

»Ich war ein Scharlatan«, sagte Vater Angwin. »Ein Aufschneider. Ein Schwindler. Wissen Sie, was mir Sorgen bereitete? Dass ich aufhören würde, wie ein Priester zu denken. Aufhören würde, wie einer zu reden. Dass eines Tages ein Gemeindemitglied mit einer Frage käme – Ist das oder das eine Sünde und was soll ich tun? –, und dass ich ihm darauf sagen würde: ›Nun, was denken Sie denn, wie ist Ihr Gefühl, was sagt Ihnen der gesunde Menschenverstand?‹«

»Der gesunde Menschenverstand hat nichts mit Religion zu tun«, sagte Vater Fludd tadelnd, »und eine Sünde kaum etwas mit persönlicher Meinung.«

»Genau. Das sage ich ja. Ich hatte Angst, mich zu vergessen und wie jeder normale Mensch zu antworten – mich ans Menschliche und nicht ans Göttliche zu halten. Ich musste mich wappnen. Gegen diese schlimme Gefahr.«

»Wurden Sie übertrieben gewissenhaft? Zu genau?« Fludd lehnte sich wieder vor, mit leuchtenden Augen. »Haben Sie es darauf angelegt, für die Strenge Ihrer Meinungen bekannt zu werden? Für Ihre altmodischen Standpunkte und die Rigidität Ihrer Ansichten? Wollten Sie nichts mehr von Neuerungen und Abweichungen wissen, zum Beispiel einer kleinen Lockerung der Fastenregeln? Wollten Sie kein Jota mehr nachgeben?«

»So in etwa.« Vater Angwin machte ein mürrisches Gesicht und sackte leicht in sich zusammen. »Ist da noch was in der Flasche?«

Fludd hielt sie neben seinem Sessel versteckt, wie es schien. Er griff danach und schenkte dem Älteren einen großzügigen Schluck ein.

»Wundervoll«, murmelte Vater Angwin. »Fahren Sie fort, Vater Fludd. Sie scheinen mir auf der Spur zu sein.«

»Haben Sie im Beichtstuhl keinen Spielraum mehr zugelassen? Angenommen, eine Frau mit sechs Kindern wäre zu Ihnen gekommen. Was hätten Sie ihr geraten?«

»Oh, Sie wissen schon. Dass sie sich enthalten sollen.«

»Was war die Antwort darauf?«

»›Danke, Vater‹, hat sie gesagt.«

»Sie war erleichtert?«

»Das Wort kann das Ausmaß ihres Jubels nicht fassen. Die Männer von Fetherhoughton sind nicht unbedingt für ihre Romantik bekannt.«

»Und wenn sie Ihnen gesagt hätte: ›Vater, ich kann keine Enthaltsamkeit üben, denn der Wüstling besteht auf seinem Vergnügen?‹«

»›Dann‹, hätte ich gesagt, ›hilft es alles nicht, meine Liebe, dann müssen Sie eben noch sechs bekommen.‹«

»Ich verstehe«, sagte Fludd. »Angenommen, als guter Katholik treffen Sie auf eine besondere Notlage, irgendeine winzige Absurdität, die einem armen Sohn oder einer Tochter der Gemeinde das Leben äußerst schwer macht. Denken Sie dann: Nun, was macht das schon? Was kann es im ewigen Maß der Dinge schon bedeuten? In diesem einen Fall will ich mein Urteil vor die Traditionen der Kirche stellen? Der Glaube, Vater Angwin, ist wie eine Mauer, eine große, kahle Ziegelsteinmauer. Eines Tages kommt ein Narr mit einer Haarnadel, sucht sich eine Stelle daran aus und fängt an, den Mörtel aus der Fuge zu kratzen, und wenn der erste Staub sich löst, bricht alles zusammen.«

Vater Angwin nahm einen Schluck Whisky. Was Fludd sagte, war nur zu nachvollziehbar, und er stellte sich den Bischof vor, wie er eine staubige, entwendete Haarnadel aus den Tiefen seiner Tasche holte. »Ich dachte mir«, sagte er, »ein Priester muss an Gott glauben –

oder wenigstens so tun. Und wer weiß, wenn er dreißig Jahre lang so tut, vierzig Jahre, vielleicht wächst der Glaube dann wieder, und die Maske gräbt sich ins Fleisch. Wenn man die lächerliche Vorstellung eines lebendigen Schöpfers akzeptieren kann, den auch noch der kleinste Spatz kümmert, der vom Ast fällt, warum sich dann gegen den Rest sträuben? Warum sich gegen Rosenkränze und Reliquien, gegen Fasten und Abstinenz wehren? Warum ein Kamel schlucken und mit einer Mücke Schwierigkeiten haben? Mit dieser Philosophie schien es irgendwie möglich weiterzumachen, umgeben von Ritualen, sicher wie der Tod, wie man so sagt. Oh, die zentrale Prämisse fehlte, aber wissen Sie, was? Es schien nicht viel auszumachen. Man sollte es nicht denken, oder? Man sollte denken, wenn man seinen Glauben verliert, kann man mit diesem Leben nicht weitermachen. Aber ich versichere Ihnen, man kann.«

»Sie haben sich angepasst«, sagte Fludd. »Das ist natürlich. Angenommen, eine Frau heiratet einen Mann, es ist eine große Liebesaffäre, doch dann wacht sie eines Morgens neben dem Burschen auf und sieht, dass er ein Nichts ist, jämmerlich, ein Schandfleck ihrer Welt. Steht sie auf, geht hinaus auf die Straße und verkündet ihren Irrtum? Nein, das tut sie nicht. Sie kriecht zurück unter die Decke und ist für den Rest des Tages sogar noch netter zu ihm als zuvor.«

»Ich wage zu sagen, dass Sie recht haben«, entgegnete Vater Angwin. »Ich wage zu sagen, dass man die Parallele ziehen kann. Allerdings habe ich nie viel über die Ehe nachgedacht. Ich habe es mir anders klargemacht. Ich dachte: Was ist, wenn einem das Herz herausgenommen wird, man aber noch laufen und frühstücken kann? Also, dann würde man doch nicht darauf verzichten, oder?«

»Sie sind also«, sagte Vater Fludd, »ohne Herz durch Ihre Gemeinde gewandert, haben weiter Beichten abgenommen, Frühmessen gelesen und alles und mehr getan, was von Ihnen verlangt wurde. Sie haben den notwendigen Weg genommen, gefesselt an Ihren schalen Bräutigam, die Kirche. Sie haben nicht von der Kanzel herunter verkündet, nicht länger an Gott zu glauben.«

»Warum hätte ich das tun sollen? Wenn sich der Heide in seiner Blindheit vor Holz und Stein verbeugt, warum sollten es die Fetherhoughtoner dann nicht tun? Oh, ich bin bereit, wie der Bischof es wünscht, sie von ihrer Ignoranz zu befreien. Aber was biete ich ihnen stattdessen?«

»Das ist eine Frage«, sagte Fludd. »Aber was für ein Problem haben Sie mit dem Teufel? Wie kann es sein, dass Sie an ihn nach wie vor glauben?«

»Nun, ich habe ihn gesehen«, sagte Vater Angwin ziemlich knapp. »Er treibt sich in der Gemeinde herum.« Einen Moment lang schwieg er und besann sich auf die Situation. »Mein lieber Junge, darf ich Sie dazu überreden, Ihren Kakao zu trinken? Ich sehe, dass Sie ihn umgerührt und zur Seite geschoben haben. Ich würde es nicht mögen, wenn Sie Agnes an Ihrem ersten Abend schon provozierten. Sie glaubt, Kakao sei gut für Priester.«

Fludd nahm seine Tasse. »Wie sah er aus?«

»Der Teufel? Ein kleiner Mann mit einer karierten Kappe. Und mit einem dieser runden Gesichter, ›Apfelbäckchen‹, sagt man wohl.«

»Sie hatten ihn vorher noch nie gesehen?«

»Oh, sehr oft schon. Er stammt aus Netherhoughton. Er hat da einen Laden. Einen Tabakladen. Was ich nicht verstehe, Vater: Wie kann man etwas immer wieder ansehen, vielleicht sogar jeden Tag seines Lebens, ohne dessen wahre Natur zu erkennen? Bis einem endlich ein Licht aufgeht?«

»In diesem Fall würde ich nicht von einem Licht sprechen, sondern von der Finsternis.«

»An jenem Nachmittag«, Vater Angwin griff ebenfalls nach seiner Tasse und betrachtete ihren Inhalt, »an jenem Nachmittag, sage ich, ging ich über das Kirchengelände, um das Kloster und die Schule herum, weil ich über etwas nachdenken wollte, und da taucht dieser Kerl vor mir auf, so aus dem Nichts, und lüftet die Kappe. Er lächelt mich an, und bei Gott, ich erkannte ihn.«

»Wie haben Sie ihn erkannt?«

»Es war sein Lächeln … seine schreckliche Unbeschwertheit … und die kleine Melodie, die er summte.«

»Sonst noch etwas?«

»Vielleicht ein Schwefelgeruch. Es stank an dem Nachmittag.«

»Schwefel«, sagte Fludd, »kann als definitiver Beweis verstanden werden.«

Agnes steckte den Kopf durch die Tür. Sie räusperte sich. »Sind Sie fertig mit dem Tablett?« Der Rest von ihr erschien. »Es ist Schlafenszeit«, sagte sie. »Wir halten uns an sittliche Zeiten, Vater Fludd.«

»Agnes«, sagte Vater Angwin, »Vater Fludd muss nicht ins Bett, bloß weil Sie schlafen wollen.«

»Es ist keine Frage von ›Müssen‹«, sagte Agnes, »sondern von Schicklichkeit. Ich habe schon vor Stunden das Haus abgeschlossen.«

»Gut«, sagte Vater Angwin. »Wenn wir noch etwas wollen, holen wir es uns selbst. Ich wage zu behaupten, dass Vater Fludd mit einem Wasserkessel umzugehen weiß.«

Miss Dempsey ging hinaus und überprüfte die schweren Riegel der Haustür. Sie rappelte damit, nicht aus Protest, weil sie weggeschickt worden war, sondern gegen die tiefe Stille, die über dem Haus lag. Der Sturm war abgeflaut. Aus dem Küchenfenster sah sie, dass sich die Bäume noch wiegten, aber nur noch ein wenig, wie gesittete Tänzer auf einer vollen Tanzfläche. Die Geräusche, die sie machten, drangen nicht mehr bis zu ihr durch, die dicken Steinmauern und die Ereignisse des Abends hielten sie draußen. Sie berührte ihre Lippe und befühlte den kleinen Auswuchs darauf, schaltete das Licht aus und ging zu Bett. Die schmutzigen Kakaotassen ließ sie in der Spüle stehen und damit eine lebenslange Angewohnheit hinter sich, was ihr das Gefühl gab, dass ihr Leben ein anderes geworden war. Es stimmte, dass der Vikar nichts zu ihr gesagt hatte, abgesehen vom Austausch einiger Nettigkeiten, ein paar Worten, als sie ihm die Würste hingestellt hatte. Aber da war ein Flüstern hinten in ihrem Kopf, das nur er dort eingepflanzt haben konnte: Ich bin gekommen, dich zu verwandeln, die Verwandlung ist mein Geschäft.

Die Männer saßen weiter da und redeten durch die Nacht. Bald schon brach die mürrische Morgendämmerung an. Das Feuer zerfiel zu Asche. Vater Angwin tastete sich durch die Düsternis nach oben, eine Hand an der Wand. Er hatte noch ein, zwei Stunden, bis er aufstehen musste, um die Frühmesse zu lesen. Er legte sich hin, zog nur die Schuhe aus und fiel in tiefen Schlaf.

Als er aufwachte, wusste er nicht zu sagen, wie viel Uhr es war. Sein Mund war ausgetrocknet, und draußen vorm Fenster schien ungewohnt die Sonne. So lag er da und dachte nach, ohne etwas wichtig zu nehmen. Es schien möglich, wahrscheinlich sogar, dass Vater Fludd ein bloßes Traumgebilde war. An die Einzelheiten ihres Gesprächs erinnerte er sich erstaunlich genau, jedoch nicht, wie er feststellte, an das Gesicht des jungen Mannes. An einzelne Dinge nur, ein Auge, die Nase, doch er vermochte sie nicht zusammenzufügen. Es schien möglich, dass Fludd ein reines Produkt seiner Fantasie war. Vielleicht war er vor dem Feuer eingeschlafen.

Vater Angwin setzte sich auf, rieb sich das Gesicht, die Augen mit den Handwurzeln, fuhr sich über das Kinn und dachte daran, sich zu rasieren. In Gedanken redete er mit seinem leeren Magen und versprach ihm ein gut verträgliches pochiertes Ei. Auf Socken, die Schuhe in der Hand, ging er den Flur hinunter und drückte die Tür zum Zimmer des Vikars auf.

Es war nicht leer. Fludd lag im Bett und schlief. Auf dem Rücken lag er und sah blind zur Decke. Sein reservierter, fast strenger Ausdruck hielt Vater Angwin davon ab, ihn näher anzusehen. Es roch nach Weihrauch. Vater Fludd trug ein altmodisches Nachthemd, gestärkt und mit einem gekräuselten Kragen, wie ihn Vater Angwin noch nie gesehen hatte, was ihn gleich mit Neid erfüllte.

Der Pfarrer wandte sich ab, schlich aus dem Zimmer und machte die Tür leise hinter sich zu. Obwohl es ihm so erschienen war, wie ihm später bewusst wurde, als hätte nicht einmal ein Erdbeben den Vikar aufwecken können. Fludd hatte ausgesehen wie ein Bischof auf einer Totenbahre. Der Vergleich schoss ihm sofort durch den Kopf, und Vater Angwin dachte: Der Bischof, der Bischof, über den haben wir gestern Abend nicht gesprochen. Nicht mal sein Name ist gefallen. Wenn Fludd ein Spion ist, bin ich ruiniert. Aber würde ein Spion so tief schlafen? Und dann dachte er: Ich bin sowieso ruiniert.

Unten war die Haushälterin mit ihren morgendlichen Pflichten beschäftigt und sang wieder. Miss Dempsey, dachte er, bildet sich etwas auf ihre Stimme ein und will das selbstvergessene, regungslose Wachsgesicht im Zimmer oben beeindrucken. Er überlegte einen Moment lang, ob er zurückgehen und den Puls des Vikars fühlen sollte. Aber nein: Wenn Vater Fludd nachts zu sterben pflegte, ging nur ihn selbst das etwas an. Ein Fetzen ihres Gesprächs vom letzten Abend kam Vater Angwin wieder in den Sinn. Hatte der Vikar nicht Voltaire zitiert? »Es ist nicht überraschender, zweimal geboren zu werden als einmal.«

Vater Angwin streckte eine Hand aus, um sich festzuhalten. Er hatte fürchterlichen Hunger und fühlte sich schwach und schwindelig. Ich muss Agnes überreden, dachte er, mir meine Übertretungen zu vergeben und mir zwei Eier zu machen. Sie war in der Küche und folgte mit ihrem unsicheren Sopran dem Thema der Märtyrerschaft der heiligen Agnes:

»Wie Männer zum Festmahl gehen,
Die Braut zum Bräutigam,
So nimmst du freudigen Schritts
Dein Schicksal an.
Die Soldaten weinen mitleidsvoll,
Der Scharfrichter rot vor Scham,
Ein Seufzer nur entwich dir.
›s war Jesus‹, süßester Nam'.«

Kapitel vier

An diesem Nachmittag machte Vater Fludd einen Rundgang durch die Gemeinde. Vater Angwin begleitete den Vikar zur Tür. »Vielleicht werden Sie in ihre Häuser eingeladen«, sagte er. »Essen Sie um Himmels willen nichts, und seien Sie vor Anbruch der Dunkelheit zurück.« Besorgt stand er da. »Vielleicht sollten Sie nicht allein gehen.«

»Machen Sie kein Theater, Mann«, sagte Fludd.

Vater Angwin spürte das Gewicht der Verantwortung. Der Junge wuchs ihm ans Herz. Das Thema Bischof stand unausgesprochen zwischen ihnen, und da es bisher nicht zur Sprache gekommen war, nahm Vater Angwin an, dass Fludd ihm nicht zu sehr zugetan war. Er stellte sich vor, dass Fludd den Bischof beunruhigen und der sich von Fludds Wissen und seiner Art, gleich zum Kern einer Sache vorzudringen, bedroht und angegriffen fühlen musste. Kein Zweifel, Fetherhoughton wurde zu einem Abschiebeort: Fludd wurde ausgemustert, genau wie er.

»Hier«, sagte er, »nehmen Sie den Schirm. Das Barometer ist gefallen, und der Mond hatte einen Hof. Es wird noch vor dem Abend regnen.«

Fludd nahm den Schirm. Die beiden Priester schüttelten sich die Hand, und Fludd wanderte den Hügel hinunter.

Auf dem Kutschweg traf er ein paar wild aussehende Kinder. Sie hatten verschrammte Knie, und ihre Köpfe waren kahl rasiert, damit sie nicht verlausten. Jedes einzelne von ihnen zog am Halsausschnitt seines unförmigen Pullovers.

»Wir haben einen Krankenwagen gesehen, Vater«, sagten sie. *»Berühr meine Schulter, berühr mein Kinn, bete zu Gott, dass ich's nicht* *bin.* Dann müssen wir an unserm Kragen reißen, bis wir einen weißen Hund sehen.«

»Aber ihr habt keine Kragen«, sagte Fludd.

»Wo sie wären, wenn wir welche hätten«, erklärten die Kinder, und ein kleines Mädchen sagte: »Wir müssen uns behelfen.«

»Verstehe«, sagte Fludd. »Nun, ich hoffe, ihr seht bald einen weißen Hund. Machen sie das überall hier in der Gegend so?«

»Nicht in Netherhoughton«, sagten die Kinder, und nach einigem Nachdenken fügte das Mädchen hinzu: »Die Krankenwagen fahren da nicht rauf.«

Fludd war neugierig. »Wer hat euch gesagt, dass ihr das so machen sollt?«

Die Kinder sahen sich an. Sie konnten sich nicht erinnern, dass es ihnen jemand gesagt hatte. Es war etwas, das sie schon immer gewusst hatten. Ein paar von ihnen meinten: »Mutter Purpit«, und das kleine Mädchen: »Gott.«

Vater Fludd kam am Schultor vorbei, und bald schon wurde aus dem unbefestigten Kutschweg die Church Street. Sie war gepflastert und wurde von hohen Hecken gesäumt, von denen die Blätter kraftlos herunterhingen. Grau. Durch die Lücken sah er Felder, Hügel mit grobem Gras, das vom Wind auf die Erde gedrückt wurde. Er blieb stehen, um sich eines der Blätter anzusehen, befeuchtete einen Finger und strich darüber. Es fühlte sich fettig an, aber auch sandig-rau. Er leckte sich den Finger ab. Erde und Rauch. Unter sich sah er die Kamine der Webereien von Fetherhoughton, wie die Säulen von Säulenheiligen. Oder die Türme, auf die Heiden ihre Toten betteten.

In der Upstreet standen Matronen mit Körben am Arm zusammen und unterbrachen ihr Gespräch, um ihn anzustarren, als er vorbeikam. Er hob eine Hand, halb grüßend, halb segnend, und bog in die Chapel Street, wo es wieder steil bergauf ging. Er stellte sich vor, an alle diese Türen zu klopfen, um sich den Gemeindemitgliedern bekannt zu machen. In der offenen Tür von Nummer dreißig kniete eine Frau und putzte die Stufe mit einem Scheuerstein. Er blieb stehen und sah zu ihr hin, unsicher, ob er etwas sagen sollte, entschied, dass es taktlos wäre, und ging weiter. Ein Stück voraus öffneten sich weitere Türen, Hausfrauen erschienen und hievten mit abgewinkelten Ellbogen Eimer mit Seifenwasser aufs Pflaster. Den Kopf vorgereckt, gebückt, erschienen sie ihm wie Hunde, die aus ihren Zwingern kamen. Mit ihren Bürsten machten sie sich ans Stufenschrubben. Die blumenbedruckten Schürzen hatten sie sich fest um die Leiber gebunden, einmal, zweimal, und nahmen ihre Scheuersteine zur Hand, einige hell cremefarben, einige pilzfarben, einige von einem dunklen Karamell, andere gelb wie die beste Butter. Beim Schrubben stießen die Ellbogen vor, die Ärmel ihrer Pullover hatten sie hochgeschoben, und er konnte ihre feine, bläuliche Haut sehen, die sich plagende Wölbung ihrer schlaffen Bäuche und das dünner werdende Haar auf ihren Köpfen.

Ihm taten diese Frauen leid. Einige von ihnen, hatte Vater Angwin gesagt, hätten bei den Unruhen wegen der Sozialwohnungen im letzten Jahr ihre Männer verloren. In der Nachmittagsluft schien vom Ort der Unruhen, der mittlerweile dem Erdboden gleichgemacht worden war, immer noch Rauch aufzusteigen. Wo die Männer gefallen waren, die auf ihrem Recht am Fett des Landes bestanden hatten, steckten improvisierte Kreuze im Schutt. »Sie hätten Häuser für alle bauen sollen«, hatte Vater Angwin gesagt, »oder gar keine.« Gestern Abend hatte er von jenen Tagen als seinen schlimmsten in Fetherhoughton gesprochen: den Meuten murrender, rebellierender Frauen mit Küchenmessern und Petroleumflaschen in ihren Handtaschen, den Plakaten voller Rechtschreibfehler an der Kirchentür und zuletzt, an einem Sommernachmittag, dem Anruf, dass Polizeikräfte gekommen seien, dass es Tote gebe und die Feuerwehr unterwegs sei.

Gegenüber vom Ort der Unruhen stand die Methodistenkapelle, ein anspruchsloser roter Ziegelbau. Aus ihrer Tür war die erste Welle der Aufständischen mit ihren antipapistischen Schlachtrufen hervorgebrochen. Vater Fludd schenkte ihr einen musternden Blick und ging über den Friedhof, auf dem einige der protestantischen Opfer begraben lagen. Er sprang über die niedrige hintere Mauer und fand sich auf der Back Lane wieder, wo er sich nach rechts wandte, den Berg hinauf in Richtung Netherhoughton.

Kaum jemand in der Back Lane nahm seine Anwesenheit wahr. Ein paar Frauen kamen heraus, lehnten sich in ihre Türrahmen und beobachteten ihn mit teilnahmslosen Mienen, eine rief, er solle hereinkommen, sie werde ihm einen Tee kochen. Vater Angwins Warnung folgend, lüftete er den Hut in ihre Richtung, höflich, und bedeutete ihr mit einer Geste, dass er es eilig habe. »Dann geh wieder«, sagte die Frau und lachte verächtlich, verschwand im Haus und schlug die Tür hinter sich zu.

Bald schon erreichte er die letzten Häuser, die Straße wurde schmaler und zu einem bloßen Pfad. Hier entlang, über den kaum genutzten Rundweg, sei es ein guter Fünf-Kilometer-Marsch in den Weiler, hatte Vater Angwin gesagt, ohne Zuflucht, ohne Haus oder Baum, rechts die Moore und links die nicht umzäunten Felder, die einmal Schrebergärten gewesen waren. Die Eisenbahner hatten sie gepachtet, denn sie lagen Luftlinie nicht weit von Fetherhoughtons kleinem Nebenstreckenbahnhof. Manch einer hatte dort nicht nur Gemüse angebaut, sondern auch ein paar Hühner gehalten, und hier und da wurde sogar ein Schwein gemästet. Aber die Hühnerställe und Schweinekoben waren mittlerweile wieder leer und rotteten vor sich hin. Aus Netherhoughton waren Stoßtrupps eingefallen und hatten das frische Gemüse geklaut, und am Ende waren es die Männer leid gewesen, ständig ihre Zäune reparieren und neu anpflanzen zu müssen, was ausgerissen worden war. Sie hatten die Felder verlassen und ihren Frauen gesagt, ihr Gemüse im Co-op zu kaufen. So waren die Felder schnell wieder zu Brachland geworden, und der einzige Hinweis darauf, dass hier einmal Eisenbahner gewirtschaftet hatten, war ein rotfleckiges Halstuch, das, an einen morschen Zaunpfahl gebunden, trotzig im Wind wehte.

Vater Fludd blieb stehen und betrachtete den leeren Weg vor sich. Ihm war kalt, und er war müde. Er fischte die Karte aus der Tasche, die Vater Angwin ihm gezeichnet hatte, und sah, wenn er umkehrte und die Back Lane hinunter zur Upstreet ging, brachte ihn ein kurzer Aufstieg zum Bahnhofsplatz, von wo ein Weg direkt zu Netherhoughtons Main Street führte. Er stopfte die Karte zurück in die Tasche und drehte um. Als er am Haus mit der Frau vorbeikam, die ihm den Tee angeboten hatte, glaubte er zu sehen, wie sich in einem der oberen Fenster ein Vorhang bewegte.

Die Upstreet war jetzt weitgehend verlassen. Wer seine Einkäufe gemacht hatte, nahm er an, den hielt hier nichts mehr. Er sah auf die Uhr. Es war fast fünf, und die unwirtliche Kälte des heraufziehenden Herbstabends lag bereits in der Luft, dazu wie ein übler Gifthauch der Geruch von moderndem Laub, brennender Kohle, nasser Wolle und Hustensaft.

Als er sich dem Bahnhof näherte, sah Fludd einen anderen Trupp Jugendlicher auf sich zukommen, älter und geordneter, etwa ein Dutzend Heranwachsender in enger Formation. Diese jungen Fetherhoughtoner gingen in die Oberschule der nächstgelegenen Stadt. Es waren wenige, aber sie stachen hervor. Ihre rötlichbraunen, auf Zuwachs gekauften Schuluniformen umhüllten ihre Körper wie die Umhänge von Kreuzfahrern. Misstrauisch schossen die Blicke der schlaksigen Achtzehnjährigen unter den kleinen Schirmmützen in seine Richtung hervor. Wie Briefmarken hingen ihre Schultaschen an ihren großen, knochigen Schultern. Einige der Mädchen trugen Kuchenformen, die sie sich wie Schilde vor ihre Körper hielten, andere hatten Beutel mit Strickzeug dabei, aus denen die metallenen Nadeln hervorlugten. Ein paar Jungen trugen Holzwerkzeuge mit sich, offen, ohne Tasche. Der Gruppe voraus liefen grimmig dreinblickende zwölf-, dreizehnjährige Mädchen mit wachsam, aggressiv gereckten Hockeyschlägern in ihren Händen.

»Guten Abend«, sagte der Priester. »Ich bin der neue Vikar. Fludd heiße ich. Gefällt euch das neue Schuljahr?«

Verblüffte, beleidigte Blicke musterten ihn. Da er ihnen im Weg stand und sie ihre Formation nicht aufgeben wollten, konnten sie nicht weiter und blieben stehen.

»Dürfen wir vorbei?«, fragte eines der Mädchen mit einem Hockeyschläger.

»Ich habe mich nur gefragt«, sagte Fludd, »mit was sich junge Leute wie ihr hier in diesem Ort beschäftigen können.«

»Mit unseren Hausaufgaben«, kam eine Stimme aus der Mitte der Gruppe.

»Habt ihr am Wochenende auch etwas freie Zeit?«

»Wir gehen nicht raus«, sagte das Mädchen mit fester Stimme. »Wir wollen uns nicht mit den Teddy Boys prügeln.«

»Wir bleiben zu Hause«, bestätigte eine andere Stimme und fügte erklärend hinzu: »Das nennt man ›Etwas-aus-sich-Machen‹. Wir wollen auf die Universität nach Manchester.«

»Geht ihr in die Messe?«, fragte Fludd. »Wir könnten uns hinterher treffen. Wir könnten was zusammen machen. Tischtennis spielen.«

Die Kinder sahen sich an. Ihre Mienen lockerten sich, und einer der kleineren Jungen sagte mit unterschwelligem Bedauern: »Wir sind Atheisten.«

»Ich glaube, das wäre ganz und gar keine gute Idee«, sagte das Mädchen. »Wissen Sie, Vater, unsere Eltern lassen uns nur in unseren Uniformen aus dem Haus, und das gibt Ärger.«

Der kleine Junge sagte: »Die von der Thomas Aquinas verprügeln uns.«

»Die sind gleich hier«, sagte das Mädchen, »wenn Sie uns nicht gehen lassen.«

Die drei Mädchen weiter hinten reckten ihre Kuchenformen vor und klapperten damit im Gleichklang: *»Odi, odas, odat.«*

»Ich hasse«, sagte das Mädchen unheilvoll, »du hasst, er, sie, es hasst.«

»Das reicht«, sagte Fludd: »Ich weiß, wie es weitergeht.«

»Das geht nicht gegen Sie«, sagte ein großer Junge, und die Mädchen hielten ihre Kuchenformen hoch und erklärten: »Wir schlagen sie mit unseren Noten in Hauswirtschaftslehre.«

Fludd trat zur Seite und sah ihnen hinterher, wie sie aufmerksam die Köpfe wandten und die Ladeneingänge prüften. Beim Bahnhof stieg er über den Zauntritt auf den Fußpfad nach Netherhoughton, marschierte los und schlug mit Vater Angwins Schirm nach den Grasbüscheln um sich herum. Zunächst ging es mäßig bergauf, dann wurde der Weg steiler, und Fludd blieb stehen, bevor er über den nächsten Zauntritt stieg und sich auf Netherhoughtons Hauptstraße wiederfand.

Es war ein zerstreut liegendes Dorf mit zwei heruntergekommenen Gasthöfen, dem Old Oak und dem Ram. Vater Fludd sah einen verschlossenen Tabakladen, der bestimmt der war, von dem Vater Angwin gesprochen hatte, ein Lebensmittelgeschäft mit einer Teepyramide im Fenster und einen Bäcker, dessen Regale bis auf eine große schwarze, schlafend daliegende Katze leer waren. Die Cottages waren unterschiedlich gebaut, einige schienen nur ein Zimmer tief zu sein. Niedrige, durchhängende Dächer zeugten von ihrem Alter, und Fludd erkannte gleich die Angewohnheit der Netherhoughtoner, für überflüssig gehaltene Fenster zuzumauern. Überall um sich herum entdeckte er klare Zeichen von Alchemie: schwarze Hennen, die in den kleinen Gärten hinter den Häusern im Boden kratzten, und eine neunsprossige Leiter, die *Scala philosophorum*, die wie zufällig an einer Wand lehnte. Er lief bis ans Ende des Dorfes, wo hinter einem rostigen Tor verschiedene Pfade ins Moor führten. Eine Weile stand er da, sah in die wilde Landschaft und hinauf zu den am Himmel dahineilenden Wolken. Als er sich umdrehte, spürte er die ersten Regentropfen auf dem Gesicht.

Er öffnete den mitgenommenen Schirm und ging den Weg zurück. Noch bevor er den Kragen seines Umhangs hochschlagen konnte, umhüllte ihn dichter, zähflüssig wirkender Nebel, und im nachlassenden Licht schienen die Fenster um ihn herum undurchsichtig, wie dünn mit Blei belegt. Zitternd drückte er sich an eine Mauer und studierte noch einmal seine Karte. Ein Fußweg, der von dem abging, auf dem er hergekommen war, würde ihn durch die ehemaligen Schrebergärten in zehn Minuten, wie er schätzte, auf die Rückseite des Klosters führen.

Er musste den Nonnen seine Aufwartung machen, am besten heute noch, sonst fühlten sie sich beleidigt. Zweifellos würden sie ihn aus christlicher Nächstenliebe mit heißer Schokolade bewirten und vielleicht mit gebutterten Keksen oder gar Rosinenbrötchen und Marmelade. Sie würden sich über einen Besucher freuen. Wieder stieg er über den Zauntritt, lächelte in sich hinein und zog frohen Mutes die Füße aus dem schwerer werdenden Matsch.

Die gute Stube des Klosters war stickig und kalt und roch merkwürdig nach eingedicktem Bratensaft. Offenbar wurde sie kaum benutzt. Fludd saß auf einem harten Stuhl beim leeren Kamin und wartete auf Mutter Purpit. Unter seinen Füßen lag dunkles, glänzendes Linoleum mit Parkettmuster, seitlich von ihm ein roter Kaminvorleger. Über dem Kaminsims hing Christus in einem schweren goldenen Rahmen, dünne gelbe Lichtzungen strahlten von seinem Kopf aus. Sein Brustkorb war aufgebrochen, sauber geöffnet von einem römischen Speer, und der Gemarterte deutete mit einem blassen Finger auf sein freiliegendes, perfekt geformtes Herz.

Vor der gegenüberliegenden Wand stand eine große, schwere Truhe mit einem stabil aussehenden eisernen Schloss. Vielleicht war sie aus Eiche, über die Jahre jedoch tief nachgedunkelt, wirkte schmierig und schluckte das Licht. Ich frage mich, was da drin ist, dachte Fludd. Nonnenrequisiten. Was konnte das sein?

Des Wartens müde, rutschte er auf seinem Stuhl herum. Die Truhe reizte ihn, wieder und wieder zog sie seinen Blick an. Er stand auf, erstarrte mitten in der Bewegung, als der Stuhl knarzte, nahm seinen Mut zusammen und schlich durch den Raum. Vorsichtig versuchte er den Deckel der Truhe anzuheben, doch der saß fest. Er verschob das Monstrum um einen Zentimeter, um zu sehen, wie schwer es war: sehr.

Er hörte einen Schritt hinter sich, richtete sich auf und lächelte ohne große Mühe. Mutter Perpetua räusperte sich, zu spät für eine freundliche Warnung, aber doch rechtzeitig für einen Hinweis, trat an die schmalen, hohen Fenster und zog die Vorhänge zu. »Es wird Abend«, bemerkte sie.

»Hmm«, sagte Fludd.

»Unsere Kleider«, sagte Purpit. Sie deutete auf die Truhe. »Darin sind die Kleider, die wir anhatten, als wir die Welt verließen. Ich verwahre den Schlüssel.«

»Sie tragen ihn bei sich?«

Purpit verweigerte ihm eine Antwort. »Es ist eine Verantwortung«, sagte sie, »sich um das Wohlergehen so vieler Seelen zu kümmern.«

»Sie sind also gleichzeitig Schuldirektorin und Oberin des Klosters?«

Purpit schnipste ihren Schleier zurück, als wollte sie sagen: Wer sonst wäre dazu in der Lage? Vater Fludd betrachtete die Truhe. »Denken Sie, ich dürfte einmal hineinsehen?«, fragte er.

»Oh, ich denke nicht.«

»Gibt es eine Regel, die das verbietet?«

»Das sollte ich doch meinen.«

»Liegt es in Ihrer Natur, das anzunehmen?«

»Das muss ich. Stellen Sie sich vor, der Bischof erführe davon.« Mutter Perpetua trat zu ihm und beugte sich beschützend über die Truhe. Sie warf ihm einen Blick zu, von der Seite, hinter ihrem nach vorn hängenden Schleier hervor. Es war fast so, als zwinkerte ihm da ein Pferd mit Scheuklappen zu. »Allerdings nehme ich an, Vater, dass ich eine Ausnahme machen könnte. Ich denke, ich könnte überredet werden.«

»Schließlich«, sagte Fludd, »kann es nichts Schlimmes sein, sich ein paar bloße Kleider anzusehen. Und in der Truhe müssen kuriose Dinge liegen.«

Perpetua tätschelte den Deckel. Sie hatte große Hände mit vorspringenden Knöcheln. »Ich könnte sie befriedigen«, sagte sie. »Ihre Neugier. Schließlich ...« Sie richtete sich wieder ganz auf und ließ den Blick über ihn gleiten. »Ich nehme doch an, dass der Bischof nichts davon erfahren wird. Wenn Sie es ihm nicht sagen und ich auch nicht ...« Sie fuhr mit einer Hand in die Falten ihrer Kutte, unter die Taille, tastete dort herum und zog einen großen, altmodischen eisernen Schlüssel hervor.

»Es muss eine Last für Sie sein, den immer bei sich zu tragen«, beobachtete Fludd.

»Ich kann Ihnen versichern, Vater, dass es die kleinste meiner Bürden ist.« Mutter Perpetua schob den Schlüssel ins Schloss.

»Erlauben Sie«, sagte Fludd.

Er hatte zu kämpfen, zunächst ohne Erfolg.

»Sie wird nicht oft geöffnet«, sagte Perpetua. »Einmal alle zehn Jahre. Es gibt dieser Tage nicht viele Neueintritte.«

Fludd kniete sich hin und wandte Gewalt an. Es knirschte, kratzte, klackte, und endlich gab das Schloss nach. Langsam und ehrfürchtig hob er den Deckel der Truhe, als wären darin menschliche Gebeine zu finden. Was man tatsächlich sagen könnte, dachte er, schließlich sind es die Überreste aller weltlichen Eitelkeiten. Hatte nicht Ignatius selbst die in der Religion Tätigen mit den Toten verglichen, wenn er ihnen Gehorsam auferlegte, jedem seiner eigenen Mutter Perpetua gegenüber? »Jeder«, hatte der Heilige gesagt, »sollte sich in die Hände seiner Oberen begeben, so wie sich ein toter Körper erlaubt, sich auf jede mögliche Weise behandeln zu lassen.«

Ein starker Geruch von Mottenkugeln stieg aus dem Inneren auf. »Ich bin nicht sicher, warum wir uns die Mühe machen, sie alle aufzubewahren«, sagte Perpetua. »Es ist nicht so, als würde irgendwer darin irgendwohin gehen.«

Fludd griff in die Truhe, hob das oberste Kleidungsstück heraus und ließ es aus seinen Falten fallen. Es war ein kleines, weißes Musselinkleid mit Seemannskragen, dessen weiter Rock, dachte er, bis über die Fußknöchel reichen müsste. »Wem hat das gehört?«

»Ich denke, Schwester Polykarp. Sie hat immer behauptet, eine Schwäche für Senior-Service-Zigarettenpäckchen zu haben, die mit dem Anker.«

Die Nonne griff nun auch selbst in die Truhe und holte ein Paar dunkelblauer Schuhe heraus, mit Doppelschnalle und schmalen Absätzen. Als Nächstes kam ein dunkelblaues Sergekleid ähnlichen Alters zum Vorschein, tailliert und mit glockenförmigem Rock. »Wer weiß, wem was gehört. Da kamen drei mehr oder weniger zur gleichen Zeit. Sie sind gleich alt. Was halten Sie von diesem Hut?«

Vater Fludd nahm ihn, strich über den Filz und stach mit dem Finger in ein Sträußchen stummliger, hart wirkender grauer Federn.

»Ich kann mir Schwester Cyril damit vorstellen. Oder Schwester Ignatius Loyola, alle beide. Oh, lieber Gott.« Purpit ließ ein jauchzendes Lachen hören. »Hier ist ihre Unterwäsche, und hier, das sind ihre Korsetts.«

Drei Korsetts waren zusammengerollt: ein Twilfit, zwei Excelsior. Fludd hielt sie in die Höhe, wie eine Weltkarte, und rollte sie klappernd aus. Purpit kicherte. »Oh, Vater«, sagte sie. »Das ist nichts für Ihre Augen, da bin ich sicher.«

Sie versenkte den Arm in der Truhe und suchte ganz unten herum. »Lieber Gott«, sagte sie, »ein Humpelrock. Nun, damit haben wir die drei.«

Vater Fludd griff nach einem Strohhut und drehte ihn in der Hand. Er hatte ein dunkelblaues Band.

»Der muss von Schwester Anthony sein. Sie ist die Älteste. Und das hier ist ihr Tweedkleid. Ihr Sommer-Tweed.« Purpit hielt es sich an. »Sehen Sie, welche Größe sie hatte? Fast wie heute.«

Er stellte sich Schwester Anthony vor, ein gesundes Geschöpf mit rosigen Wangen, wie sie aus einer zweirädrigen Ponykutsche sprang, das Jahr: 1900. Mutter Perpetua schüttelte eine Seidenkombination aus, vorne geknöpft und mit spitzenbesetzten Beinen. »Darin muss sie sich gefallen haben.«

»Was geschieht«, fragte Fludd, »wenn eine in ein anderes Kloster des Ordens geschickt wird? Kommt ihre persönliche Habe mit? Packt sie einen Koffer?«

»Oh, den würden wir nicht selbst tragen. Stellen Sie sich vor, wir werden überfahren und kommen ins Krankenhaus. Und sie würden unseren Koffer aufmachen. Dann würden sie nicht mehr glauben, dass wir Nonnen sind, sondern denken, wir gehörten zu einer Varieté-Truppe.«

»Dann werden ihnen die Sachen also nachgeschickt.«

»Mit dem Spediteur. Wobei ich sehe«, sagte sie und ging durch das, was noch in der Truhe lag, »wir haben nichts von Philomena. Nicht, dass es ein Verlust wäre, wenn ich mir vorstelle, was für einen Plunder ein Mädchen wie sie getragen haben mag, als sie ins Kloster kam. Aber ist das nicht typisch für Irland? Sie schicken eine Nonne und keine Kleider, vergessen es einfach ...« Mutter Purpit ließ das Kinn herunterhängen und bekam einen glasigen Blick. »... lassen die Welt sich einfach so weiterdrehen. Sie hätten sehen sollen, in was für einem Zustand sie war, als sie sich hier vorgestellt hat. Eine alte Reisetasche in der Hand, mit einer Schnur zugebunden und fast leer. Ich habe ja von heiliger Armut gehört, aber meines Erachtens kann man auch zu weit gehen. Ein Paar Strümpfe, und die voller Löcher, ihre Bauerntrampel-Zehen guckten vorne raus. Wann ihre Taschentücher zuletzt etwas Stärke gesehen hatten, darüber würde ich nicht spekulieren wollen.«

»Es klingt, als hätte sie wie eine Vertriebene ausgesehen«, sagte Fludd.

»Und ich würde sie wieder vertreiben, zurück nach Irland, wenn ich könnte, Vater. Aber ich kann es nicht, Gott sei's geklagt. Mutter Provincial gibt die Marschbefehle.« Entrüstung machte sich in Mutter Perpetua breit, und sie vergaß, dass er nicht wusste, wovon sie redete. »Aber ich habe es ihr gesagt, Mutter Provincial, habe ich gesagt, ich war geradeheraus, wenn das Mädchen es so will, sollte es in einen kontemplativen Orden gehen. Wir Schwestern der Heiligen Unschuldigen müssen die Gedanken beisammen halten, wir haben gute, solide, praktische Arbeit zu leisten. Glauben Sie nicht, habe ich zu Mutter Provincial gesagt, glauben Sie nicht, ich erlaube es, dass mein Kloster zu einer Art Auffanglager für die Peinlichkeiten des Ordens wird, das lasse ich nicht zu. Ich spreche mit dem Bischof.«

»Himmel«, sagte Fludd. »Was hat Schwester Philomena denn getan?«

»Sie hat Behauptungen aufgestellt.«

»Was für Behauptungen?«

»Sie sagte, sie hätte die Wundmale. Sie sagte, ihre Handflächen würden jeden Freitag bluten.«

»Und haben andere Leute es gesehen?«

Perpetua schnaubte. »*Iren* haben es gesehen«, sagte sie. »Irgendein seniler alter Esel von einem Gemeindepfarrer. Vergeben Sie mir, Vater, aber ich sage immer, was ich denke. Irgendein Esel, der dumm genug war, auf sie hereinzufallen. Es hat für eine ziemliche Aufregung gesorgt, verstehen Sie, die ganze Gemeinde war außer sich. Es freut mich, sagen zu können, dass die beiden, als er es weitertrug, bald schon abgestempelt waren. Auf der Diözesanebene, wissen Sie. Meiner Erfahrung nach kann man sich auf den Bischof verlassen.«

»Deshalb wurde sie nach England geschickt?«

»Ja, um sie aus der übererregten, ungesunden Atmosphäre herauszuholen. Ich frage Sie, Vater, haben Sie je so etwas gehört? Stigmata, in unseren Tagen? Haben Sie je etwas so Geschmackloses gehört?«

»Hat ein Arzt sie untersucht?«

»O ja, aber ein *irischer* Arzt, der nichts dazu zu sagen wusste. Ich sage Ihnen, Vater, sie kam kaum mehr auf den Boden herunter, bis ich dafür gesorgt habe, dass ein guter, sensibler Mann einmal richtig hinsah.« Sie schnaubte wieder. »Wissen Sie, was er sagte, was es wäre? Dermatitis.«

»Und wie geht es ihr jetzt?«

»Oh, sie ist darüber hinweg. Dafür habe ich gesorgt.« Sie brach ab. »Aber warum verschwenden wir unsere Zeit mit dem dummen Mädchen? Sie werden Ihren Tee wollen.«

Perpetua raschelte hinaus. Was für einen Lärm ihre Kutte machte, sie knisterte und kratzte, und wie ihre Absätze auf das Linoleum trafen. Die Luft um sie herum war mit Behauptungen und Streitigkeiten gesättigt. Fludd konnte sich nichts Abträglicheres für ein Leben im Gebet vorstellen.

Er setzte sich auf seinen Platz beim Kamin. Schon hörte er die Nonne zurückkommen, den Korridor herunter, jetzt, wo er auf sie gefasst war. Ihr tappte eine ältere Schwester hinterher, rund und strahlend, mit einem Tablett und Tee. »Schwester Anthony«, sagte Purpit.

»Wie geht es Ihnen, Schwester Anthony?«

»Gut, in Jesus Christus. Ich freue mich, Ihre Bekanntschaft zu machen, Vater. Werden Sie mit Ihrer Jugend und allem nicht eine große Hilfe für den armen alten Angwin sein?«

»Schwester, seien Sie nicht kauzig«, sagte Purpit. »Nicht in meiner Gegenwart.«

Anthony seufzte und stellte das Tablett auf dem ausklappbaren Tisch ab. »Sie hätten ein Sandwich haben können«, sagte sie. »Mit Fischcreme. Aber die anderen sagen, sie ist schlecht. Dass sie verdorben ist. Polykarp meint, sie hätte vierzig Tage und vierzig Nächte in der Wüste gestanden. Ich weiß es nicht. Ich konnte nichts Verdorbenes daran finden. Ich habe mein Sandwich gegessen.«

»Schwester Anthony hat eine hervorragende Verdauung«, sagte Mutter Perpetua.

»Die jungen Dinger«, sagte Schwester Anthony. »Die Nonnen heute. Wollen verhätschelt werden. Sind so pingelig.«

»Wollen Sie verhätschelt werden, Vater Fludd?«, fragte Purpit fröhlich und ohne Arg.

Er sah sie an. Ihre Fröhlichkeit war schrecklich anzusehen. »Keine

Sorge, Schwester Anthony«, sagte er. »Miss Dempsey wird etwas für mich haben, wenn ich zurückkomme. Der Tee ist sehr angenehm.«

»Und versuchen Sie einen von den Keksen. Ich habe sie erst vor vierzehn Tagen gebacken.«

Schwester Anthony ging hinaus und bewegte sich trotz ihres Umfangs leicht dahin. Als Mutter Perpetua nach der Teekanne griff, hörte Fludd Geräusche draußen vor der Tür, ein leises Rascheln und so etwas wie ein dumpfes Schnüffeln.

»Wer ist da?«, wollte er wissen.

»Oh, das sind Schwester Polykarp, Schwester Cyril und Schwester Ignatius Loyola. Sie möchten Ihnen vorgestellt werden.«

Fludd stand halb auf. »Sollten wir sie nicht hereinlassen?«

Perpetua lächelte und gab einen dünnen Strahl Milch in den Tee. »Alles zu seiner Zeit«, sagte sie und gab ihm seine Tasse, fast schon mit einem Säuseln: »Mögen Sie ihn so, Vater?«

Vater Fludd sah hinein. »Das kann ich kaum sagen. Ich trinke ihn so, wie er kommt.«

»Ah, ich hätte es wissen sollen. Ihr jungen Priester. So asketisch. So weltabgewandt.« Perpetua seufzte und versorgte sich selbst ausgiebig mit Zucker. »Ich nehme an, der Bischof ist sehr stolz auf Sie.«

Fludd probierte seinen Tee, ausweichend. »Glauben Sie?«

»Warum sonst würde er Sie herschicken, um Ordnung in dieses Durcheinander zu bringen, wenn er Ihnen nicht vollkommen vertraute? Oh, Sie sind natürlich sehr jung, um einen gerissenen alten Fuchs wie Vater Angwin ins Visier zu nehmen – er trinkt übrigens, wissen Sie, und er ist in Netherhoughton beim Tabakladen gesehen worden, aber niemand, der Sie ansieht, würde an Ihren Fähigkeiten zweifeln.«

Dann mach schon, forderte Fludd sie stumm heraus: Sieh mich an. Er ließ den Blick auf den rauen Wangen und der fleischigen Nase der Nonne verweilen. Sie hob kurz den Kopf und senkte ihn auch schon wieder, als würde ihr der schwarze Schleier plötzlich zu schwer. Sie griff nach der Teekanne und schüttete sich nach.

»Welches Durcheinander?«, fragte Fludd. »Wovon reden Sie?«

Perpetua war verblüfft. Sie stellte die Kanne ab. »Jetzt sagen Sie mir nicht, Seine Gnaden hat Sie nicht ins Bild gesetzt. Angwin muss modernisiert werden, er muss seine Art ändern, ich dachte, das wüssten wir alle. Vielleicht, ich weiß nicht, vielleicht dachte der Bischof, es wäre besser, wenn Sie sich Ihre eigene Meinung bilden. Seine Gnaden ist ein sehr fairer, ein sehr gerechter Mann. Das habe ich immer schon gesagt. Wobei die Maxime ›Im Zweifel für‹ meiner Meinung nach auch überstrapaziert werden kann.« Sie überlegte einen Augenblick, drückte den Rücken durch und putzte sich. »Natürlich weiß er, dass Sie in mir eine verlässliche Quelle haben. Er weiß, er kann sich darauf verlassen, dass ich Ihnen sage, wie der Hase läuft.«

Vater Fludd nahm einen von Schwester Anthonys Keksen. Er biss hinein und stieß einen Schmerzensschrei aus. Der Keks fiel auf sein Knie, den Boden und unter den Tisch. »Heilige Jungfrau«, sagte er. »Fast hätte ich mir einen Zahn ausgebissen.«

»Gott, ich hätte Sie warnen sollen, Vater. Wir sind Schwester Anthonys Kekse gewohnt. Wir haben einen kleinen Toffee-Hammer, den wir herumreichen, um damit fertigzuwerden.«

Fludd hielt sich die Hand vor den Mund.

»Soll ich nachsehen, ob Sie sich verletzt haben?«, fragte Perpetua sanft.

»Nein, danke, Mutter Perpetua. Fahren Sie fort mit dem, was Sie sagten.«

»Vater Angwin lebt in seiner eigenen Welt«, sagte die Nonne. »Noch Tee? Oh, in der Lehre ist er tadellos, das wissen wir alle, zu tadellos, sagt der Bischof. Er ist ein widerspenstiger Mann, der ständig über die Kirchenväter und Dinge redet, die die Leute nicht verstehen. Trotzdem, seine Predigten können auch das reinste Geschwafel sein. Neulich auf der Kanzel sagte er, der Papst wäre ein Nazi. Er sagte, er wäre der Chef der Mafia.«

»Und die Gemeinde?« Fludd nahm sein Taschentuch und betupfte sich die Lippe. »Wie hat die es aufgenommen?«

»Ruhig«, sagte die Nonne mit sorgloser Miene. »So ist das immer. Den Leuten fehlt jede Bildung.«

»Und wessen Fehler ist das?«, murmelte Fludd hinter den Falten seines Taschentuchs.

»Und wenn ihm seine wilden Predigten nicht reichen, wendet er sich mit seinem Urteil gegen Seine Gnaden! Natürlich haben Sie von dieser lächerlichen Geschichte mit den Statuen gehört.«

»Oh, natürlich«, sagte Fludd. Er begann zu spüren, woher der Wind wehte. »Ich denke, ich würde noch eine Tasse Tee nehmen.«

Mittlerweile waren die Geräusche draußen vor der Tür lauter geworden, ein ungeduldiges rhythmisches Atmen war auszumachen, die gemeinsame Anstrengung dreier Lungen.

»Oh, kommt schon herein«, rief Purpit, der der Geduldsfaden riss. »Steht nicht da draußen herum und schnauft wie ein Rudel alter Hunde. Kommt herein und lernt Vater Fludd kennen, die große Hoffnung unserer Gemeinde.«

Die drei Nonnen, die da eine nach der anderen den Raum betraten, waren gleich alt, wie Purpit es gesagt hatte, und auch gleich groß, etwas über einen Meter fünfzig. Von einem stoffumrandeten beschränkten, papierweißen Gesicht zum nächsten blickend, erkannte Vater Fludd, dass er sie niemals würde auseinanderhalten können. Sie hielten die Augen gesenkt, trugen Drahtgestellbrillen und scharrten mit den Füßen. Ihre Kutten rochen so muffig, als kämen sie nie aus dem Haus. Aber natürlich taten sie das. Sie liefen den Kutschweg hinauf und hinunter, doch was ihnen zwischen den schwarzen Böschungen und tropfenden Bäumen entgegenwehte, zählte nicht als frische Luft. Im Übrigen bewegten sie sich kaum, außer wenn sie kleine Kinder mit Stöcken schlugen – mit großer Heftigkeit taten sie das, um sich gegenseitig auszustechen. Niedertracht beherrschte ihre Mienen und eine Art Gier.

»Kriegen wir keinen Tee?«, sagte eine. »Die Kanne ist groß genug.«

»Wir könnten uns Tassen holen«, sagte eine andere.

»Ihr hattet euren Tee schon«, erwiderte Purpit vernichtend.

Die drei Nonnen starrten Fludd unter der gestärkten Brüstung ihrer Schleier hervor an. »Sie arbeiten an einem Wandteppich«, sagte Mutter Perpetua. »Habe ich recht, Schwester Polykarp?«

»Es wird ein sehr großer Teppich«, sagte Polykarp.

»Wir tun das *ad majorem Die gloriam*«, sagte Cyril.

»Wie der Teppich von Bayeux.«

»Aber mit einem religiösen Thema.«

Fludd stellte seine Teetasse ab. Er fühlte sich unwohl. Eine der Schwestern hatte einen leicht pfeifenden Atem, und ihn beschlich der Eindruck, ebenfalls nicht mehr richtig Luft zu bekommen. Er spürte einen Schmerz unter dem Brustbein.

»Sie klingen nicht gut, Schwester«, sagte er und sah, wie die anderen beiden zornig die Lippen zusammenpressten.

»Es geht ihr bestens«, sagte die eine.

Und die andere: »Sie kriegt Hustensaft.«

Die Erste fügte hinzu: »Sie hat keinen Grund zur Klage.«

»Ihr Teppich ...«, sagte Fludd. »Was ist das Thema?«

»Die Plagen Ägyptens«, sagte Schwester Cyril. »Er ist wie ein Roman.«

»Aber erbauend«, sagte Polykarp.

»Das ist ein Unternehmen«, sagte Fludd respektvoll.

»Die Plage mit den Fröschen haben wir fertig«, sagte Polykarp. »Und die Viehpest und die schlimmen Schwärme Stechfliegen.«

Schwester Ignatius Loyola hustete lang und hackend, dann sagte auch sie zum ersten Mal etwas: »Jetzt kommen die Blattern.«

Perpetua brachte ihn zur Tür des Klosters. Es war jetzt ziemlich dunkel, und er wusste, dass Vater Angwin sich sorgen würde. Perpetua berührte seinen Ärmel. »Denken Sie daran, Vater«, sagte sie, »womit immer ich Ihnen helfen kann, Sie müssen nur fragen. Ich möchte, dass Seine Gnaden weiß, wie loyal ich bin.«

»Ich verstehe«, sagte Fludd. Er fragte sich, woher genau das böse Blut zwischen der Nonne und Vater Angwin kam. Wobei ihm nach allem, was er heute gesehen hatte, klar schien, dass die Zerwürfnisse in dieser Gemeinde uralt und undurchdringlich waren. Und im Moment wollte er nur weg, weg aus Mutter Perpetuas Gegenwart. Eine mächtige Abneigung wallte in ihm auf, und er zog seinen Arm zurück. Purpit fiel es nicht auf. Sie stand im Licht der Tür, während er den Berg zur Kirche hinaufstapfte.

Der Bischof ist ein fairer Mann, dachte er, während er einen vermatschten Schuh vor den anderen setzte. Der Bischof ist ein gerechter Mann. Ist er das? Nun, vielleicht. Vielleicht schon. Vielleicht gibt es ein Übermaß an Fairness. Wenn sich die Leute über ihr Schicksal beschweren, spotten ihre frohlockenden Feinde und erklären, um ihnen Angst zu machen: »Das Leben ist nicht fair.« Auf lange Sicht jedoch, sieht man von Fluten, Feuersbrünsten, Gehirnschäden und dem gewohnten Pech ab, bekommen die Menschen in ihrem Leben, was sie wollen. Da ist ein verborgenes Prinzip der Gleichheit am Werk. Die Fairness ist das Angst Machende. Was wir brauchen – wie jemand bereits bemerkte –, ist keine Gerechtigkeit, sondern Gnade.

Kapitel fünf

Die Ankunft Vater Fludds in der Gemeinde war von einem allgemeinen Anstieg der Heiligkeit gekennzeichnet. Wenn er dachte, sein Rundgang durch die Gemeinde sei unbemerkt geblieben, täuschte er sich. Am nächsten Sonntag und in den nachfolgenden Wochen kamen alle den Kutschweg herauf, die Halbherzigen, die Einsiedlerischen und die Abtrünnigen. Er predigte gekonnt und kraftvoll und sprach über gut ausgewählte Texte. Vater Angwin hatte es alles in allem für gefährlich gehalten, seinen Schäfchen von der Auffassung zu berichten, dass die Bibel ein protestantisches Buch sei, und dazu geneigt, seine Zitate nicht näher zu benennen.

An jenem ersten Sonntag sah Fludd, dass die Männer-Kameradschaft den Nordgang besetzte. Ein schmucker Mann mit karierter Hose war der Erste, der vortrat, um die heilige Kommunion zu empfangen, der Rest folgte ihm. Mit starren Kiefern wandten sie sich vom Altargeländer ab, Gottes lebenden Körper unter die Gaumen gepresst. Während er die Hostien verteilte, sah Fludd die Züge der Abendmahlgänger im polierten Teller, den der Messdiener ihnen unters Kinn hielt. Er sah das Zittern der verzerrten metallenen Gesichter.

Nur die Nonnen waren der Männer-Kameradschaft vorangegangen. Festen Schrittes trat Purpit von ihrem Platz in der ersten Reihe vor, die anderen folgten ihr – wie ein Streifen schwarzes Klebeband hatten sie sich von der Kniebank gelöst: Cyril, Ignatius, Polykarp, in alphabetischer Ordnung, um Streit zu vermeiden. Die rundgesichtige junge Nonne bildete den Schluss. Zwei oder drei Schwestern fehlten, wie er feststellte, wahrscheinlich wegen eines Verdauungsproblems.

Ein Lied: *O Brot des Himmels*, die Töne nicht getroffen, ein dumpfes Grummeln wie von einem heraufziehenden Gewitter. *Ite, missa est*: Geht hin, ihr seid entlassen. *Deo gratias*. Noch ein Lied: *Seele meines Erlösers*, eines der Lieblingslieder der Gemeinde. Diesmal hoch hinauf, ein klagendes Jammern, die Sopranstimmen Fetherhoughtons setzten sich durch. Nur die schrillsten erreichen die höchsten Noten, die weisesten versuchen es erst gar nicht. *Seele meines Erlösers, heilige meine Brust ...* Mitten in der ersten, quälenden Strophe sah er aus dem Augenwinkel, wie Mutter Perpetua sich über die Leibesfülle von Schwester Anthony hinweg vorbeugte und die junge Nonne in die Rippen stieß.

Hätte sie einen Schirm dabei gehabt, hätte sie den benutzt, aber ihre Fingerspitze war kaum weniger wirkungsvoll. Ein überraschtes Ächzen kam aus Schwester Philomena, und sogleich hörte man sie singen. *Tief in Deinen Wunden, o Herr, versteck und schütze mich ...* »Die arme Schwester Philomena«, murmelte Agnes Dempsey. »Wie ein herumgestoßener Hund.« Die junge Frau lief rot an und sang mit gesenktem Blick.

Nach Ende des Liedes erhob sich die Gemeinde, schien sich zu schütteln und schritt gewichtig die Gänge hinunter, hinaus in die schwache Herbstsonne und nach Hause zu ihrem fastenbrechenden Sonntagsessen. Der Kampfergeruch ihrer Sonntagskleider vermischte sich mit dem des Weihrauchs. Fludd musste unkontrollierbar niesen und wischte sich die tränenden Augen trocken. Der Kutschweg war vermatscht, der kommende Winter lag in der Luft.

Bald schon spielten die Kinder neue Spiele, in denen sie Priester imitierten. Sie gingen von Tür zu Tür, bedächtig, tieftraurig, und taten so, als trügen sie die Sterbesakramente mit sich. Die Hausbewohner, denen sie verkündeten, der Tod sei nahe, ließen ihren Unmut an ihnen aus, doch die Kinder erholten sich von den Schlägen und begannen die Kohlenschuppen zu besuchen, klopften an, um letzte Beichten abzunehmen und dem Grus die Gnade Gottes anzubieten.

Selbst die Leute aus Netherhoughton kamen in die Kirche. Finster dreinblickend saßen sie in den letzten Reihen, und ihre Heidenkinder spielten in den Gängen mit ihren Ouijabrettern.

Am Montagnachmittag kniete Fludd in der Kirche und betete für Vater Angwin. Er hätte auch zum Altar gehen können, das war sein Recht, doch er kniete lieber in der ersten Reihe, wo die Nonnen am Sonntag gesessen hatten, und blickte aus kurzer Entfernung auf das ewige Licht, das ihm wie ein Alkoholiker-Onkel rot zuzwinkerte.

Er betete für den Seelenfrieden Vater Angwins, dachte an das Lied *Seele meines Erlösers* und daran, wie die unverständige Gemeinde Worte und Sinn verstümmelt hatte. Er sah die Frauen von Fetherhoughton vor sich, ihre schlaffen Kinnpartien und labbrigen, bebenden Hälse über den hoch zugeknöpften Mänteln: *In todesflüchtigen Momenten / Mach mich nudein …* »Oh, *todesfürchtigen*«, hatte er gestöhnt, den Rücken der Gemeinde zugewandt, die Hände auf den heiligen Gefäßen, und: *nur Dein*. Er warf einen Blick zur Seite, nach unten auf die großen schwarzen Schnürschuhe des Messdieners unter seinem Messdienerrock, sah die knittrigen grauen Strümpfe. *Todesflüchtig*, was sollte das? Was dachten sie, was sie da sangen? Er stellte sich den *Nudein* vor, einen kleinen, schmierigen Teufel mit scharfen Zähnen, der in finsteren Nächten auf den Kirchenstufen herumlungerte. Die Ignoranz, dachte Fludd, ist der Anführer all der kleinen Teufel, sie ist der Chef der Horde. Das Unverständnis gibt ihnen Form und Fleisch.

Jetzt, am Montag, während er hier allein kniete, konnte er den Regen niedergehen hören, genauso heftig wie am Abend seiner Ankunft. Er trommelte gegen das bunte Glas der Fenster, rauschte und gurgelte die Regenrohre herunter und fiel auf Gerechte wie Ungerechte. Vater Fludd schloss die Augen und hätte auch, wenn möglich, die Ohren vor den Geräuschen verschlossen, um sich in einen trancegleichen Zustand zu versenken, in dem er, so Gott wollte, einen kleinen Rat bekommen würde: einen Rat dazu, wie er weiter verfahren sollte. Was er nun, da er seinen Platz gefunden hatte, tun sollte.

Bilder huschten durch seinen Kopf. Die neunsprossige Leiter, das im Wind des Moores an seinem Zaunpfahl wehende Halstuch des Eisenbahners, der im Zwielicht erhobene schwarze Arm Mutter Perpetuas. Und Agnes Dempsey, die stumm wie ein Hund hinter der Haustür stand und auf seine Rückkehr wartete. Die Bilder jagten einander, und er hielt ihnen die Tür auf und ließ sie durchs Haus seiner Gedanken ziehen. Sein Puls verlangsamte sich, sein Atem wurde ruhiger und der Regen zu einem Flüstern, das in einem tiefen Schweigen aufging.

Lebe ich?, fragte sich die leise Stimme. Was ist, erkennst du an dem, was nicht ist, denn wie Augustinus über die »Finsternisse« und das »Stillschweigen« sagt: *»… die uns freylich beide, und zwar jenes mittels der Augen, dieses mittels der Ohren, doch nicht durch ihre Gestalt, sondern durch die Abwesenheit derselben kund werden.«* Im Reiche Duats, der Unterwelt der Ägypter, gab es zwölf Stationen, und eine von ihnen wurde von einer vierbeinigen Schlange mit menschlichem Gesicht bewacht. Hier war die Finsternis so tief, dass man sie spüren mochte. Aber das ist fast das einzige Beispiel, das wir haben. Wenn wir sagen, die Nacht ist von einer samtenen Dunkelheit, romantisieren wir sie. Wenn wir sagen, eine Seele ist schwarz, ist es nicht mehr als eine Redewendung.

Langsam fand Fludd wieder zu sich und glaubte, hinter sich ein schartiges Atmen zu hören. Etwas war durch die hintere Tür gekommen und beobachtete ihn beim Beten. Er sah sich nicht um. Ich breche zusammen, dachte er, löse mich auf in Vernichtung und Verzweiflung. Das ist meine Nigredo, die dunkelste Nacht meiner Seele. Genau wie die Statuen in ihrem flachen Grab die Farbe der Erde und den Geruch der Abtötung annehmen, wird mein Geist begraben, umgeben von verderbenden Wirkstoffen. Mit dem Wasserkessel beschäftigt, das Gesicht abgewandt, die Stimme brüchig, so tief bewegt war sie gewesen, hatte Agnes ihm gesagt: »Wenn ich über sie hinweggehe, Vater, erschaudere ich. Wir alle erschaudern«, worauf er erwidert hatte: »Es sind Symbole, Miss Dempsey, und Symbole haben eine große Kraft.« Und Miss Dempsey hatte gesagt: »Es ist, als ginge man über Tote.«

Aber alles, was gereinigt wird, muss zuerst verdorben werden. Das ist das Prinzip von Wissenschaft und Kunst. Alles, was zusammengesetzt werden soll, muss zunächst auseinandergenommen, alles, was ein Ganzes werden soll, in seine Bestandteile zerlegt werden, in seine Hitze, seine Kälte, seine Trockenheit und seine Feuchtigkeit. Niederes umschließt den Geist, das Grobe das Feine. Jede Leidenschaft muss seziert, jede Laune in den Mörser gegeben, jedes Verlangen zermahlen werden, bis die Essenz zum Vorschein kommt. Nach der Trennung, dem Austrocknen, dem Befeuchten, dem Auflösen, dem Gerinnen, dem Vergären kommt die Reinigung, die Wiederverbindung: die Schaffung von Substanzen, die diese Welt noch nie gesehen hat. Das ist das *Opus contra naturem*, die Kunst der Spagyrik. Die alchemistische Hochzeit.

Das Wesen hinter ihm kam schweren Schritts den Mittelgang herunter. Die Hände immer noch vor sich gefaltet, drehte er den Kopf und sah sich über die Schulter.

Es war Schwester Philomena, einen Sack über dem Kopf, um sich vor dem Regen zu schützen. Ihre Kutte war bis auf Kniehöhe hochgebunden, und die Schnüre rafften den Stoff in skulpturartige Falten.

Vater Fludd starrte der Nonne auf die Füße. Sie sagte: »Ich habe einen Dispens für Gummistiefel. Eine spezielle Erlaubnis von Mutter Provincial. Ich bin immer die, die ins Nasse hinausgeschickt wird, nicht, dass ich mich beschweren wollte, ich bin gerne draußen. Ich bekomme gerade einen Dispens für einen Regenfreund.«

»Was ist das?«

»Eine Plastikhaube für den Kopf. Durchsichtig. Wenn man sie zusammenlegt, wird sie etwa so klein …«, sie streckte ihre nassen Finger aus und zeigt es ihm, »und man kann sie in die Tasche stecken.«

»Ich hasse Plastik«, sagte Vater Fludd.

»Klar. Sie sind ein Mann.« Sie korrigierte sich: »Ein Priester. Sie müssen nie sauber machen. Plastik ist leicht sauber zu machen. Sie wischen es einfach ab. Ich wünschte, die ganze Welt wäre aus Plastik.«

Philomena trat ins Licht der Kerzen, die vor der heiligen Therese, der kleinen Blume, brannten. »Wie ich sehe, war Mutter Purpit hier und hat Kerzen angezündet«, sagte sie.

»Verspürt sie eine besondere Hingebung zur heiligen Therese?«

»Nun, Therese war natürlich eine Nonne, und zwar von der sehr demütigen Sorte. Demut war ihre Spezialität, sie war besser darin als jede andere in ihrem Kloster. Berühmt war sie dafür. Mutter meint, wir sollen alle demütig sein. Die heilige Therese ging schon sehr jung ins Kloster. Sie wollten sie nicht lassen, aber sie bestand darauf. Sie versuchten sie davon abzuhalten, aber ein Nein war keine Antwort für sie. Sie war nicht zu halten. Beim Papst hat sie sich beschwert.«

»Sie müssen ihr Leben studiert haben.«

»Wir haben ein Buch über sie in der Klosterbibliothek.«

»Ist es eine große Bibliothek?«

»Es gibt ein paar Lebensgeschichten von Heiligen. Oh, und einen Rasenratgeber, der ist von Schwester Anthony.« Schwester Philomena streckte eine Hand aus und lehnte sich auf eine der melassefarbenen Bänke. Sie schien etwas außer Atem. »Die heilige Therese ist am Ende an ihrer Lunge gestorben, wie meine Tante Dymphna. Bei der heiligen Therese war es die Selbstkasteiung, die sie krank gemacht hatte, bei meiner Tante, glaube ich, nicht. Demütig bis zuletzt, wollte die heilige Therese ihr körperliches Leiden als Opfer für Sünder spenden, und so verweigerte sie die Medizin, die ihr die letzten Qualen hätte erleichtern können. So steht es im Buch. Ich weiß nicht, ob sie Dymphna Morphium angeboten haben. Ich nehme an, sie hat sich mit Whisky beholfen.«

Fludd lehnte sich zurück und glitt unmerklich von der Kniebank auf den Sitz. Er sah die Nonne an. Sie hatte den Sack vom Kopf genommen und ein paar tote Blätter heruntergeschüttelt, die auf dem Kutschweg auf sie herabgefallen waren. »Ich sammle sie auf«, sagte sie. »Ich fege gleich.« Sie holte etwas aus der Tasche. »Ich bin gekommen, um es noch mal mit der Nase zu probieren«, sagte sie.

Fludd folgte ihrem Blick zur Statue der Jungfrau hinüber. Es sah aus, als wäre die Spitze ihrer Nase mit einem Hammerschlag sauber abgetrennt worden. »Das war ich«, sagte Philomena. »Das schien zwar ganz und gar nicht ehrerbietig, aber ich brauche eine glatte Fläche, um darauf anzusetzen. Also habe ich mir von der Männer-Kameradschaft einen Meißel geliehen, von Mr McEvoy. Die erste Nase, die ich draufgesetzt habe, war aus Ton, und ich dachte, ich könnte sie anstreichen. Aber natürlich hätte sie erst gebrannt werden müssen. Das war also kein Erfolg. Jetzt habe ich es mit Knetgummi probiert …« Sie hielt die Nase auf der offenen Handfläche vor ihn hin. »Ich habe verschiedene Stückchen verknetet, um den richtigen Farbton hinzubekommen.«

»Ich denke, er sollte dunkler sein«, sagte Fludd. »Realistischer. Sie kam aus einem östlichen Land.«

»Ich glaube nicht, dass dem Bischof das gefallen würde.«

»Ich habe schon schwarze Jungfrauen gesehen«, sagte Fludd. »In Frankreich werden sie ›Unsere Liebe Frau *sous terre*‹ genannt. Auf ihren Prozessionen werden nur grüne Kerzen benutzt.«

»Das klingt heidnisch«, sagte sie zweifelnd. »Wollen Sie mich bitte entschuldigen, Vater? Ich muss da hinauf. Auf die Bank.«

»Natürlich.« Er stand schnell auf und trat zur Seite. Philomena machte eine tiefe Kniebeuge zum Altar hin, setzte sich in die Bank und begann an ihren Gummistiefeln zu zerren.

»Ich würde Ihnen ja helfen, Schwester«, sagte Fludd. »Aber. Sie wissen schon.«

»Ich bin sie gleich los«, sagte sie, trat und rang mit ihnen. Er wandte den Blick ab. Sie lachte, ächzte und kämpfte. »Da.« Die Stiefel fielen auf die steinernen Bodenplatten. Agil und behände stieg sie auf die Bank, wo er eben noch gesessen hatte, und reckte sich, um an die Jungfrau heranzukommen. »Was denken Sie?«, fragte sie ihn. »Soll ich erst die Nase machen und sie dann draufkleben oder sollte ich sie da oben in Form kneten?«

»Ich denke, Sie sollten sie *in situ* gestalten. Darf ich es versuchen? Ich bin größer.«

»Kommen Sie rauf, Vater. Sie haben ganz sicher längere Arme.«

Er trat auf die Bank neben sie, und sie tat einen Schritt zur Seite, um ihm Platz zu machen. Dann gab sie ihm die Nasenspitze. Die Masse hatte die Farbe blutleerer Haut und fühlte sich kalt an. Er knetete sie in seiner Handfläche, stand der Jungfrau direkt gegenüber und starrte ihr in die blau gemalten Augen.

Schwester Philomena verfolgte genau, wie er die Hand hob und der Statue die Nase ins Gesicht pflanzte. Er spürte ihre ganz auf seine Hand gerichtete Aufmerksamkeit, roch den feuchten Serge ihrer Kutte, und als er den Kopf wandte und stumm um ihre Meinung bat, sah er den weißblonden Flaum ihrer Wange. Wie um sich festzuhalten, legte sie eine Hand auf die schmale, glatte Schulter der Jungfrau, und da lag sie, kalt und blauadrig auf dem Blau des gemalten Gewandes.

Einen Moment lang stützte Fludd die junge Frau, mit einer Hand unter ihrem Ellbogen, und sprang dann zurück auf den Boden. Er trat etwas zurück, um das Ergebnis zu begutachten.

»Kein Erfolg«, sagte er. »Alles in allem. Wollen Sie nicht kommen und es sich auch ansehen?«

»Nein.« Verzagt senkte sie den Blick. »Ich werde sie niemals wieder hinbekommen, nicht mal mit Ihrer Hilfe, Vater. Und wir haben so vollkommene, schöne Statuen, doch die vermodern in der Erde.«

Er sah sie an. »Denken Sie, sie vermodern? Sie selbst auch?«

»Oh, Sie machen mir Angst.« Sie berührte das schwarze Kreuz, das sie an einer Schnur um den Hals trug. »Das war nur so ein Ausdruck, den ich gebraucht habe.«

»Aber *irgendetwas* vermodert hier.«

»Ja. Sind Sie gekommen, um das zu ändern?«

»Ich weiß nicht. Ich glaube, das liegt jenseits meiner Macht. Ich glaube, ich kann mir nur selbst helfen. Und vielleicht ein, zwei kleine Dinge in der Gemeinde ändern.«

»Können Sie etwas für mich tun?«

»Kommen Sie herunter.« Er hielt ihr seine Hand hin. Sie nahm sie und stieg elegant und würdevoll von der Bank. »Früher«, sagte er, »wenn die Leute Statuen geformt haben, haben sie ihre Kleider so in Falten gelegt, als gäbe es darunter keinen Körper. Dann kam eine Zeit, in der sich die Vorstellungen änderten. Selbst die Heiligen haben Glieder, selbst die Jungfrau, und sie fingen an, die Falten mit Rundungen auszufüllen.«

»Unsere Statuen sahen verschieden aus. Manche lebendig, manche tot.«

»Ich fürchte, keine von ihnen war so alt, dass sie aus der Zeit stammen könnte, von der ich spreche. Wenn sie nicht lebensecht wirkten, lag das am mangelnden Können des Bildhauers. Oder an seiner Abscheu vor Körpern.«

»Nun.« Sie senkte den Blick, wurde rot und begann an ihren Röcken zu zupfen. »Ich dachte nicht, dass jemand hier wäre«, sagte sie. »Ich binde mir die Kutte immer hoch, wenn es regnet. Verraten Sie mich nicht. Es ist so elendig, wenn der Saum unten für den Rest des Tages nass und verdreckt ist. Davon kriegt man Rheuma. Allerdings nehme ich nicht an«, fuhr sie fort, »dass die heilige Therese etwas gegen ein wenig Regen gehabt hätte. Sie hätte es als Buße angeboten. Wahrscheinlich wäre sie rausgegangen und hätte sich extra in den Regen gestellt.«

Aber als sie aus der Kirche kamen, stellten sie fest, dass der Regen aufgehört hatte. Schwaches Sonnenlicht, das selbst wie mit Wasser getränkt wirkte, wusch die Baumstämme des Kutschwegs, glasierte die Pfützen und machte sie undurchsichtig. Es sah aus, als wäre die Erde für ein Bankett gedeckt, mit flachen, weißen Porzellantellern.

Am Abend nach dem Essen sagte Vater Angwin: »Der Bischof hat angerufen.«

»Ach ja?«, sagte Fludd. »Was wollte er?«

»Er wollte wissen, ob ich relevant sei.« Vater Angwin hob den Kopf und sah Fludd erwartungsvoll, dabei aber durchaus bissig an. »Sie sind klug und modern, Vater Fludd. Verstehen Sie das?«

Fludd antwortete nicht und gab durch sein Schweigen zu verstehen, dass er sich nicht aus der Reserve locken lassen würde, was seine Modernität betraf.

»Er fragte: ›Sind Sie relevant, Vater? Sind Sie von dieser Welt?‹ Und ich sagte: ›Das ist eine Frage für Platon.‹ Aber der Bischof fuhr ohne Pause fort: ›Sind Ihre Predigten relevant? Haben Sie den richtigen Ton für das moderne Ohr?‹«

»So etwas habe ich noch nicht gehört«, sagte Fludd. »Relevant? Nein, das habe ich noch nicht gehört. Was haben Sie geantwortet?«

»Ich habe gesagt, ich sei äußerst und verdammt irrelevant, wenn er nichts dagegen habe, und würde es, mit Verlaub, auch bleiben, zum Wohle meiner Gemeindemitglieder und der Errettung ihrer Seelen. ›Tatsächlich, wie das, mein lieber Junge?‹« Vater Angwin machte ihn grimmig nach, schob ein Bein vor und tätschelte seinen eingebildeten Bauch. »›Ist Irrelevanz‹, sagte ich, ›nicht genau das, was die Leute in der Kirche suchen? Wollen Sie, dass ich sie in der Sprache der Bahnhofshalle begrüße? Wollen Sie, dass ich ihre Vorstellungen von Spiritualität nehme und beim Co-op-Metzger durch den Wolf drehe?‹« Vater Angwin hob den Blick, seine Augen leuchteten. »Darauf hat er nichts mehr gesagt.«

»Ich hoffe, Sie haben Ihren Vorteil genutzt«, sagte Vater Fludd.

»Nun, als ich ihn so am Kragen hatte, bin ich noch mal auf die Statuen gekommen. ›Wenn die Heiligen‹, habe ich gesagt, ›nicht nach Fetherhoughton kommen, warum sind mir dann nicht ihre stummen Repräsentanten erlaubt? Spornen sie nicht zum Glauben an, und ist der Glaube nicht mein Geschäft? Sind die Statuen nicht Werkzeuge meines Berufs?‹ Ich habe gesagt: ›Warum nehmen Sie

dürren Umrisse der Kinder schoben sich wie eine Reihe Geister in die Bänke, Geister aus einem Kinderkrankenhaus, eine ganze Fieberstation. Sie nahm eine Handvoll Kerzen aus dem Kasten vor der kleinen Blume, steckte sie an den bereits brennenden an und platzierte sie in den Haltern. »Jetzt«, sagte sie. »Fangt an.«

Sofort, und alle auf einmal, sprangen die Kinder von ihren Kniebänken auf, stolperten übereinander und stürmten in Richtung Mittelgang.

»Halt, halt, halt!«, rief Philomena. »Zurück, zurück, zurück. Dahin, wo ihr wart. Kniet euch wieder hin. Schließt die Augen. Faltet die Hände. Und wenn ich das Stichwort gebe, steht das erste Kind auf und geht los. Dann erst steht das zweite Kind auf und folgt ihm. Alle nacheinander, in einer Reihe. Das erste Kind geht nach links, das zweite folgt ihm, dann die anderen. Geht zum Altargeländer und kniet euch ehrfurchtsvoll hin. Faltet die Hände, schließt die Augen und wartet, bis ihr mit der heiligen Eucharistie an der Reihe seid. Wenn der Platz am Geländer voll ist, bleiben die übrigen Kinder stehen – genau da, seht ihr? Am Ende des Ganges. Wer wartet, drängt sich nicht hinter die am Geländer. Haltet Abstand. Wie sollen sie sonst dort wieder wegkommen, wenn sie fertig sind?«

Erst schlossen sie die Augen immer wieder zur falschen Zeit und liefen ineinander hinein, nach einer halben Stunde jedoch konnte man sehen, dass sie es langsam begriffen. Sie knieten sich ans Altargeländer, öffneten den Mund, schlossen ihn auf Kommando wieder und verharrten noch einen ehrfürchtigen Augenblick, standen auf und stampften zurück zu ihren Plätzen. Die Anstrengung war deutlich auf ihren Gesichtern zu erkennen. Schwester Philomena war nicht so alt, dass sie vergessen hätte, was ihnen Sorgen bereitete. Wirst du deinen Platz in der vollen Kirche in der Elf-Uhr-Messe wiederfinden? Wirst du dich in die falsche Bank verirren, sodass die Leute lachen und mit den Fingern auf dich zeigen? Wirst du (schlimmer noch) versuchen, den falschen Gang hinunterzugehen und ganz deine Orientierung verlieren? Wie wirst du überhaupt aus der Bank kommen, ohne gegen die Schienbeine derer zu treten, die nicht zur Kommunion gehen? Wirst du dich reibungslos in den Strom der sich nach vorn Schiebenden einreihen oder irgendwie alles aufhalten?

»Haltet die Augen offen«, riet sie ihnen. »Was ich meine, ist: Haltet die Gedanken beisammen und seht euch um. Die Frau am Ende eurer Bank, nehmt an, sie trägt einen komischen Hut. Seht ihn euch genau an, während ihr nach vorn geht, und benutzt ihn beim Zurückkommen als Orientierung.«

Sie stellte sich hinten in die Kirche und blickte den Mittelgang hinauf, ob das Vortreten und Zurückkommen flüssig verlief. In ihrem Rücken stand Thomas Aquinas, der kalte Heilige mit seinem Gipsstern, und aus genau dieser Richtung (hinter der Statue oder darunter) hörte sie mit einem Mal ein Flüstern, ein Rascheln wie von einer Mäusefamilie. Ihr stellten sich die Nackenhaare auf. Sie spürte, dass sie jemand ansah, und wusste, es war Fludd. Sein prüfender Blick schien durch ihren schwarzen Schleier zu dringen, durch den gestärkten weißen Stoff darunter und die Schnürhaube, um in den paar Haaren, die ihr noch geblieben waren, zu schwelgen und ihr über die Kopfhaut zu fahren.

»Noch einmal«, rief sie. »Schließt die Augen, senkt die Köpfe und sprecht ein kleines Gebet. Geht los, wenn ich es sage … Jetzt.«

Sie wartete, bis sie sah, wie das erste und das zweite Kind aufstanden und sich auf den Weg machten. Eilig drehte sie sich um. »Vater? Vater?«

Fludd lauerte hinter der Statue. Er wollte nicht hervorkommen. Sie hörte die Kinder in ihren Gummistiefeln zum Altar tappen, tat einen Schritt oder zwei und rannte fast bis ganz nach hinten in die Finsternis unter der Galerie.

»Sind Sie hier?«, flüsterte sie. »Mutter Perpetua hat mich als Sakristan abgelöst. Sie hat uns neulich gesehen, als wir die Nase repariert haben. Sie ist wütend auf mich, weil ich Ihre Zeit in Beschlag nehme. Ich möchte mit Ihnen reden. Es gibt ein paar Dinge, die ich Sie fragen muss.«

»Ja«, sagte Fludd, und es war, als hätte der engelsgleiche Doktor gesprochen. Fludds schwarze Gestalt war kaum auszumachen.

»Bei den Schrebergärten«, sagte sie. »Da gibt es einen Schuppen …« Sie hörte, wie die erste Gruppe Kinder zurückkam. Zu schnell, dachte sie. Sie hätten länger vorm Altar bleiben sollen, ihre Knie haben kaum den Boden berührt, und da sie fühlte, wie ihr diese Augenblicke ihres Lebens zu entgleiten drohten, sprang sie vor und klammerte sich an den Sockel der Statue, an den starren Gipssaum des Gewandes, streckte ihre blauadrige Hand aus und krallte ihre Finger um den Stern. Fludd sah, wie sie sich festklammerte, wie eine ertrinkende Frau an ein Stück Treibgut. Er verspürte den Drang, vorzutreten, hielt sich aber zurück. Sein Blick ruhte auf ihr. *In todesflüchtigen Momenten,* dachte er. *In todesfürchtigen Momenten. Mach mich nur Dein.*

Kapitel sechs

Außer Reichweite des Klosters hatte Philomena einen anderen Gang. Sie schritt ihm voraus, schwang achtlos die Arme und hüpfte über Grasbüschel.

»Im letzten Jahr bin ich einmal hier heraufgekommen.« Der Wind verwehte ihre Stimme. »Ziemlich früh … es muss im April gewesen sein. Da wuchsen Narzissen. Kleine, wilde, nicht die großen gelben Viecher, wie man sie im Laden kriegt.«

Fludd folgte ihr und stellte sich die Blüten vor. Er sah, wie sie sich im Frühlingswind bogen: zart und hellgelb, Chinesenhände in Ärmeln. »Letztes Jahr oder in diesem Jahr? Ich dachte, im letzten Jahr seien Sie noch gar nicht hier gewesen?«

Sie blieb stehen und verschnaufte. »Dieses Jahr, meine ich. Lieber Gott, die Monate schleppen sich dahin. Die Tage kommen mir so lang vor, Vater Fludd. Sie scheinen sich endlos zu dehnen. Ich weiß nicht, seit wann das so ist. Ich glaube, seit wir die Statuen begraben haben.«

»Ich finde das nicht«, sagte Fludd. Er fühlte sich alt, war außer Atem vom Aufstieg, müde von undankbaren Aufgaben. *»Meine Tage eilen schneller vorüber als ein Weberschiffchen und schwinden dahin ohne Hoffnung.«*

Das Mädchen erkannte das Zitat nicht. »Sie haben keine Hoffnung?« Eine Sekunde lang sah sie zu ihm auf. Ihre Augen sind außergewöhnlich, dachte er: ein hier und da gelb gesprenkeltes Rehbraun, eine Farbe, die eher zu einer Katze als zu einer Nonne gepasst hätte. Die Frage klang verwundert. Statt ihr zu antworten, ging Fludd weiter.

»Haben Sie keine Angst, gesehen zu werden?«, fragte er. »Ich bezweifle, dass Sie hier sein sollten. Ich kann gehen, wohin ich mag, aber Sie nicht. Das ist ein merkwürdiger Ort für ein geistiges Zusammentreffen.«

»Ich war beichten. Am Netherhoughton-Abend. Ich dachte, Sie würden dort sein, aber es war der alte Mann. Ich musste ihn mit ein paar Fragen über das Fasten beschäftigen.«

»Ich habe etwas über Sie gehört.«

Sie drehte sich um. Wegen ihres Schleiers musste sie den Kopf ganz zu ihm hindrehen, wollte sie ihm in die Augen sehen, was jedem Blick einen Anstrich von besonderer Bedeutung gab. »Von den Stigmata?«

Sie hatten den Schuppen erreicht, von dem sie gesprochen hatte. Die kaputte Tür hing nur noch halb in den Angeln, auf dem Boden lagen Holzspäne und der kreidige Kot längst toten Geflügels.

»Ja«, sagte Fludd und duckte sich unter dem Türsturz durch. Drinnen war gerade genug Raum, um aufrecht zu stehen. Wind, der geradewegs aus Yorkshire herüberblies, fegte durch das zerbrochene Fenster.

Philomena folgte ihm nach drinnen und zog wie er den Kopf ein. »Es stimmte nicht«, sagte sie.

»Aber Sie haben so getan?«

Philomena sah sich ohne Abscheu um. »Es ist mir gleich, wohin«, sagte sie. »Hauptsache, ich komme eine Stunde weg von dort. Die Leute denken, in einem Kloster ist es ruhig, aber da sollten Sie mal Perpetua hören. Den ganzen Tag gibt sie keine Ruhe.« Sie sah sich um, lehnte sich gegen eine Art grobe Werkbank und verschränkte die Arme. »Ich hatte keine Wahl, verstehen Sie? Sie haben mir keine gelassen. Vater Kinsella hat es meiner Mutter eingeredet, und sie schienen so glücklich, als hätten sie alle gleichzeitig Geburtstag.«

»Was war es, wenn es keine Stigmata waren?«

»Die Nerven.«

»Hat Ihnen etwas Sorgen gemacht?«

»Das ist eine lange Geschichte. Es geht um meine Schwester.«

Fludd lehnte sich gegen die Wand. Er hätte gerne eine Zigarette geraucht, zu rauchen wäre jetzt eine natürliche Reaktion. »Erzählen Sie. Wo wir schon hier sind.«

»Also sie, meine Schwester, kam direkt nach mir ins Kloster. Zu Hause hieß sie Kathleen, im Kloster Finbar. Sie hat nie gesagt, dass sie sich berufen fühlte, aber es war der große Ehrgeiz meiner Mutter, uns alle ins Kloster zu bekommen, irgendwie gefiel ihr die Vorstellung von Schwiegersöhnen nicht, Großmutter zu werden und so weiter. Jedenfalls haben wir das so gesagt, wir Mädchen, und dass sie sich mit dem Priester gut stellen wollte und die Leute sonntags nach der Messe auf sie zeigen und sagen sollten: ›Oh, der Frau muss man ihr Opfer hoch anrechnen, all ihre Töchter hat sie dem Glauben geschenkt.‹«

»Sie haben keinen Bruder?«

»Nein. Sonst hätte der Priester werden können, und vielleicht wäre sie dann nicht so verrückt mit uns gewesen. Ein Priester in der Familie ist so viel wert wie drei, vier Nonnen. So zählen sie in Irland.«

»Ihre Schwester Kathleen ist also ins Kloster gegangen, ohne sich berufen zu fühlen. Und es ging daneben.«

»Sie hat Schande über sich gebracht.« Schwester Philomena fasste eine Falte ihrer Kutte und rieb den Stoff zwischen den Fingern. Auch sie wünschte sich etwas, keine Zigarette, aber doch etwas, womit sie sich beschäftigen konnte und was sie von der Situation, dem Ort, der Person ablenken würde. »Nachdem sie Schande über sich gebracht hatte, war es in der Nachbarschaft mit unserem guten Namen vorbei, und als ich dann den Ausschlag bekam, dachte meine Mutter, wir könnten es wiedergutmachen. Sie war eine Putzfrau, wissen Sie, oben im Kloster, und hat für sie eingekauft. Ich war nicht einen Tag ohne sie, bis ich hergekommen bin. Sobald sie es sah, das mit meinen Händen, hat sie mich zu Vater Kinsella geschleppt. Ich wusste nicht, wie mir geschah.« Sie imitierte die einschmeichelnde Art ihrer Mutter, ihren halben Kniefall. »›Sehen Sie sich das an, Vater, letzten Freitag ist das bei Schwester Philomena aufgetaucht, das gleicht aufs Haar den Wundmalen in den Händen unseres Gesegneten Herrn.‹«

Fludd verschränkte besonnen die Arme. »Was hat Ihre Schwester Kathleen getan, um Schande über sich zu bringen?«

»Sie war das Opfer eines Durcheinanders und hatte absolut kein schlechtes Herz. Sie war noch Novizin, als es passierte. In manchen Orden werden die Novizinnen eingeschlossen und in Theologie unterrichtet, in unserem Orden müssen sie die Drecksarbeit machen. Ich habe als Novizin auch nicht viel über das Spirituelle gelernt, sondern die ganze Zeit Kartoffeln geschält. Es war eher wie in der Armee.«

»War Kathleen, Schwester Finbar, war sie eine Rebellin?«

»Oh, nichts dergleichen. Aber Sie wissen doch, Vater, dass Nonnen nicht allein auf die Straße dürfen? Nun, da gab es eine Schwester Josephine, eine unleidige alte Person, kurzsichtig und schlecht zu Fuß, und sie wurde in ein anderes Kloster des Ordens geschickt, ein paar Kilometer entfernt. Der Orden tut das, besonders, wenn Sie fünfzig Jahre an einem Ort waren, zieht er Ihnen, bevor Sie sterben, gerne noch mal den Boden unter den Füßen weg. Nun, unsere Kathleen, Schwester Finbar, sollte sie begleiten. Kathleen lieferte sie auch sicher ab, doch dann musste sie selbst wieder zurück, und natürlich brauchte auch sie eine Begleitung, richtig?«

»Ich sehe da eine Schwierigkeit lauern«, sagte Fludd.

»Und als Kathleen zurück in ihrem Kloster war, was war nun mit Schwester Gertrude? Wer sollte jetzt Gertrude zurückbringen?«

Fludd dachte darüber nach. »Kathleen.«

»Ich sehe, Sie begreifen derlei Dinge schnell. Ich nehme an, ein anderer Kopf, wie Mutter Provincial, hätte das Problem gelöst. Aber Kathleens Oberin war keine große Leuchte.«

»Was geschah dann?«

»Unsere Kathleen brachte Gertrude zurück in Gertrudes Kloster, wo sie fragte, ob sie einen oder zwei Tage bleiben dürfe, um die Sache zu überdenken, doch das konnten sie nicht zulassen, dafür hatten sie keine Erlaubnis, und so drehten sie sie um und schickten sie gleich wieder zurück, zusammen mit einer anderen Nonne, Schwester Mary Bernard, glaube ich, war es.«

»Sie wechselten die Personen, verpassten es aber, sich mit dem eigentlichen Problem auseinanderzusetzen.«

»Jetzt war es Schwester Mary Bernard, die am falschen Ende saß. Kathleen brachte sie zurück. Nach all der Lauferei war sie zum Umfallen müde. Die Sohlen ihrer Schuhe waren dünngelaufen, und als sie Schwester Mary Bernard zurückgebracht hatte, im Aufenthaltsraum saß und auf die wartete, die sie diesmal zurückbringen würde, gingen ihr die Nerven durch. Sie rannte davon.«

»Was? Sie ist einfach geflüchtet?«

»Sie ertrug es nicht mehr, sagte sie. Sie wusste, wenn man sie sähe, würde sie zurückgerufen und man gäbe ihr wieder jemanden mit. Also kletterte sie über ein Tor und rannte über die Felder. Als sie zurück auf die Straße kam, lief sie ein Stück dahin, und dann sah sie einen Lastwagen kommen. Der Fahrer hielt an und fragte sie, ob sie sich vielleicht verlaufen habe. Er sagte: ›Kommen Sie, Schwester, setzen Sie sich neben mich, und ich bringe Sie, wohin Sie wollen‹, und sie stieg ein. ›Er war ein guter Kerl‹, sagte sie, ›ein wirklicher Gentleman.‹ Er gab ihr sein halbes Käse-Sandwich – sie hatte solchen Hunger, wissen Sie, weil sie nie zur Essenszeit da gewesen war, und in einem Kloster können Sie nur zu den festgesetzten Zeiten essen. Dieser Mann, dieser Lastwagenfahrer, machte extra einen Umweg für sie und fuhr sie zurück, bis vor die Tür. Aber als sie ankamen, nun, da waren sie nicht gerade erfreut, sie zu sehen.«

»Es war völlig harmlos«, sagte Fludd. »Da bin ich sicher. Das Mädchen war verzweifelt.«

»Wie sich herausstellte, war der Lastwagenfahrer Protestant, was es noch schlimmer machte.«

»Das alles hätte vermieden werden können«, sagte Fludd, »wenn die erste Schwester zwei Begleiterinnen bekommen hätte statt nur einer.«

»Das wäre vernünftig gewesen.« Schwester Philomena blickte düster drein. »Aber die ganze Sache hatte wenig mit Vernunft zu tun.«

»Was ist dann mit Kathleen passiert? Hat man sie hinausgeworfen?«

»Oh, auf der Stelle. Sie war draußen, noch bevor sie etwas zu Abend essen konnte. Mit leerem Magen rausgeworfen, sagte sie, und das hat sie verbittert. Sie durfte sich nicht mal von mir verabschieden. Von mir, ihrer eigenen Schwester.«

»Was hat sie dann gemacht?«

»Sie musste zurück nach Hause, und meine Mutter konnte den Leuten in der Gemeinde nicht mehr in die Augen sehen. Kurz darauf kam Kathleen auf die schiefe Bahn. Wie Tante Dymphna. Fing an zu trinken und ging auf Tanzveranstaltungen. Sie redete davon, sich das Haar bleichen zu lassen, sagt meine Mutter.« Philomena sah Fludd ratlos an. »Es muss in unserer Familie liegen, denke ich. Heißes Blut.«

»Hätten Sie etwas dagegen, wenn ich eine Zigarette rauchen würde, Schwester?« Fludd griff nach seinem silbernen Zigarettenetui. Er musste seine Hände beschäftigen. »Ich kann mir vorstellen, was für eine Wirkung das auf Sie gehabt haben muss.«

»Bald darauf bekam ich den Ausschlag an den Händen. Ich habe es selbst geglaubt. Nicht, dass ich es jemandem gezeigt hätte, wenn ich es hätte entscheiden können. Ist ein Stigmatisierter ein guter Mensch?, das fragte ich mich. Ein Stigmatisierter könnte der größte Gauner sein.« Sie hob den Blick. »Ja, rauchen Sie nur, mich stört es nicht. Nun, sie waren ein neuntägiges Wunder, meine Wundmale. Dem Bischof gefiel es nicht, sie wollen heute von Wundern nichts mehr hören, und so bin ich hier gelandet, aus dem gläubigen Irland an diesen gottverlassenen Ort verfrachtet worden.«

»Da hat man Ihnen böse mitgespielt. Wenn man überlegt, wie viele mystische Visionen auf eine Schläfenlappen-Epilepsie zurückgeführt werden können.«

»Auf was, Vater?«

»Als die heilige Teresa von Ávila ihre dreitägige Vision der Hölle hatte, war das nichts anderes als ein epileptischer Anfall … die Flammen und der Gestank gehörten auch dazu. Und als die heilige Hildegard Gottes Feste sah, hatte sie einen Migräneanfall.«

Sie sah ihn zweifelnd an. »Ich habe keine Anfälle. Ich habe eine empfindliche Haut, das ist alles.«

»Sie haben nicht so viel zwischen sich und der Welt wie andere Menschen. Lassen Sie mich Ihre Hand sehen, bitte.«

Sie hob eine, schüttelte den Ärmel zurück und starrte sich in die Handfläche: als könnte dort, noch ein Jahr später, der zarte Schmuck des Blutes durch die Haut dringen. Vater Fludd beugte sich vor. Zögerlich wie eine Katze legte er die Spitze seines Zeigefingers auf die ihres Mittelfingers, und ihre Hand senkte sich mit der Handfläche zu ihm hin. »Warum tun Sie das?«, fragte sie, den Blick auf seinen Finger gerichtet. »Sie sehen aus, als wollten Sie mir aus der Hand lesen. Aber das ist verboten.«

»Ich könnte es tun«, sagte Fludd.

»Ich sage Ihnen«, antwortete sie ruhig, »die Kirche verbietet es.«

Fludd berührte ihren Zeigefinger. »Das ist der Finger Jupiters«, sagte er. »Der Widder regiert die Spitze, das zweite Glied wird vom Stier beherrscht, das dritte von den Zwillingen. Der hier«, er fasste ihren Mittelfinger, »ist der Finger des Saturn. Die Spitze regiert der Steinbock, dann kommen Wassermann und Fische. Der Ringfinger ist der Finger des Apollon, des Gottes der Sonne. Da sind es Krebs, Löwe und Jungfrau. Der kleine Finger ist der Finger Merkurs, und Waage, Skorpion und Schütze regieren das erste, das zweite und das dritte Glied.«

»Was hat das alles zu bedeuten, Vater?«

»Das weiß Gott allein«, sagte Fludd. Ihre Lebenslinie war lang und ungebrochen und wand sich unter dem eng anliegenden inneren Ärmel aus dem Blick. Der Venusberg erhob sich groß und fleischig. Er sah eine aktive, wandelbare, feurige Natur, die Fingerspitzen einer Rationalistin. Da fanden sich keine Schiffsuntergänge, keine vierbeinigen Untiere und keine eisernen Instrumente, aber Gefahr durch die Heimtücke von Frauen, durch Selbstzweifel und Ängstlichkeit. »Sie haben eine doppelte Schicksalslinie«, sagte er. »Sie werden von Ort zu Ort wandern.«

»Aber ich gehe nie irgendwohin.«

»Ich bin nicht dafür bekannt, dass ich mich täusche.«

»Ist ja auch nur eine alte Zigeunergeschichte.«

»Da muss ich widersprechen. Diese Wissenschaft gab es schon, bevor auch nur irgendwer an Zigeuner dachte.«

»Also, wenn Sie schon so viel wissen, wollen Sie mir dann nicht sagen, was Sie da sehen?«

Fludd hob den Blick eine Sekunde lang und sah wieder in ihre Hand. Er fuhr die Herzlinie entlang. Sie sank stark ab und endete in einem fünfzackigen Stern. »Alles, was ich sage, ist überflüssig«, sagte er. »Klar ist, Schwester, dass Sie wissen, was Ihr Schicksal sein wird.«

Sie zog die Hand zurück. Lächelte. Legte sie verlegen auf den Oberschenkel, gespreizt und kaum den Stoff ihrer Kutte berührend, als wäre sie mit Tinte verschmiert. Sie sah sich wieder um. »Ich wünschte, wir könnten uns setzen. Ich hätte daran denken sollen. Säcke für den Boden hätte ich mitbringen sollen.« Ihr Fuß scharrte durch die Holzspäne, ihre Worte waren ziellos, zufällig, bedeutungslos.

»Sie haben mich gefragt, ob ich etwas für Sie tun könnte. Worum geht es?«

Sie sah ihn nicht an und fuhr mit der seitlichen Bewegung ihres Fußes fort. »Um Antworten auf meine Fragen.«

»Über das Fasten?«

»Nein.«

»Gut. Ich bin nicht Priester geworden, um diese Art Fragen zu beantworten. Mich interessiert Tieferes.«

Für einen Moment hob sie den Blick. »Eines der Kinder hat mich gefragt, was es vor der Erschaffung der Welt gegeben habe.«

Mit der Zigarette in der Hand sah Fludd aus dem zerbrochenen Fenster über die verrottenden Hühnerställe und Reste von Maschendraht zu der Stelle, wo das Halstuch des Eisenbahners im Wind wehte und gegen seinen Pfahl schlug. »Es gab die *prima materia*«, sagte er, »ohne Dimension und Beschaffenheit, weder groß noch klein, ohne Eigenschaften oder Neigungen, nicht in Bewegung und auch nicht im Stillstand.«

»Ich fürchte, so eine Antwort wollen sie nicht.«

Er hob seine Zigarette an die Lippen. »Was für eine Antwort wollen sie denn?«

»Sie hören nicht auf, von Schutzengeln zu reden«, sagte sie. »Sie erwarten, sie sehen zu können, wie sie hinter ihnen den Kutschweg hinaufgehen. Sie denken, wenn sie sich schnell genug umdrehen könnten, würden sie sie erwischen.«

»Ah«, sagte Fludd, »wenn sich nur irgendjemand von uns schnell genug umdrehen könnte. Vielleicht würde er dann einen Blick in sein eigenes Gesicht erhaschen.«

»Die Kinder sagen, ständig werden Menschen geboren und sterben, sodass man immer mehr Engel braucht, oder werden sie, wenn einer stirbt, einem anderen zugewiesen? Sie meinen, was, wenn man jung stirbt – hat der Engel dann vierzig Jahre frei? Einer hat letzte Woche gesagt: ›Mein Schutzengel war mal der von Hitler.‹«

»Engel folgen uns nicht«, sagte Fludd. »Niemand folgt uns, nur wir selbst. Sehen Sie sich an. Man hat Sie aus Irland hergeschickt. Fühlen Sie sich hier weniger geplagt? Nein. Sie sind sich selbst gefolgt.«

»Ich muss ihnen das Credo beibringen. Dabei habe ich Probleme. Jesus wurde gekreuzigt, und dann heißt es: ›... hinabgestiegen in das Reich des Todes.‹«

»In die Vorhölle, das ist gemeint«, sagte Fludd und wählte die orthodoxe Deutung.

»Ich weiß. So hat man es mir auch beigebracht.«

»Aber Sie glauben es nicht?«

»Warum sollte er in die Vorhölle? Da sitzen eine Menge alte Patriarchen, Propheten und kleine tote Babys, die nicht mehr getauft werden konnten. Ich stelle mir lieber vor, dass tatsächlich die Hölle gemeint ist. Dass er da einen Besuch macht. Um sich wieder mit ihr vertraut zu machen.« Fludd hob eine Braue. »Schließlich hat er sie geschaffen.«

Die Luft um sie herum wurde kälter, das Licht wich aus dem Himmel. Er hatte die Nacht noch nie so früh hereinbrechen sehen wie hier in den Bergen. Die Augen der jungen Frau verloren ihren Tagesglanz, schieferfarben schienen sie jetzt, es war eine Farbe Fetherhoughtons. Er zitterte ein wenig, ließ seinen Zigarettenstummel fallen und steckte die Hände in die Taschen.

»Ich habe mich gefragt«, sagte Philomena, »warum erlaubt Gott dem Bischof zu existieren?«

»Es ist mehr als eine Erlaubnis. Gott hat ihn geschaffen.«

»Er ist widerlich. Wie ein Schweinemetzger.«

»Sie könnten fragen: Warum hat Gott überhaupt etwas geschaffen, was uns nicht gefällt? Aber er hat nicht die gleichen Empfindungen wie wir. Er hat nicht unseren Geschmack.«

»Warum hat Gott meine Tante Dymphna und meine Schwester Kathleen auf die schiefe Bahn geraten lassen?«

»Vielleicht war es weniger sein Interesse, ihnen das Leben zu zerstören, als dass die beiden es sich selbst verdorben haben. Was ist mit ihrem heißen Blut?«

»Wird Dymphna auf ewig in der Hölle braten? Oder kann es ein Ende finden? Es ist uns nicht erlaubt, das stimmt doch, für die Menschen in der Hölle zu beten?«

»Nicht unter normalen Umständen. Obwohl es heißt, Gregor der Große habe Kaiser Trajan mit seinen Gebeten aus dem Fegefeuer befreit. Oder denken wir an Origenes' Lehre der größeren Hoffnung … Er glaubte, dass alle Menschen am Ende errettet würden. Das passt nicht ganz zur Ewigkeit. Die Qualen der Hölle sind reinigend, und unsere Bestrafung wird ein Ende haben.«

Sie hob den Blick, halb hoffend. »Ist das ein seriöser Glaube?«

»Nein. Die meisten Leute denken, dass Origenes das missverstehe.«

»Weil mir da der Gedanke kommt … Wenn die Hölle ein Ende hat, was ist dann mit dem Himmel?« Sie hörte auf mit dem Fuß zu scharren, trat zu ihm und sah aus dem kaputten Fenster. »Ist das die Art Fragen, wegen der Sie Priester wurden?«

Fludd zitterte. »Ich wünschte, ich hätte einen Schluck Schnaps dabei.«

»Ich habe das Gefühl, es wird langsam wärmer.«

»Tut's das?« Seine Augen weiteten sich. Er wirkte erstaunt, wandte den Blick ab und schien etwas in sich hineinzumurmeln. Ganz sacht berührte er die Wand des Schuppens, als hätte sich in den feuchten Fasern des Holzes ein Feuer entzündet. Kann es sein, dachte er, dass die Transformation bereits begonnen hat? In diesen Tagen arbeitete er nicht mehr mit Metall, sondern übte sich an der menschlichen Natur, was eine weniger vorhersehbare Kunst war, befriedigender, gefährlicher. Der Wissenschaftler verbrennt sein Versuchsmaterial im Athenor, dem Brennofen, aber keiner, so fähig er auch sein mag, vermag den Ofen selbst zu entzünden. Der Funke muss von einem Strahl himmlischen Lichts kommen, und damit, auf dieses Licht zu warten, konnte ein Mann sein Leben vergeuden.

»Es ist wärmer«, sagte er laut. »Ich wage zu sagen, dass sich der Wind gelegt hat.«

Die junge Frau starrte hinaus und durchkämmte mit ihrem Blick das sich im Zwielicht wiegende Gras. Philomenas Wangen glühten. Sie wusste, es war sinnlos, nach der Quelle der Wärme zu suchen. Sie lag in ihr. Seit er hier war, dachte sie, war ihre Zukunft zu neuem Leben erwacht. Sie glaubte nicht, dass sie ihn liebte, aber dennoch, da brannte etwas: das langsame weiße Flackern eines sich nähernden Wandels.

»Erzählen Sie«, sagte sie. »Was hat Sie dazu gebracht, Priester zu werden, Vater?«

»Es gibt Männer«, sagte Fludd, »die sich dazu getrieben fühlen, Chirurg zu werden. Früh schon entwickeln sie den Appetit, Menschen aufzuschneiden und in ihr Inneres zu sehen. Manche werden so davon beherrscht, dass sie sich, wenn fehlendes Geld oder Schulbildung es verhindern, die nötigen Qualifikationen aneignen und einfach als Chirurgen ausgeben. In unseren größeren Krankenhäusern wurde schon manch ein Blinddarm von Burschen herausgeschnitten, die so von der Straße hereinmarschiert sind.«

Sie war beeindruckt. »Würden Sie nicht annehmen, dass man so jemanden durchschaut? Würden Sie nicht denken, dass er den Patienten umbringt?«

»Manchmal schon. Aber nicht über die Quote hinaus.«

Himmel, dachte sie. In England haben sie für alles eine Quote. »Sie kommen also damit durch, sagen Sie?«

»Manchmal über Jahre. Aber es gibt auch andere, wissen Sie, die Möchtegern-Priester, die haben ein ähnliches Verlangen. Sie wollen die Seele sezieren. Die Sünden sind ihre Darmschlingen. Sie können sehen, wie sie sich sie um die Hände wickeln, während sie weiter in die Tiefen vordringen.«

Was er sagte, kam ihr nicht fremd vor. Jeden Morgen beim Frühstück betrachtete sie die ordentlichen, keimfreien Wunden des Gekreuzigten. *Einer der Soldaten öffnete seine Seite mit einem Speer, und alsbald ging Blut und Wasser heraus.* »Aber es ist nicht das Gleiche wie bei einem Arzt«, sagte sie. »Sünden können Sie nicht heilen, oder?«

»Die Hälfte der körperlichen Krankheiten, mit denen sie sich beschäftigen, können auch die Ärzte nicht heilen. Sie tun es allein aus Neugier und um die Verwandten der Patienten bei Laune zu halten. Und um sich ihre Brötchen zu verdienen.«

Die Temperatur um sie herum schien sich noch erhöht zu haben. Warum spürte er es nicht? Es war eine mediterrane Hitzewelle, ein sizilianischer Nachmittag. Die Wollunterwäsche kratzte auf ihrer Haut, es juckte zwischen den Schultern und auf den Unterarmen.

Sie sagte: »Vater Fludd, Sie sind kein richtiger Priester, oder? Das habe ich mir von Anfang an gedacht.«

Fludd antwortete nicht. Klar, dachte sie, warum auch? Aber sein Gesicht schien weniger verkniffen, die Wärme erfasste selbst seine gewohnte Leichenblässe. »In meinem früheren Geschäft«, sagte er, »einem Geschäft, das ich vergessen zu haben scheine, zumindest habe ich den Kontakt dazu verloren, gab es etwas, das wir *Nigredo* nannten, den Prozess der Schwärzung, der Verderbnis, der Abtötung und der Zersetzung. Darauf folgt *Albedo*, die Weißung ... Verstehen Sie?«

Sie schien Angst zu haben und sah ihn mit ihren großen Augen an, das Gesicht verzogen, angespannt. »Was ist das für ein Geschäft?«

»Es war eine tiefe Wissenschaft«, sagte er. »Um den Geist von der Materie zu befreien. Jeder Mensch sollte sie studieren.«

»Das tun Mörder. Wenn sie morden. Ist das eine tiefe Wissenschaft?«

»Es gibt Dinge in einem selbst, die man töten muss.«

»Oh, ich weiß«, sagte sie müde. »Das Fleisch und seine Gelüste. Das höre ich, seit ich sieben bin, und ich bin es leid. Fangen Sie jetzt nicht auch noch damit an.«

»Ich meine etwas anderes. Ich meine, dass es Zeiten im Leben gibt, da man die Vergangenheit töten muss. Mit einer Axt auf das losgehen muss, was man einmal war, die vertraute Welt niederstrecken muss. Das ist schwer und sehr schmerzvoll, aber besser, als die Seele in Umständen gefangen zu halten, die sie nicht länger erträgt. Es kann sein, dass wir einmal ein Leben führten, das uns befriedigte, das aber nicht mehr tut, oder einen Traum hatten, der uns sauer, ein Vergnügen, das uns zur Gewohnheit wurde. Abgenutzte Erwartungen, Schwester, sind ein Käfig, in dem die Seelen dahinrotten wie räudige Raubtiere in einem Wanderzirkus. Wenn die Wirklichkeit in unserem Kopf und die Wirklichkeit in der Welt nicht mehr zusammenpassen, leiden wir und fühlen uns angefressen ...« Er brach ab und starrte sie an, starrte auf das Kruzifix auf ihrer Brust, den

Serge und den Flanell darunter, die Epidermis noch eins tiefer. Und wieder fühlte sie ihre Haut kribbeln, jucken, brennen. »Angefressen«, sagte er und saugte an seiner Lippe. »Verärgert. Gereizt. Geschunden. Im Übrigen bin ich nicht sicher, was dieses Töten des Fleisches angeht. Wir haben ein Sprichwort: *Ohne die Erde in unserer Arbeit würde die Luft davonfliegen, das Feuer fände keine Nahrung, das Wasser kein Gefäß.*«

»Das sind entzückende Worte«, sagte sie. »Wie ein Psalm klingen sie. Sie waren doch nicht so etwas wie ein Protestant? Ein Laienprediger?«

»Ich denke, wir müssen unseren Körpern entgegenkommen, wissen Sie. Ich denke, wir müssen etwas Gutes in ihnen finden. Sonst wären, wie Sie sagen, die Henker die Heiligen. Im Übrigen perfektioniert Gnade die Natur und zerstört sie nicht.«

»Wer sagt das?«

»Hmm«, sagte Fludd, unwillig, Namen zu nennen. »Der heilige Thomas Aquinas.«

Sie hob eine Hand: die Hand, in der er bereits den Stern eines glücklichen Schicksals gesehen hatte. »Oh, der«, sagte sie und lächelte zögerlich. Sie berührte seine Schulter. »Der«, sagte sie, »war mir immer ein Freund.«

Sie hoffte, die Wärme würde ihnen hinaus in den Abend folgen: Aber Fludd war abgekühlt und verstummt, und die Hand, die er ihr anbot, um ihr auf dem rauen Boden Halt zu geben, schien kaum die eines menschlichen Wesens, so dünn und kalt war das Fleisch daran. Der Wind trieb die Wolken über die Schornsteine von Fetherhoughton. Sie sah zurück auf das schwarze, wilde Stück Moor und fühlte sich ernüchtert und voller Angst.

Sie ließ sich vom Priester, dem Mann, hinter sich herziehen, er schien den Weg zu kennen, obwohl er hier doch ein Fremder war, und wenn er bei Tage schon durch die Schrebergärten gegangen war, dann sicher nicht mehr als ein halbes Dutzend Mal. Ohne zu zögern, nahm er den Pfad zum Kloster. Er muss viele Möhren essen, dachte sie. Er sieht im Dunkeln.

»Der Zauntritt«, sagte Fludd. »Direkt vor uns. Schaffen Sie es?«

Sie erreichten ihn. Er stieg zuerst hinüber. Philomena war halb drüben und streckte ihr langes Bein in ihrem dicken, fusseligen Strumpf aus. Da wuchs eine Gestalt, wie es schien, aus dem Graben auf.

»Guten Abend«, sagte Fludd. »Mr McEvoy, richtig?«

Sie stellte sich vor, dass der Mann ihm einen Blick zuwarf, den sie nicht sehen konnte, als wollte er sagen: Ja, junger Mann, Sie werden mich noch kennerlernen. Doch als McEvoy näher kam, eine Taschenlampe hervorholte und sie einschaltete, blickte er ganz normal drein, freundlich, aber wissend.

»Mache meinen Gesundheitsspaziergang«, erklärte er.

»Im Dunkeln?«

»So habe ich's mir angewöhnt«, sagte McEvoy. »Und ich scheine, Vater, besser ausgerüstet als Sie und Schwester Philomena, wobei ich mit meiner Beobachtung keine Kritik andeuten will. Möchten Sie sich meine Taschenlampe ausborgen?«

»Vater Fludd kann im Dunkeln sehen«, sagte Philomena.

»Wie praktisch«, sagte McEvoy. Sein Ton war sardonisch. Der Lichtstrahl seiner Lampe wanderte nach unten, verharrte auf ihrem Bein und fuhr darüber, als wäre ihr der Strumpf heruntergerutscht.

»Kommen Sie, Schwester«, sagte Fludd. »Hängen Sie da nicht fest. Springen Sie rüber.« Er hielt ihr seine Hand hin, doch der Tabakwarenhändler war vor ihm da, höflich, aber bestimmt. »Ich sehe es nicht gern, wenn eine Schwester sich abmüht«, sagte McEvoy. »Ich werde Ihnen immer zu Diensten sein, mit starkem Arm und willigem Herzen.«

Er schien zu spüren, dass er unangemessen übertrieb, zog sich unter Fludds scharfem Blick zurück und tippte sich an die Kappe. Sein Abgang erfolgte so plötzlich wie sein Auftritt. Schon hatte ihn die Finsternis verschluckt.

Sie erschauderte. »Vater Angwin sagt, er ist der Teufel.«

Fludd war überrascht. »McEvoy? Aber der ist doch völlig harmlos.«

Sie spürte, wie sich die Distanz zwischen ihnen vergrößerte, Kälte, als er von ihrer Seite wich.

»Hat Vater Angwin«, sagte sie, »Ihnen nicht davon erzählt? Wie er ihn eines Nachmittags getroffen hat?«

»Doch. Da war so etwas, aber er hat den Namen des Mannes nicht genannt.«

»Ich weiß nicht, warum er es denkt. Ich habe den Teufel selbst gesehen, als ich sieben war. Er sah ganz anders als McEvoy aus.«

»Mit sieben«, sagte Fludd. »Das Alter der Vernunft. Wie sah er denn aus?«

»Wie ein wildes Tier. Ein großes, grobes Untier. Vor meiner Schlafzimmertür stand er und atmete.«

»Es war mutig von Ihnen, die Tür zu öffnen.«

»Oh, ich wusste, ich musste sie aufmachen. Ich musste sehen, wer da stand.«

»Ist er noch einmal gekommen?«

»Das brauchte er nicht.«

»Nein. Einmal ist genug.«

»Aber jetzt«, sagte sie, »wenn Vater Angwin recht hat, ist er mir viel näher gekommen.«

»Tatsächlich. Er hat Ihren Arm genommen. Seine Hilfe angeboten. Jederzeit, schien er zu meinen. Zu Ihren Diensten. Macht Sie das unruhig?«

»So wie er da auftauchte, so aus dem Nichts, das schien …«

»Das kann ich auch«, sagte Fludd gleichgültig. »Ich habe auch meine Auftritte und Abgänge. Das ist nichts. Ein Taschenspielertrick.«

»Wie soll ich wissen, dass nicht Sie der Teufel sind?« Sie blieb stehen. Unterhalb von ihnen konnten sie das Kloster sehen. In einem Zimmer oben brannte Licht. Ihre Stimme klang stur und feindselig.

»Ein Mann, der so tut, als wäre er ein Priester? Hört Beichten. Erwirbt sich das Vertrauen der Leute ...« Und sie dachte: Was, wenn die weiße Flamme, die ich in meiner Brust gespürt habe, die erste Flamme des nagenden Höllenfeuers war, des Feuers, das sich erneuert, während es frisst, sodass die Qual immer frisch bleibt? Was, wenn die unerklärliche Wärme, die mich dort im Schuppen umhüllt hat, der erste Stoß aus dem Blasebalg Satans war?

»Das müssen Sie entscheiden«, sagte Fludd in sachlichem Ton. »Ich kann Ihnen nicht sagen, was Sie glauben sollen. Wenn Sie denken, ich bin schlecht für Sie, werde ich nicht versuchen, es Ihnen auszureden.«

»Schlecht für mich?« Seine Wortwahl entsetzte sie. Mensch oder Teufel, dachte sie. Der Teufel oder sein Helfer, du wirst nur meine unsterbliche Seele verdammen. Das ist alles, was du tun wirst.

»Wenn ich der Teufel wäre«, sagte Fludd, »würde ich Lust auf Sie haben. Es ist seltsam, aber obwohl man denken sollte, der Teufel sei ein Mann mit Lust aufs Feurige, mag er doch nichts lieber als die Milchtoast-Seele einer zarten kleinen Nonne. Wenn ich der Teufel wäre, würden Sie mir nicht auf die Schliche kommen, dafür wären Sie nicht clever genug. Nicht, bevor ich Sie verspeist hätte, und das mit Genuss.«

Da kam ein lang gezogener Klagelaut aus Schwester Philomena, ein Laut des Schreckens und der Not, und sie begann zu weinen, drückte sich die Faust in den Mund und weinte, biss sich auf die Knöchel, und ihr Jammern drang um ihre Hand herum. Und im Salon des Klosters wartete Mutter Perpetua auf sie, saß aufrecht vor dem kalten Kamin und lächelte in die Dunkelheit.

Kapitel sieben

Purpit schlug sie. »Läuft herum wie ein Wildfang«, sagte sie. »Treibt sich auf den Feldern herum. Draußen in der Nacht, wie eine Zigeunerin.«

Sie wusste, es waren die Felder und nicht die Straßen, wegen der Kletten und Blätter, die an der Kutte der jungen Nonne hingen, und der Erde an ihren Schuhen. Dass Philomena mit Fludd zusammen gewesen war, wusste sie nicht. Wenn sie es wüsste, dachte Philly, wäre es noch schlimmer. Sie ist eifersüchtig, sie will, dass er ihr mehr Aufmerksamkeit schenkt. Sie ist keine Nonne. Sie sollte sich schämen. Sie ist hinter Männern her. Priestern. Hat es bei Angwin versucht, aber der hat sie aus der Sakristei gejagt. Schwester Anthony sagt das. Nie vergessen hat sie ihm das.

So debattierte sie mit sich, während Purpit geiferte und schlug. Das ist eine üble Gegend hier, dachte sie, die Leute sind schrecklich. Es ist ein Ort voller Teufel, hier muss missioniert werden. Es geht dabei nicht gegen Fleisch und Blut, sondern gegen höhere Kräfte, gegen die Herrscher der Finsternis. Der heilige Paulus hätte hier Ordnung geschaffen.

»Macht mein Kloster zum Gespött der Leute«, sagte Perpetua. Schlug und schlug mit ihren knochigen Knöcheln.

Philomena hob die Hand und packte Perpetuas Arm, direkt über dem Handgelenk. Hielt ihn mit der Kraft eines Mädchens vom Land. Sie sagte nichts, doch in ihren Augen blitzte es gelb, wie Goldspäne.

In der Nacht warf sie sich auf ihrem Bett hin und her und konnte weder schlafen noch wach daliegen, wobei ihr Letzteres das kleinere Übel zu sein schien. Sie versuchte aufzuwachen, wurde jedoch von marodierenden Albträumen in Bann gehalten, die wie eine Guerilla-Truppe um sie kreisten. *Nigredo*, ein riesiger Mohr, bot ihr eine Zigarette aus einem silbernen Etui an. *Albedo*, ein Engel, steckte sie ihr an. Sie rangen in den Schrebergärten miteinander, rollten auf der rauen Erde hin und her. Später verschränkten sie die Arme und sangen *Danny Boy*.

Um fünf Uhr hörte sie die Hausglocke, drehte sich um und drückte das Gesicht ins Kissen. Sie glaubte, es sei ein spezielles Büßerkissen, das sie auf Anordnung von Mutter Perpetua bekommen hatte. Es schien voller kleiner Steine. Schwester Anthony weckte die Schwestern in dieser Woche, und Philomena konnte hören, wie sie den Korridor herunterkam, an die Türen klopfte und ihr *»Dominus vobiscum«* rief.

Philomena gähnte und setzte sich auf. Sie tastete sich zum dünnen Band ihrer Nachthaube vor, das sich von ihrem Schweiß ganz wächsern anfühlte, grub die Fingernägel in den Knoten und versuchte ihn zu lockern. Aber sie hatte kaum Fingernägel. *»Dominus vobiscum«* flötete es vor ihrer Tür, und Schwester Anthony klopfte wieder und wieder. »*Dominus vobiscum*. Was machst du denn da drinnen, Schwester?«

Sie hatte das Gefühl, ihrer Stimme nicht trauen zu können, hob das Kinn und zupfte immer noch an dem Knoten. Wenn ich eine Schere hätte, dachte sie. Eine eigene Schere. Aber das ginge gegen mein heiliges Armutsgelübde. Wenn ich einen Spiegel hätte, doch das ginge gegen mein heiliges Keuschheitsgelübde.

»Grundgütiger, Mädchen.« Schwester Anthony klang jetzt mürrisch. »*Dominus vobiscum*. Bist du taub?«

Der Knoten löste sich. Die Haube kam herunter. Sie ließ sie auf die raue Decke fallen, stellte die nackten Füße auf den Linoleumboden und streckte sich. Die Oberarme und Schultern unter dem Nachthemd waren mit kleinen blauen Flecken bedeckt.

»*Dominus vobiscum*. Bist du krank?«

Verzweifelt, dachte sie. *»Et cum spiritu tuo«*, intonierte sie. Ihre Stimme klang normal. Verräterstimme. In ihrer Kehle schmerzten Tränen, die Brust war voller unheiliger Erwartungen.

»Das denke ich doch«, sagte Schwester Anthony und ging weiter.

Später, nach einer Stunde auf den Knien in der Kapelle, ging sie in die Küche und half Schwester Anthony, die Krüge mit dünnem Tee zu füllen, fürs Frühstück.

»Ich glaube, Vater Fludd besitzt die Gabe der Prophezeiung«, bemerkte sie.

»Ist das so?«, fragte die alte Nonne höflich. »Ich frage mich, was er für das Rennen in Aintree voraussagt.«

»Prophezeiungen bedeuten nicht, dass er die Zukunft voraussagt. Es bedeutet, sich frei zur wahren Natur der Dinge zu äußern.«

Schwester Anthony konnte sehen, dass die kleine Philomena geweint hatte. Sie erinnerte sich düster an ihre eigenen ersten Tage im Kloster, die rituelle Erniedrigung und die einsamen Nächte, und da sie für die Verteilung des Frühstücks verantwortlich war, konnte sie nett zu dem Mädchen sein und gab ihr einen extra Löffel Haferbrei.

Am Morgen: Judd McEvoy lächelte, staubte leise pfeifend seine Regale ab und öffnete seinen Laden. Er schob die Riegel auf und drehte das Pappschild im Fenster um. Agnes Dempsey spülte das Frühstücksgeschirr. Vater Fludd zog sein Gewand für die Messe an und betete die dazu passenden Ankleidegebete. Philly konnte ihn in Gedanken sehen, mit seinem Schultertuch, der Alba, dem Zingulum, dem Manipel, der Stola und der Kasel. »Läutere mich, o Herr, und reinige mein Herz …«

An diesem Morgen hatte sie mit einer Klasse Turnunterricht. Nicht mit ihrer Kommunionsklasse, die Kinder heute waren älter. Sie hatten ihren Glanz verloren.

Erst mussten sie sich umziehen, im Mief des Klassenzimmers. Draußen war es beißend kalt, bis zehn Uhr glitzerten Reifkristalle auf den Spuren des Kutschwegs. Die Mädchen wanden sich zwischen ihren Tischen aus ihren Kleidern und Jackenschichten in dicke dunkelblaue Hosen. Die Jungen hatten ihre Übungen, so gut es ging, in ihren knielangen grauen Flanellshorts zu machen. Es wurden schwarze Turnschuhe ausgegeben. Wenn sie nicht gebraucht wurden, lagen sie in einem Metallkorb in der Ecke des Klassenzimmers, für die ganze Klasse, in unterschiedlichen Größen und unterschiedlichem, hauptsächlich dürftigem Zustand. Die meisten Kinder kannten ihre Größe nicht, und wenn, bestand keine Möglichkeit, sich die entsprechenden Schuhe zu sichern. Es gab kein Verteilungssystem, nur ein »Nehmt-euch-welche«, so war es immer schon gewesen. Im Übrigen war vorgeschrieben, dass sie bei der Prozedur still blieben, und Philomena bewachte sie. Kräftig wirkte sie an diesem Morgen, ihre Augen funkelten, und sie sorgte dafür, dass kein Murmeln oder Ächzen zu hören war. Aber das Schweigen machte die Sache nicht weniger aggressiv. Arme flogen, und es wurde gekniffen, bis am Ende alle irgendwie in Schuhen steckten.

Dann die Prozession. Einige gingen wie auf Eiern, die Zehen zusammengequetscht, andere hatten den entgegengesetzten Fehler gemacht und tapsten wie Wasservögel voran. Dazu kam, ein Mysterium, dass es mehr linke als rechte Schuhe gab, und natürlich waren es, wie Philomena sah, wieder die Ärmsten, Zaghaftesten und Dümmsten, die dadurch noch weiter benachteiligt wurden und mit zwei in die gleiche Richtung stehenden Füßen voranhumpeln mussten.

Die Nissenhütte diente neben ihrer Funktion als Turnhalle auch als Speiseraum und roch nach Klößen und Fett. Die auf Böcken stehenden Tische und hölzernen Bänke waren an die Wände geschoben, damit die Kinder Platz hatten, die Ausrüstung aufzubauen. Das war Mutter Perpetuas Ausdruck: die »Ausrüstung«. »Das Bildungskomitee schickt uns unsere neue Ausrüstung.« Bis zu diesem

Schuljahr hatte es nur kleine ovale Matten gegeben, eine pro Kind. Die breiteten sie aus und rollten darauf herum, und wenn der Unterricht losging, gab es keinerlei Probleme. Die Schüler stellten sich neben ihre Matten und übten sich im Auf-der-Stelle-Springen. Das war etwas für alle Altersgruppen, kaum einer hatte Schwierigkeiten damit. Und es belastete die angespannten Nerven nicht.

Die »Ausrüstung« fügte ihrem Leben jedoch einen weiteren Schrecken hinzu. Sie glänzte, war hart und hatte scharfe Kanten. Sie aufzubauen und zusammenzufügen, wäre selbst für einen Ingenieur ein Problem gewesen, und die halb bekleideten Kinder schwitzten unter dem Gewicht der einzelnen Teile, als bauten sie Brücken für die Japaner. Es gab Stufen und Rutschen, dazu eine große Leiter auf Stützen, an der sie schwingen und sich, wie Philomena annahm, hochziehen und die Köpfe durch die Sprossen stecken sollten. Und das Schlimmste: ein dicker, runder waagerechter Holzpfahl auf Metallböcken, etwa in Brusthöhe.

»Bildet Mannschaften«, sagte sie verzweifelt. »Du, du, du.« Niemand wollte an den Pfahl. Sie wussten nicht, was sie damit machen sollten, hatten keine Ahnung, wozu er gut war. Einige duckten sich darunter, schlangen die Arme ums Holz und warfen die Beine in die Luft. Sie versuchten hoch genug zu kommen, um die Füße darumschlingen zu können. Das probierten schließlich alle, wie sie feststellte, einige kraftloser als andere, nur wenige mit längerem Erfolg. Die »Ausrüstung« machte ihre Zaghaftigkeit sichtbar, das Ausmaß ihrer Unbeholfenheit, ihrer Schwäche und ihrer schlechten Augen. Die Kinder spürten es, und es war ihnen peinlich. Sie wussten, die verschiedenen Teile besaßen Nutzungsmöglichkeiten, die sie nicht kannten. Sie wussten, andere Kinder an einem anderen Ort, unter glücklicheren Umständen, fanden sie heraus. Die »Ausrüstung« war der Hinweis des Bildungskomitees, sich auf die Demütigungen ihres zukünftigen Lebens vorzubereiten.

Die Messe musste lang vorbei sein, dachte Schwester Philomena. Sie stellte sich seitlich in den Schatten und ließ die Kinder tun, was ihnen gefiel. Sie wusste, dass keine der anderen Nonnen hier hereinkommen würde. Sofort wurden die Kinder ihre Mühen leid, wichen scheu aus der Reihe, blickten aus den Augenwinkeln zu ihr hinüber und kehrten zu ihren vertrauten ovalen Matten zurück. Sie beugten sich vor, stützten ihre mageren grauen Arme auf den Boden und vollführten etwas, das sie »Häschensprünge« nannten. Die zwei Kinder aus Netherhoughton zogen sich in eine dunkle Ecke zurück und hypnotisierten einander.

Er könnte kommen und mich suchen, dachte sie. Wenn er in der Schule fragte, würden sie ihm sagen, dass ich hier sei. Aber nein, das tut er nicht. Er fragt nicht nach mir.

Er könnte einen Vorwand finden. Etwas, das ich für ihn tun soll. Was könnte das sein? Da ich keine Kirchendienerin mehr bin, kann er nicht sagen: »Da müssen Dinge poliert werden, Schwester, ich brauche Sie zum Polieren, die Kerzenständer müssen zum Glänzen gebracht werden.« Was könnte er sonst wollen?

Aber er braucht keine Priestergründe für das, was er tun will, denn er ist kein Priester. Habe ich es von Beginn an gewusst oder nur geahnt? Hat er einen Fehler begangen, oder habe ich es einfach gespürt? Er ist ein ganz normaler Mann.

Aber nein, verbesserte sie sich. Das stimmt nicht. In keiner Weise ein normaler Mann. Was ihr schon nach dem Aufwachen am Morgen nachdrücklich aufgefallen war, wurde ihr auch jetzt wieder bewusst: dass sie sich nicht an sein Gesicht erinnern konnte. In der Messe, das stimmte, hatte sie ihn meist von hinten ansehen müssen, aber war sie nicht für eine Stunde oder länger allein mit ihm in den Schrebergärten gewesen?

Vielleicht, dachte sie, habe ich ihn so intensiv angesehen, dass ich ihn nicht erkennen konnte. Ich habe ihn angesehen, wie er mich anzusehen scheint, mit einem Blick, der unter die Haut reicht. Sie hatte einmal gehört, dass man sich mit den Augen »verschlingen« könne. Das war ein Ausdruck, den die Leute gebrauchten. Ja, genau das hatte sie getan. Sie hatte ihn mit den Augen verschlungen und dabei das Bild seiner Züge zerstört. Wie ein gieriges, unachtsames Kind hatte sie sich nichts für die Zeit des Hungers aufgespart, die Zeit der Not.

Am Ende der Stunde stellte Philomena die Kinder in einer Reihe auf und trieb sie über den Kutschweg zurück. Die Sonne hatte sich emporgekämpft und fiel dünn zwischen den kahlen Ästen hindurch. »Seht, ein Rotkehlchen.« Sie deutete in den Graben, wo der kleine Vogel mit dem mausbraunen Rücken im trockenen Laub herumhuschte. »Ja, Schwester«, antworteten die Schüler pflichtbewusst. Sie blickten in die Richtung, in die sie zeigte, sahen aber nichts. Sie wussten nicht, was sie meinte. Spatzen kannten sie und Tauben.

In einer Reihe kamen sie um die Biegung des Kutschwegs, und da war Vater Fludd. In ein angeregtes Gespräch mit Miss Dempsey vertieft, kam er auf sie zu. Schwester Philomena befahl den Kindern, stehen zu bleiben und respektvoll zur Seite zu treten. Als der Priester etwa auf ihrer Höhe war, begannen sie einen schleppenden, jodelnden Gesang: »Guten Mo-or-orgen, Vater. Guten Mo-or-orgen, Miss Dempsey.«

So hörte es sich an, wenn die Kinder im Chor redeten. Mit fünf Jahren schon lernten sie es, in der ersten Klasse, der ersten Schulstunde. Manchmal dachte Philomena, wenn sie es noch einmal hörte, würde sie zu schreien anfangen, sich auf den Boden setzen, sich die Kleider zerreißen und Asche auf den Kopf streuen, als Wiedergutmachung für die Dummheit der Welt. Jesus Christus ist gestorben, um die Menschen von der Last ihrer Sünden zu erlösen, aber soweit sie es beurteilen konnte, hatte er nie auch nur einen Finger gehoben, um sie von ihrer Dummheit zu befreien.

Ihre Gedanken rasten dahin, und ihr Herz schlug schneller. Sie hatte das Gefühl, dass es ihr in die Kehle stiege, immer wilder schlüge, sich wände und in der Enge verdrehte. Niemand konnte unter ihre Kutte sehen, aber angenommen, sie wäre eine normale Frau in einem Kostüm und einer Bluse? Die Leute würden sich gegenseitig anstoßen: *Das Herz der Ärmsten will aus ihr raus.* Es schockierte und erstaunte sie, so etwas zu denken – sich als Frau zu sehen, wo sie doch eine Nonne war. Sie spürte, wie ihr Gesicht rot anlief und ihre Hände zu zittern begannen.

»Guten Morgen, Kinder«, sagte Fludd fröhlich. Agnes Dempsey schenkte ihnen ein dünnes, strenges Lächeln.

Fludds Blick fuhr über sie. Er senkte düster den Kopf, ging weiter, und das Gespräch mit der Haushälterin wurde leiser, gedämpfter. Agnes Dempsey ging langsamer, drehte sich um und sah lange über die Schulter zu der jungen Nonne hin, die sich abgewandt und den Kopf gesenkt hatte, die Hand am hölzernen Kruzifix auf ihrer Brust.

Sie hatte sich jedoch nicht schnell genug weggedreht, um ihren Ausdruck vor Miss Dempsey verbergen zu können, diese Mischung aus Angst, Sehnsucht und Erregung, die noch in ihre Elemente zerlegt und von einem anderen Willen neu zusammengesetzt werden musste. Agnes berührte bewegt und traurig ihre Warze. Ich habe alle Chancen meines Lebens verpasst, dachte sie. Selbst eine Nonne verpasst nicht mehr als ich. Jungfrauen können Einhörner sehen, Jungfern niemals.

Als Philomena dieses Mal den Beichtstuhl betrat, wusste sie, es würde Vater Angwin sein. Sie kniete sich in den Geruch von Politur und Tabak und begann sofort, ihre Worte herunterzubeten: »Vergib mir, Vater, denn ich habe gesündigt. Seit meiner letzten Beichte ist noch keine Zeit vergangen, aber ich habe eine Frage: Ein deutscher Freund, der nur ein paar Worte Englisch versteht ...«

»Oh, hallo, meine Liebe«, sagte der Priester.

»... wollte unbedingt beichten gehen, aber unglücklicherweise verstand keiner der Priester in der Gegend Deutsch. Wäre mein Freund da verpflichtet gewesen, mit einem Dolmetscher zu beichten?«

»Hmm«, sagte Vater Angwin. Er überlegte. Er war mit einem derartigen Problem selbst nie direkt konfrontiert worden, obwohl ihm die Sprache der Fetherhoughtoner bei seiner Ankunft damals in der Gemeinde schwer und unverständlich erschienen war. »Nun«, sagte er endlich, »wissen Sie, was ich denke, was er tun sollte? Ich denke, er sollte sich eines dieser Wörterbücher kaufen, ein Deutsch-Englisch-Wörterbuch, und heraussuchen, wie die Namen seiner Sünden auf Englisch lauten. Und was die Frage betrifft, wie oft er jede Sünde begangen hat, so sollte er zumindest auf Englisch zählen lernen. Dann könnte er dem Priester im Beichtstuhl einen Zettel reichen. Wobei«, fuhr Vater Angwin fort, »es gut wäre, wenn der Priester vorgewarnt würde. Ich würde nicht gern so im Beichtstuhl sitzen, und plötzlich, eines Tages, steckt mir ein Ausländer ein Stück Papier durchs Gitter.«

»Das wäre also besser als ein Dolmetscher, Vater?«

»Ich will keinen Dolmetscher ausschließen. Wenn er so verzweifelt ist. Auch im besten Fall ist die Verständigung schwierig, meinen Sie nicht auch?« Er machte eine Pause. »Niemand sollte länger als notwendig im Zustand der Sünde umherwandern. Und vielleicht ganz besonders nicht, wenn ihm der Ort, an dem er sich befindet, fremd ist. Auf Reisen, wissen Sie, besteht immer die Gefahr von Unfällen.«

»Wenn man einen Dolmetscher benutzen würde, wäre der natürlich auch dem Beichtgeheimnis unterworfen.«

»Selbstverständlich.« Wieder kam es zu einer kurzen Pause. Dann sagte Angwin: »Haben Sie mir heute etwas zu sagen? Etwas über Sie selbst, meine ich?«

»Nein, Vater.«

»Sie kämpfen noch mit Ihrem Problem. Der Versuchung zu sündigen. Oder ist die Versuchung vergangen?«

»Nein. Wenn überhaupt, dann ...«

Er unterbrach sie. »Ich habe für Sie gebetet.«

Er hörte sie atmen, durch das Gitter und den Vorhang, den Schluckauf im Rhythmus ihres Atems, als würde sie weinen. »Haben Sie noch mehr Fragen heute?«

»O ja, viele.«

Sie liest sie von einem Zettel ab, dachte er.

»Ein Arzt hat menschliche Knochen in seinem Besitz, aus seinem Studium, und möchte sie gerne loswerden. Er hat in einem protestantischen Land studiert, und dort hat er sie bekommen.«

»Wieder Deutschland?«

Sie hielt inne. Seine Frage hatte sie aus dem Konzept gebracht. Er sollte sie nicht unterbrechen.

»Fahren Sie doch fort.«

»Wo soll er sie begraben?«

»Protestantische Knochen«, sagte Vater Angwin. »Das kann ich kaum sagen.«

»In Irland«, sagte sie schüchtern, »gibt es bei den großen Krankenhäusern besondere Plätze, wo Körperteile begraben werden, die man in Operationen entfernt hat.«

»Etwas Ähnliches könnte es hier auch geben.«

»Wenn sie einem Krankenhaus etwas nutzen könnten, dürfte er sie spenden?«

Sie hat auch Antworten auf ihrem Zettel, dachte er. Nicht nur Fragen. »Für mich spräche nichts dagegen.«

»Aber er muss ehrfürchtig mit ihnen umgehen, nicht wahr? Dass sie einmal Teil eines lebenden Körpers waren, daran muss er denken, und dass dieser Körper der Tempel eines Geistes war. Auch wenn es ein Protestant war. Wahrscheinlich.«

»Nun«, sagte Vater Angwin, »wenn es in der Gemeinde eine Beerdigung gäbe, ich meine, im ganz normalen Ablauf der Dinge, die Beerdigung einer älteren Person ... und die Verwandten ließen sich überreden ... es könnte eine gute Art sein, ihnen so ihre Ruhe zu geben.«

»Protestantische Knochen in einem katholischen Grab ...« Sie überlegte. »Den Verwandten einfach nichts sagen«, fuhr sie fort. »So würde ich es machen. Weil Sie wissen doch, wie die Leute sind. Es wäre ihnen egal, wie alt die Knochen sind, sie würden trotzdem herumlamentieren. Sie einfach mit reingeben, während sich die Trauergemeinde unterhält. So würde ich es machen. Es gibt keinen Grund für unnötiges Aufhebens und Theater. Man muss den Leuten nicht die Gelegenheit geben, sich aufs hohe Ross zu setzen.«

»Kenne ich diesen Arzt?«

»O nein, Vater.«

»Weil ich dachte … Ich habe doch selbst diesen Friedhof. Etwas in der Art.« Aber ich bin wie der ältere Tobias, dachte er, *des Begrabens müde.*

Sie sagte: »Es ist ein hypothetischer Fall.«

»Ja. Natürlich ist er das. Noch mehr?«

Er spürte, dass sie näher gerückt war, sich auf ihrer Kniebank vorgebeugt hatte und ihr Gesicht nur noch Zentimeter von seinem entfernt war.

»Angenommen, ich kann einen Mann vor dem Ertrinken retten, habe aber nicht den Mut, es zu tun. Bin ich dem Recht nach verpflichtet, der Familie ihren Verlust wiedergutzumachen?«

»Den Verlust wiedergutmachen? Wie sollten Sie das können?«

»Ich stelle mir ihre Lebenssituation vor. Wie sie dastünden. Finanziell. Es würde ihnen schlecht gehen. Er war der Ernährer, und ich nehme an, ich hätte ihn retten können. Sollte ich ihnen da eine Entschädigung zahlen, was denken Sie? Bin ich dazu verpflichtet?«

»Rechtlich nein. Aus Barmherzigkeit vielleicht.«

Das ist die Welt, in der wir leben, dachte er: Häuser brennen nieder, Männer ertrinken, fremde, verlorene Knochen. Verwirrung und Schmerz für das zarte Gewissen, das nicht von seinen innigsten Sorgen sprechen kann.

»Ich denke, das reicht für heute«, sagte er, »was Hypothesen angeht.«

»Wenn Sie …«, sagte sie, »wenn Sie an eine Sünde denken, aber Sie begehen sie nicht, kann das so schlimm sein, wie wenn Sie sie begangen hätten?«

»Vielleicht. Dafür müsste ich mehr wissen.«

»Angenommen, ein Mensch denkt gewisse Gedanken … weiß

aber noch nicht, dass sie schlecht sind. Angenommen, zunächst sind es ganz normale, zulässige Gedanken. Doch dann spürt er, wohin sie neigen.«

»Dann sollte er sofort aufhören zu denken.«

»Aber Sie können nicht aufhören zu denken. Oder? Oder?«

»Ein guter Katholik kann es.«

»Wie?«

»Im Gebet.«

»Das Beten vertreibt das Denken?«

»Mit Übung.«

»Ich weiß nicht«, sagte sie. »Meiner Erfahrung nach kann man beten, aber das Denken geht unter den Gebeten weiter. Unterirdischen Kabeln gleich.«

»Dann beten Sie nicht richtig.«

»Ich habe es versucht.«

Es zu versuchen reicht nicht. Fast sprach er es aus und zerstörte damit ihr Spiel. Fast hätte er gesagt: *Erinnern Sie sich an das, was Sie im Noviziat gelernt haben. Es genügt nicht, Dinge so gut zu tun, wie man kann. Man muss sie perfekt tun.*

»Es ist unmöglich, nicht wahr?«, sagte sie. »Man beginnt durchaus unschuldig, kann aber nicht mit geschlossenen Augen herumgehen, mit geschlossenen Ohren, ohne zu denken. Und wenn man erst einmal sieht, hört und denkt … führt das eine zum anderen.«

»O ja«, sagte er. »Das tut es.«

Als seine Sünderin gegangen war, gab ihr Vater Angwin genug Zeit, die Kirche zu verlassen. Dann bekreuzigte er sich aus alter Gewohnheit, wenn er auch keinerlei Sinn darin sah und nicht an das Kreuz glaubte, nicht mal daran, dass er erlöst sei. Stumm stand er auf und verließ den Beichtstuhl. Und da, um die Ecke unters Vordach laufend, kam Miss Dempseys Faltenrock.

»Agnes«, rief er mit überraschend, frevelhaft lauter Stimme. »Was tun Sie hier?«

Miss Dempsey erstarrte, die Finger im Weihwasserbecken. Er lief den Mittelgang hinunter und steuerte auf sie zu.

»Ich wollte beten, Vater.« Ihre Stimme war gelassen. Ihr Gesicht sagte etwas anderes.

»Ich verstehe. Das ist ungewöhnlich fromm, so mitten am Tag. Wofür beten? Gibt es einen speziellen Grund?«

O ja, dachte sie. Für einen prächtigen Skandal in der Gemeinde, denn wir müssen einmal aufgerüttelt werden. »Ich bete für die Zerschlagung der Ketzerei, die Erhebung der Kirche sowie Eintracht unter ihren Fürsten«, antwortete sie.

Da das Handbuch der Marienkinder sie dazu verpflichtete, das zu tun, und zwar regelmäßig, konnte Vater Angwin nichts dagegen sagen.

Der Abend wurde kälter. Ein Wind rauschte über die Moore, direkt aus Englands herbstlichem Herzen. Ein Wind ohne den Atem des Meeres, mit dem Hochlandgeruch von Entbehrung und Verlust. Die Dunkelheit kam früh, sie schien von den Höhen hinter der Kirche herabzuquellen, den Kutschweg herunter, wie ein Teppich legte sich die Nacht auf die Welt und schob die Kinder vor sich her, die Church Street hinunter und in ihre beleuchteten Häuser in der Chapel Street und der Back Lane. Als die letzten zum Tor hinaus waren, verschlossen die Nonnen die Schultüren mit eisernen Schlüsseln und eilten gemeinsam zurück in den Speisesaal, zu Tee, Brot und Margarine, die Schwester Anthony auf den Tisch gestellt hatte.

Die Margarine hatte an diesem Abend einen sonderbar scharfen Geschmack, als wäre etwas in sie hineingemischt worden, was absolut möglich schien, da Schwester Anthony dieser Tage nicht nur zerstreut und kurzsichtig, sondern auch, wie einige meinten, bösartig war. Die Nonnen aßen schweigend, wie es die Vorschrift verlangte, aber später würde ausgiebig über die Margarine geredet werden. Polykarp, Ignatius Loyola und Cyril verzogen die Gesichter vor Anstrengung, nicht mit scharfen Worten herauszuplatzen. Die Beschwerden füllten ihnen die Münder wie lose Zähne.

Das nächste Essen würde das letzte des Tages sein, ein Teller Suppe. Philomena hatte den Eindruck, sie bereits riechen zu können. Sie sah sich an ihrem Platz am Tisch, denn die Plätze wechselten nie, es sei denn, jemand Neues kam oder jemand ging – oder starb, was wahrscheinlicher war. Bald sitze ich wieder hier, dachte sie, nach dem Abendgebet. Nach dem Knien in den harten Bänken der Klosterkapelle, direkt hinter Schwester Cyril. Nach dem schmerzhaften Rosenkranz und verschiedenen anderen Gebeten. Nach der abendlichen Gewissenserforschung, dem Kreuzzeichen und schließlich der Küche, wo ich Schwester Anthony beim Verteilen der Suppe helfen und meinen Teil an bösen Blicken und Beschuldigungen ernten werde. Die große blaue Schürze umgebunden, und hinaus mit Terrine und Kelle. Der Wind zerrt an den Fenstern, während ich die Suppe mit ausgefahrenen Ellbogen den Korridor zum Speiseraum hinuntertrage. »Herr, segne uns und diese Gaben, die wir von Deiner Güte …« Das leise Klirren der Kelle am Rand jedes Tellers. Löffel heben sich zum Mund – sie schmeckte die Suppe bereits, eine graue, schaumige Flüssigkeit, versalzen und mit einzelnen Gemüsefetzen (vielleicht auch Schalen), verloren in den Tiefen.

Ein heftiger Schmerz in den Rippen ließ sie zurückfahren und warf sie fast von der Bank des Speiseraums. Sie unterdrückte einen Schrei – warum dem Fehler, den Perpetua gerade in ihr erkannt hatte, noch einen weiteren hinzufügen? Schon war der strenge, grausame Zeigefinger da, der ihr den Ausdruck vom Gesicht wischen sollte: Sie wusste, er musste da gewesen sein, der leere, verträumte Ausdruck, den Purpit als persönliche Beleidigung betrachtete. Ihre kurze Geistesabwesenheit hatte den Tag beiseitegeschoben, als faltete sie ihn in eine Schachtel, und war von Brot und Margarine zur Suppe vorgesprungen.

Aber was machte das? Auch wenn die Zeit normal verging, in der normalen Welt, landete sie wieder auf ihrem Platz, mit dem gleichen Löffel, dem gleichen Gefühl, dem gleichen salzig-sauren Geschmack auf der Zunge. Ihr ganzes Leben ließ sich womöglich auf einen langen Tag reduzieren, der mit dem Weckruf *»Dominus vobiscum«* begann und mit ihrem persönlichen Gebet vor dem Kruzifix ihrer Zelle endete, die Knie ausgekühlt vom Linoleum. Und wenn jeder Tag von nun an gleich sein sollte, warum ihn dann überhaupt leben? Warum sie nicht irgendwie alle auslassen und die nächsten vierzig Jahre in einer Minute durchleben? Sie senkte den Kopf, als betrachtete sie die Maserung des Speisesaaltisches. Ich habe, dachte sie, einen absoluten menschlichen Tiefpunkt erreicht. Ich hege keinerlei Neugier mehr auf die Zukunft. Ich weiß, wie sie aussehen wird, die Ordensregeln legen es fest. Sie sah zu Perpetua hin, den Blick noch verschwommen, die Augen immer noch bei dem, was erst kommen sollte – und zum ersten Mal kam ihr dieser Gedanke: Wer immer meine Zukunft bestimmt, stiehlt sie mir.

Und wenn meine Zukunft vorhersehbar ist, heißt das, sie ist geplant? Wenn sie vorhersehbar ist, ist sie dann kontrollierbar? Was für ein Kinderkram, dachte sie und ärgerte sich über sich selbst. Seminaristen-Stoff. Habe ich einen freien Willen? Der Wind draußen ließ nach. Die Nonnen tranken den Rest ihres Tees aus, hoben die Köpfe und sahen sich über den Tisch hinweg an. Es war, als machten sie im Schweigen eine Stimme aus, die unpassende Bemerkungen machte. Es war ein Augenblick der Erwartung und des Unbehagens. Ein merkwürdiger Schauer erfasste den Tisch. Die Vierzig-Watt-Birne über ihren Köpfen, die der Orden genehmigte, flackerte einmal, zweimal, dreimal. Wie Petrus, der Jesus verleugnete. Dann senkten die hageren Schatten ihre Gesichter. Sie dankten dem Herrn, erhoben sich wie von Flammen bestimmt und irrlichterten aus dem Raum.

Die Priester hatten früh gegessen. Eintopf. Zumindest hatte Vater Angwin seine Portion gegessen, was Fludd damit gemacht hatte, wusste er nicht. Es war die übliche Geschichte: Ein voller Teller, dann war er leer, und das dezente Kauen des Vikars auf dem Weg dorthin reichte nicht aus, um das Verschwinden seines Essens erklären zu können.

Im Übrigen war Vater Angwin ernsthaft um den Whiskypegel seiner Flasche besorgt. Wie viel er im Moment auch trank, der Whisky schien nicht weniger zu werden. An manchem Abend schon hatte er zu seinem Vikar gesagt, wir brauchen eine neue Flasche, wenn wir morgen noch zusammen ein Glas trinken wollen. Aber dann hatte er es im Laufe des Tages geschafft, den lästigen Gedanken aus seinem Kopf zu vertreiben, und abends schien genug da zu sein. Nicht genug, um eine Party damit zu veranstalten, klar. So viel war es nicht. Aber ausreichend.

»Es ist sehr ruhig geworden«, sagte Vater Angwin, der seinem Vikar ein Glas einschenkte.

»Der Wind hat sich gelegt.«

»Nein, ich meine, ganz allgemein. Seit Sie gekommen sind. Sie haben doch nicht vielleicht, ohne es mir zu sagen, ein paar Dämonen vertrieben?«

»Nein«, sagte Fludd. »Aber ich war oben am Dach und habe ein paar kleinere Reparaturen an den Dachrinnen vorgenommen. Mich interessieren solche Dinge. Von einem frommen Haushalt in Netherhoughton konnte ich mir eine Leiter leihen und habe mit Judd McEvoy über die Fallrohre gesprochen. Für einen Tabakhändler weiß er sehr gut Bescheid. Er fürchtet, die Kirche benötige eine umfangreiche bauliche Sanierung. Aber er sagt, das koste eine Menge Geld.«

»Es war nicht das Tropfen und Knarzen, das uns gestört hat«, sagte Vater Angwin. »Das waren wir gewohnt. Aber oben im Haus waren Schritte und andere laute Geräusche zu hören, sodass man das Gefühl haben konnte, da wäre jemand. Oder die Tür wurde aufgetreten, und niemand kam herein.«

»Nun, ich bin hereingekommen«, sagte Fludd. »Oder? Zu guter Letzt.«

»Agnes meinte, das Haus sei voller körperloser Wesen.«

»Von der bösartigen Sorte?«

»Das wussten wir nicht. Aber Agnes glaubt an eine Vielzahl von Teufeln. In der Hinsicht ist sie ziemlich altmodisch.«

»Ja, ich verstehe, was Sie meinen. Es gibt eine ziemlich lockere moderne Art, über den ›Teufel‹ zu reden. Das überrascht mich. Wenn Sie bedenken, dass einige der besten Köpfe Europas jahrhundertelang damit beschäftigt waren, Teufel zu zählen und ihren Charakter zu erkunden.«

»Reginald Scott, ich glaube, zu Ende des sechzehnten Jahrhunderts, zählte vierzehn Millionen, mehr oder weniger.«

»Das kann ich Ihnen genau sagen«, erwiderte Fludd. »Es waren vierzehn Millionen einhundertneunundachtzigtausendfünfhundertachtzig. Dazu kamen natürlich noch die Herrscher und Prinzen der Hölle. Die Zahl bezieht sich nur auf die einfachen Arbeiter-Teufel.«

»Aber wenn sich in jenen Tagen«, sagte Vater Angwin, »ein Teufel sehen ließ, hatten sie Formeln, um ihn festzuhalten und zu befragen und seinen Namen und seine Nummer aus ihm herauszubekommen. Die Leute damals wussten genau, dass die einzelnen Teufel ihre Besonderheiten hatten und sich in ihrer Persönlichkeit ziemlich voneinander unterschieden.«

»Der heilige Hilarius sagt, dass jeder Teufel seinen eigenen schlechten Geruch verbreite.«

»Heute sagen die Leute einfach nur ›Satan‹ oder ›Luzifer‹. Es ist der Fluch unseres Jahrhunderts, dieser Rausch der übertriebenen Vereinfachung.«

»Schwester Philomena hat mir erzählt«, sagte Fludd und nippte an seinem Whisky, »dass sie als Kind einem Teufel begegnet sei. Sie sagte, er habe ganz anders als Judd McEvoy ausgesehen. Aber warum sollte er ihm auch ähneln?«

Vater Angwin wandte den Blick ab. »Ich weiß, dass mir niemand zustimmt, was Judd betrifft. Aber sehen Sie, Vater Fludd, wir haben die Privilegien früherer Zeiten nicht mehr. Die Teufel zeigen sich nicht mehr so bereitwillig. Nicht innerhalb unseres Blickfelds.

Schwester Philomena hatte großes Glück. Wenn sie an einen Teufel denkt, hat sie ein Gesicht für ihn.«

»Sie versuchen das Gleiche.«

»Jeder Teufel muss ein Gesicht haben. Selbst wenn es ein Wolfsgesicht ist oder ein Schlangengesicht. Oder das eines Tabakwarenhändlers. Es muss etwas sein, das wir kennen und erkennen können, ein uns verwandtes Bild oder doch ein sehr nahes, ein Tier, ein Mensch oder eine Mischung aus beidem. Weil – was sonst können wir uns vorstellen? Was sonst sehen wir?«

»Die Dämonologie«, sagte Fludd und nahm einen Schluck, »die Dämonologie ist ein unerträgliches Thema. Schwer und unerträglich. Besonders für Sie, Vater, da Sie nicht mehr an Gott glauben.«

»Ohne McEvoy«, sagte Angwin, der den Blick erneut abwandte, »wüsste ich nicht, ob die Vorstellung des Teufels mich so ergreifen würde. Mein Denken mag eine Wende zum Weltlichen genommen haben. Vielleicht bin ich eine Art Vernunftmensch geworden.«

»Ich sehe Veränderungen«, sagte Fludd und folgte dem Blick des anderen ins Feuer. »Es gab eine Zeit, da war die Luft voller Geister, zahlreich wie Fliegen an einem Augusttag waren sie. Jetzt sehe ich, die Luft ist leer, und es gibt nur noch den Menschen und seine Sorgen.«

Vater Angwin saß grübelnd in seinen Sessel gekauert da und hielt sein Whiskyglas in Händen. Die Flasche war voll wie eh und je. *»Ich bin krank«,* sagte er. *»Meine Seele möchte lieber ersticken, lieber den Tod als diese Schmerzen.«*

»Mein lieber Kollege«, sagte Fludd, wandte den Blick vom Feuer und richtete ihn bang auf das Gesicht des Priesters.

»Oh, ein Zitat«, sagte Angwin. »Ein Bibelzitat. Aus dem Alten Testament, wissen Sie. Aus dem Buch des einen oder anderen.«

Fludd dachte an Schwester Philomena, wie sie über das Feld gegangen war und seine Zitate nicht erkannt hatte. Wenn er an die Nonne dachte, machte sich ein weiches, kriechendes Unbehagen in seinem Solarplexus breit. Ja nun, sagte er zu sich, bisher wusste ich nicht, dass ich menschliche Gefühle habe. Er griff nach seinem Glas.

»Ich bin wie Vater Surin«, sagte Angwin.

»Vergeben Sie mir, den kenne ich nicht.«

»Der Teufelsaustreiber von Loudun.« Vater Angwin erhob sich, indem er sich mit den Händen von den Lehnen seines Sessels hochdrückte. Fludd war aufgefallen, wie sich in seiner kurzen Zeit in der Gemeinde die Bewegungen des Priesters verlangsamt hatten und seine lebhaften Züge nach und nach von einer Maske erstarrter Enttäuschung und Trauer überzogen wurden. So lange und so gut hatte er seine Fassade aufrechterhalten, mit keinem Wort und keiner Tat seine Desillusionierung erkennen lassen, die seine priesterliche Berufung ausgehöhlt hatte. Aber mein Herkommen hat die Dinge verändert, dachte Fludd. Er erträgt die Unaufrichtigkeit nicht länger, die Wahrheit muss ans Licht. Da muss es neue Verbindungen in seinem Herzen geben: Leidenschaften, die ihm nie aufgefallen sind, nie so gedachte Gedanken.

»Was habe ich gesagt?«, fragte Vater Angwin. »Ach ja, Vater Surin.« Er ging ans Bücherregal, zog einen Band heraus und öffnete ihn an einer markierten Stelle: »*Wenn ich sprechen will, wird mir das Wort abgeschnitten; in der Messe halte ich inne; in der Beichte vergesse ich meine Sünden; und ich fühle den Teufel in mir kommen und gehen, als wäre er dort zu Hause.* Das ist«, sagte er, »frei übersetzt.« Er schloss das Buch und stellte es zurück ins Regal. »Vater Surin verlor alles Gottesbewusstsein und trat in ein Stadium der Melancholie ein. Seine Krankheit dauerte zwanzig Jahre. Am Ende konnte er weder lesen noch schreiben, konnte nicht mehr gehen und musste überallhin getragen werden. Er hatte nicht einmal genug Kraft, um die Arme zu heben und das Hemd zu wechseln. Seine Bediensteten schlugen ihn. Er konnte sich nicht mehr bewegen, wurde alt und verrückt.«

»Aber er wurde geheilt, oder nicht? Am Ende.«

»Was heilt Melancholie, Vater Fludd?«

Fludd sagte: »Aktivität.«

Um Mitternacht ging Vater Fludd allein hinaus. Es war eine kalte, klare, ruhige Nacht. Ein vertrockneter Halbmond hing an den Himmel gespießt. Die Luft hoch oben war voller Schnee, dem ersten Schnee des Jahres. Vater Fludd konnte seine eigenen Schritte hören, ließ den Lichtstrahl seiner Lampe zwischen die Bäume wandern und brachte ihn zurück an seine Seite, als wäre er eine Schlange, die er abrichtete.

Die alten Holztüren der Garage waren ziemlich morsch. Sie müssten angestrichen werden, dachte er, mit so was wie Holzschutzlack, um den Fetherhoughtoner Winter zu überstehen. Irgendwo gab es einen Schlüssel, aber er hatte seine Absichten nicht dadurch kundtun wollen, dass er danach fragte. So tat er einen Schritt zurück und versetzte der Tür einen heftigen Tritt.

Schwester Philomena setzte sich im Bett auf, ganz plötzlich, als hätte ihr jemand einen Stromschlag versetzt, und das Haar in ihrem Nacken, was davon noch übrig war, stellte sich auf.

Sie schlug die Decke zur Seite und hob die Füße auf den kalten Boden. Beim Aufstehen schoss ihr ein Schmerz in die Gelenke, als wären ihre Knochen angespitzt.

Ich bin ein Wrack, dachte sie. Rippen und Schultern schmerzten noch von Purpits letzten Schlägen. Sie trat ans kleine Mansardenfenster und blickte hinaus. Keine Eule, kein Nachtvogel, kein Sturm und Blitz. Sie konnte nicht sagen, was sie geweckt hatte. Ihr Fenster befand sich auf der Rückseite des Klosters, über dem schlummernden Moor – unsichtbar lag es da, doch immer gegenwärtig, wie das Denken in ihrem Kopf. Der Gedanke an das Moor ließ sie erschaudern. Was für eine Anarchie an dem Tag im Himmel geherrscht haben musste, als diese Moore geschaffen wurden. *Alles kann geschehen*, dachte sie. In ihrem Nacken juckte es wieder. Sie starrte auf die schwarzen Baumwipfel – aber nicht lange.

Miss Dempsey tastete um sich herum und fand: ihre Candlewick-Tagesdecke, ihre Knie und den Morgenmantel, der sittsam über dem Fußende des Bettes hing. Sie zog ihn zu sich hin, fuhr, immer noch auf dem Bett sitzend, mit den Armen hinein und knotete den Gürtel vor der Brust zu. Das Zimmer kam ihr ungewöhnlich kalt vor.

Der Wecker mit den Kupferklingeln zeigte auf zehn nach zwölf. Sitzen sie immer noch da und zechen?, dachte sie. Bin ich davon aufgewacht? Dass Vater Angwin gestürzt ist?

Wenn er gestürzt ist, braucht er noch eine Tasse Kakao und strenge Ermahnungen. Der kleine junge Teufel scheint keinen Schlaf zu brauchen, oder er schläft in den wenigen Stunden, die er sich hinlegt, so tief, dass er mehr davon hat als wir.

Miss Dempsey schob die Füße in ihre Pantoffeln. Sie waren von der üblichen Fetherhoughtoner Sorte, mit einem taubenblauen Nylonfell um den oberen Rand, und machten keinerlei Geräusch, als sie den Flur hinunterging und einen Fuß auf die Treppe setzte.

Am Fuß der Treppe blieb sie stehen und lauschte. Es war nichts zu hören, weder das erwartete Stimmengemurmel noch das Schnarchen Vater Angwins, der im Sessel eingeschlafen war. Sie spürte gleich, dass sie allein im Haus war, und das reichte, um sie trotz Kälte, und obwohl sie nicht richtig angezogen war, aus der Haustür hinaus in die Nacht laufen zu lassen.

Ein trockenes Blatt berührte seine Wange. Vater Angwin stand zitternd da, ein in die Enge getriebener Fuchs. Er war unerwartet aufgewacht, aus dem Bett gestiegen, hatte sich angezogen, mit der zweiten Taschenlampe des Pfarrhauses bewaffnet und war die Treppe hinuntergestürmt, immer zwei Stufen auf einmal nehmend, ohne richtig zu wissen, was ihn derart antrieb. Und ich habe Fludd erzählt, ich sei gelähmt, dachte er, und dass ich bald schon getragen werden müsse. Er hörte das dumpfe Scharren von Metall auf Stein, dann nichts mehr. Nur das leise Geräusch von Beerdigungen, Erde, die mit dem bekannten Fauchen auf Erde fiel.

Aber es war nicht das Geräusch einer Beerdigung, sondern des Gegenteils. Er näherte sich dem aufgebrochenen Grund, dem privaten Friedhof, den er Philly im Beichtstuhl gegenüber erwähnt und ihr für die Protestantenknochen angeboten hatte.

Er sah Fludd, den eleganten Rücken gebückt. Grabend. Grabend wie ein Ire. Er sah ihm zu, sah, wie der Vikar zurücktrat und mit lockerer Geste, den Spaten auf Brusthöhe, Erde und Schotter über die linke Schulter warf.

»Heiliger Vater«, sagte Vater Angwin. Er näherte sich der Ausgrabungsstelle, die schwarzen Füße über die frostige Erde schiebend, und richtete den Lichtkegel seiner Taschenlampe in das Loch. »Haben wir so etwas wie eine zweite Schaufel?«

Kapitel acht

Die Taschenlampen reichten nicht, und als sie darüber diskutierten, was zu tun war, holte Vater Angwin den Schlüssel für die Sakristei aus der Tasche und gab ihn Philomena. »Aber ich bin keine Kirchendienerin mehr«, sagte sie. »Purpit hat mir mein Amt genommen.«

»Das ist heute keine normale Nacht. Das sind keine normalen Umstände. Agnes, Sie gehen mit ihr. Öffnen Sie den obersten Schrank links, da finden Sie ein halbes Dutzend alte Kerzenständer. Und bringen Sie ein paar von den großen Altarkerzen mit, Sie wissen, wo sie sind. Wir stellen sie im Kreis auf.«

»Ich habe Haushaltskerzen«, sagte Agnes.

»Verschwenden Sie keine Zeit«, sagte Vater Angwin. »Los doch.«

Unter dem Vordach der Kirche nahm Philly Miss Dempsey bei der Hand, da sie das Gefühl hatte, die Stärkere von ihnen beiden sein zu sollen. Die Kirchentür öffnete sich mit dem gewohnten Ächzen, ein abgestumpfter Schauspieler, der auf die bewährten Effekte zurückverfiel. Gemeinsam gingen sie den Mittelgang hinunter, über die vertrauten Steinplatten, durch den leicht geöffneten Mund die Dunkelheit schluckend. Dann plötzlich war Miss Dempsey verschwunden, Phillys Magen verkrampfte sich erschrocken, und sie fasste ins Leere. Aber die Haushälterin machte nur eine Kniebeuge und kam mit einer geflüsterten Entschuldigung wieder hoch. Die beiden rückten näher zusammen und schlichen weiter.

In der Sakristei sagten sie nur das Notwendige. Philly stieg auf eine Truhe, schloss den Schrank auf und fand, was Vater Angwin wollte. Sie reichte die Kerzenständer einen nach dem anderen nach unten. Agnes drückte sie sich an die Brust und ruckelte sie mit einem erhobenen Knie zurecht. Philly sprang zurück auf den Boden, holte sechs Kerzen aus der Kiste und fuhr mit den Fingerspitzen über das gerundete, cremige Wachs.

Als sie zurückkamen, stützte sich Vater Fludd auf seinen Spaten, und Vater Angwin saß wie ein Kobold im Schneidersitz auf der Erde. Er sprang auf. »*Fiat lux.* Grab weiter, mein Junge.«

Philomena kniete sich neben das Loch, das Vater Fludd gegraben hatte, und streckte einen Finger aus, versuchsweise, als wäre die Erde Wasser und sie wollte ein Baby darin baden. Unter der lockeren Oberfläche fühlte sich der Boden schwer und gesättigt an. Sie spürte, wie sich etwas gegen ihren Finger bewegte, als wäre da ein Wurm. »Oh«, sagte sie mit der Kultiviertheit der Klosterstube und zog die Hand zurück. »Ein Wurm«, sagte sie.

»Machen Sie mir keine Angst«, sagte Vater Angwin.

»In Schlangen sehen wir Teufel«, sagte Fludd. »In Würmern sehen wir Schlangen. Das sind Dinge, die wir kennen.«

Philomena hob den Blick. Sie dachte, dass ein skeptisches Glitzern in ihren Augen zu sehen sein müsste, wobei es zu dunkel war, um überhaupt einen Ausdruck zu erkennen. Agnes Dempsey sagte: »Was Würmer angeht, wissen wir alle, woher sie kommen und wohin sie gehen.«

Sie schwiegen und sahen hinunter in die Gräber. Kerzenflammen flackerten in der Luft und bogen und beugten sich wie Flaschengeister, die aus ihren Gefängnissen gelassen wurden. Sie gewöhnten sich an das Licht und wünschten, es wäre nicht so, denn der Priester, die Nonne und die Haushälterin sahen in den Gesichtern der anderen ihr eigenes Unbehagen widergespiegelt.

Als Philly einen weiteren Vorstoß wagte, stieß sie auf etwas Festes, Dünnes, Hartes, Scharfes. »Ja doch, Sie haben es geschafft, Vater Fludd«, sagte sie. »Wir haben sie erreicht. Sie liegen nicht tief.«

Ohne ein Wort kniete sich Vater Angwin neben sie. Sie sah seinen Atem, eine rauchige Wolke in der Luft. Der Schnee weit über ihnen war zu hart und zu kalt, um zu fallen. Hätte man den Himmel in dieser Nacht schütteln können, hätte er sich angehört wie eine Kinderrassel. Der Priester beugte sich vor, stützte sich mit einer Hand ab und fuhr mit der anderen in die flache Grube. »Ich fühle sie«, sagte er. »Vater Fludd, ich fühle sie. Agnes, ich fühle sie. Ich glaube, es ist die Kante der tragbaren Orgel der heiligen Cäcilia.«

»Lassen Sie mich die Erde mit dem Spaten zur Seite schieben«, sagte Fludd.

»Nein, nein. Sie könnten sie beschädigen.« Vater Angwin beugte sich vor und kratzte und tätschelte an dem herum, was da unter der Erde lag.

»Wenn wir keinen Spaten benutzen dürfen«, sagte Agnes, »werden wir bis zum Morgen nicht fertig.«

»Miss Dempsey, Sie sind nur schlecht vor den Elementen geschützt«, sagte Fludd. »Es ist mir gar nicht aufgefallen, als Sie so plötzlich auftauchten. Sollten Sie nicht zurückgehen und sich richtig anziehen?«

»Danke, Vater«, sagte Agnes und lief im Schutz der Nacht rot an. »Ich habe darunter ein durchaus warmes Baumwollflanell-Nachthemd an.« Sie zitterte, vermochte sich aber nicht vom Ort des Geschehens loszureißen.

Zumindest Philomena war richtig angezogen. Als sie sich vom Fenster ihres Zimmers abgewandt hatte, hatten Erregung und Angst in ihr gewühlt, und sie hatte kurz davorgestanden aufzulodern. Aber sie hatte erst die dicken Wollstrümpfe anziehen müssen und ihre Unterwäsche. Das Herz schlug ihr bis zum Hals, aber sie musste die vom Orden vorgeschriebenen drei Unterröcke ausschütteln, um die Taille binden und ihre Bänder und Schnüre verknoten. Sie musste ihre Arme durch das feste, kratzige Mieder schieben, während ihre Wangen zu glühen begannen, und mit zitternden Fingern die Knöpfe hinten schließen. Wie viel Zeit es verlangte, wie viel qualvolle Zeit, was für eine Ewigkeit, in ihre Kutte zu steigen, deren schwarze Falten sie drückten und würgten. Dann die untere Haube mit ihren Bändern und den kleinen Sicherheitsnadeln, um sie festzustecken, und die ganze Zeit der Gedanke an das notwendige Treffen, das da draußen in der kalten Nacht auf sie wartete. Fludd ist nebenan, er ist ganz nah, und sie hat mit der gestärkten weißen äußeren Haube zu kämpfen, rammt sie sich auf den Schädel, drückt sie über die Brauen und spürt, wie sie sich in die gewohnte wunde Furche auf ihrer Stirn gräbt. Und dann wühlt sie nach den langen Nadeln, mit denen sie den Schleier feststeckt, lässt eine fallen und hört sie, ja, in der mitternächtlichen Stille des Klosters hört sie die Nadel auf den Boden fallen und davonrollen. So muss sie sich also hinknien und mit den Händen über den Boden unter dem Bett tasten und dann, erfolgreich, wieder hervorkommen, die Nadel zwischen den Fingern, mit dem Hinterkopf gegen den Bettrahmen schlagend, Knochen gegen Eisen. Übelkeit, benommen kommt sie auf allen vieren unter dem Bett hervor, muss sich hochrappeln und den Schleier anlegen, spießt ihn mit den Nadeln fest, greift nach dem Kruzifix, hängt es sich um den Hals, fasst die lange, schwingende Schnur ihrer Rosenkranzperlen, peitscht sie durch den Raum, um die Taille und macht sie fest. Dann – der Atem der Zukunft lässt das Fenster beschlagen, die Zukunft grinst herein und will sie zwischen die Zähne bekommen – muss sie sich wieder beugen, schwindelig, ihre Schuhe nehmen, an den Knoten zerren, die sie, entgegen allem heiligen Gehorsam und allen Regeln des Ordens am Abend zuvor nicht gelöst hat, muss ihre Füße in die ungeöffneten Schuhe zwingen, stampfen und springen, bis sie hineinschlüpft. Sie steckt ihr Taschentuch in die Tasche, und erst jetzt, sich bekreuzigend und ein kurzes Gebet murmelnd, kann sie die Tür ihrer Zelle öffnen und den langen Korridor entlanggehen, die Treppe hinunter, scharf nach rechts biegen, die große Eingangstür meiden und den Durchgang in die leere, hallende Küche nehmen. Sie hatte sich nicht getraut, ein Licht einzuschalten, aber der Mond schien vom klaren Himmel durchs Küchenfenster, ein kleiner, elender Wintermond, der ein blasses Licht auf Kelle und Terrine warf, die umgedrehten Töpfe auf ihren Gestellen, die Becher, die für den morgendlichen Tee bereitstanden. An den Riegeln der Hintertür hatte sie gezogen, den Atem angehalten, als sie sich öffneten, hatte die Tür hinter sich wieder zugezogen und war hinaus in die Nacht gelaufen.

Miss Dempsey lehnte sich vor und stützte sich auf Philomenas Schulter ab. Ächzend ging die Haushälterin auf die Knie, saugte an ihrer Unterlippe und streckte die Hände aus, um die Erde zu fühlen. »Ich erlaube mir anderer Ansicht zu sein, Vater Angwin. Ich denke nicht, dass es die tragbare Orgel ist, ich glaube, es ist die päpstliche Tiara des heiligen Gregor.«

»Lassen Sie mich machen«, sagte Fludd. »Ich beschädige nichts.«

»Sie täuschen sich beide«, sagte Philomena. »Was Sie da fühlen, ist weit dünner. Es ist der Pfeil, der das Herz des heiligen Augustinus durchbohrt.«

»Wir überlassen besser Vater Fludd das Feld«, sagte der Pfarrer. »Zwei Frauen und ein alternder Mann wie ich, was können wir der größeren Kraft entgegenstellen? Machen Sie schon, mein Lieber.«

»Machen Sie Platz, Schwester«, sagte Fludd. Unwillig, aufzustehen und zurückzutreten, blieb Philly auf den Knien und rutschte nur etwas nach links. Sein vordrängendes Knie rieb über ihren Oberarm. Er setzte die Spitze des Spatens an, und sie hörte ein scheußliches Mahlen und Klacken: Stahl auf Gips. Er hatte ihn in sie hineingetrieben, direkt bei (wie sie dachte) Agathes Kopf. Als sollte die Jungfrau ein weiteres Mal zur Märtyrerin werden.

»Vorsichtig, vorsichtig«, sagte Agnes und faltete die Hände. Vater Angwin keuchte. »Ganz ruhig.« Aber Philly rutschte auf Knien und Händen vor, den Blick auf den Rand des Spatens gerichtet. Sie wollte die Erste sein, die es sah, die Erste, die einen Blick auf das aus dem Grab auftauchende Gesicht erhaschte.

Vater Fludd stellte einen Fuß in den Graben, den er ausgehoben hatte, vielleicht zwei, drei Zentimeter neben Agathes Schulter. Er schien nicht den Drang wie sie zu verspüren, ein bestimmtes Gesicht freizulegen. Seine Bemühungen waren allgemein und unspezifisch. Aber er kannte die Statuen ja auch nicht, dachte sie, nicht als Individuen, war nicht auf die eine oder andere besonders neugierig. Sie waren, lange, bevor er in die Gemeinde kam, begraben worden.

»Der heilige Hieronymus«, flüsterte sie ihm zu. Sie streckte die Hand aus. »Da drüben. Holen Sie den Löwen heraus.«

»Sie sollten aufstehen«, sagte er und hielt für einen Moment inne, ohne sie direkt anzusehen. »Sie werden sich verkühlen.«

»Agnes«, sagte Vater Angwin. »Wäre es nicht der beste Beitrag, den Sie leisten könnten, wenn Sie uns allen einen Kakao brächten?«

Fludds Spaten kratzte dahin, die Spitze einer Nase erschien, verblüffend weiß.

»Oh, das könnte ich nicht«, sagte Miss Dempsey. »Vergeben Sie mir, Vater. Ich könnte hier jetzt nicht weg.«

Philomena rutschte wieder weiter vor und schob mit den Händen Erde zur Seite. Es war tatsächlich Agathe. Philly legte die Gipswangen frei und fuhr mit dem Finger über die geschlossenen Lippen. Dann, zuckend, über die bemalte Retina.

»Leuchten Sie hierher, Vater Angwin«, sagte sie. Sie wollte das Gesicht sehen, und als er seine Lampe darauf richtete, begriff sie, dass diese Zeitspanne, diese Suspendierung, diese Zeit des Begrabenseins zu einer Veränderung geführt hatte. Den anderen sagte sie nichts, und vielleicht konnte ja nur sie es sehen. Aber der Ausdruck der Jungfrau hatte sich verändert. Früher nur lieblich, war er jetzt verschlagen, die unnachgiebige Tugendhaftigkeit war nachgiebig geworden. Mit einem verschwörerischen Lächeln sah die heilige Agathe hinauf ins eisige Himmelsgewölbe.

Bald hörten sie auf zu sprechen. Die Kälte kroch ihnen in die Knochen. Die Uhr schlug eins. Klobige Umrisse wurden sichtbar, immer noch umhüllt von Erde. Dann kamen einzelne Heiligenteile zum Vorschein, ein Ellbogen, ein Fuß, die Zange der heiligen Apollonia. Stumm erkannten und grüßten sie einander. Als der heilige Hieronymus mit dem Löwen hervorkam, sprang Schwester Philomena in den Graben, und Fludd hielt inne, stützte sich auf den Spaten und erlaubte ihr, die Züge des Tieres mit den Händen freizulegen. Sie rutschte aus, als sie zurück zu den anderen kletterte. Vater Angwin streckte eine Hand aus, um sie zu halten, und einen Moment lang lehnte sie schwer auf seinem Arm, als wäre sie außer Atem.

Dann hörte Fludd auf zu graben und sagte: »Hören Sie. Da kommt jemand.«

»Wer ist da?«, rief Miss Dempsey in militärischem Ton. Ohne Antwort oder Vorrede stand der Neuankömmling plötzlich da, kurz wie ein Kaninchen vom Lichtstrahl Vater Angwins gelähmt, aber mit einem viel zu selbstzufriedenen, unerschütterlichen Gesichtsausdruck für ein Kaninchen. Und schon leuchtete er mit der eigenen Lampe dem Pfarrer in die Augen.

»Ich bin's. Judd McEvoy.«

»Guten Morgen, Judd«, sagte Vater Angwin. »Warum sind Sie um diese Zeit noch unterwegs? Wenn ich fragen darf?«

»Ich war unten in Fetherhoughton«, antwortete Judd. »Ich wollte eine Schale Erbsen.«

»Das haben Sie da also in der Hand.«

»Ja, und einen Fisch. In meiner Zeitung.«

»Ich wusste nicht, dass der Laden um diese Zeit noch geöffnet hat.«

»Sie braten dieser Tage noch sehr spät, um denen oben vom Hügel entgegenzukommen, die noch Hunger haben. Wir da oben gehen nie früh ins Bett. Wenn die Nächte lang sind, nutzen wir sie.«

»Doch sicher nicht Sie, Judd.« Vater Angwin sah ihn über die Gräber hinweg an. »Sie, eine Säule der Männer-Kameradschaft, Sie beteiligen sich doch sicher nicht an den Riten da oben?«

»Oh, ich weiß, dass Sie ein Bild von mir haben, Vater.« Judds Ton war leicht. »Sie reden, als wollten Sie mich zu einem Geständnis bringen. Aber wenn ich ›wir‹ sage, meine ich mich und meine Nachbarn. Ich spreche von den Netherhoughtonern. Es war nur so eine Redensart, mehr nicht. Möchten Sie etwas von meinem Fisch?«

»Seien Sie vorsichtig«, sagte Vater Angwin. »Sie treten fast auf Ambrosius.«

Judd sah nach unten. »Richtig.« Mit Behutsamkeit und einer Sicherheit, die Vater Angwin zeigte, dass er tatsächlich nachtaktiv war, fand der Tabakhändler seinen Weg zwischen den Gräben zu ihnen. »Wie schade, dass ich nicht eher gekommen bin. Zu Fuß ist es keine Entfernung bis zu mir nach Hause. Ich hätte meinen eigenen Spaten holen können. So hat Vater Fludd die ganze Arbeit.«

»Warum haben Sie einen Spaten, Judd? Sie haben doch keinen Garten.«

»Sie vergessen, Vater, dass ich einer der Schrebergärtner war. In den alten Zeiten.«

»Waren Sie das? Warum konnten Sie dann nicht auf Ihre brutalen Netherhoughtoner Freunde einwirken? Konnten Sie die Überfallkommandos nicht von Untat und Gewalt abbringen?«

»Oh, ich bin nicht der Mann, um jemanden von etwas abzubringen«, sagte Judd. »Oder zu etwas zu verleiten. Ich bin von Natur aus ein reiner Betrachter. Dieses Unternehmen hier zum Beispiel, dieses geheime, persönliche Unternehmen – ich betrachte es mit völligem Gleichmut. Sie haben mich nicht um meine Meinung dazu gefragt, und ich habe nichts gesagt. Niemand könnte mich dazu bringen. Ich bin einer der Schaulustigen dieser Welt.«

Ich wusste, du bist der Teufel, dachte Vater Angwin. Schaulustige sind eine üble Brut.

»Man sagt«, meldete sich Agnes schüchtern zu Wort, »dass Schaulustige mehr sehen als andere.«

»Ganz richtig«, sagte Judd. »Miss Dempsey, Sie werden doch kein Stück von meinem Fisch ablehnen?« Er wickelte seine Zeitung auf, ein köstliches Aroma entwich aus ihr.

»Nun, ich bin versucht«, sagte Miss Dempsey.

»Schwester Philomena«, sagte Judd verführerisch. »Also, es ist sowieso nur so wenig da, dass ich sicher bin, es kann nicht gegen die Regeln Ihres Ordens verstoßen.«

»Ich verhungere«, sagte Philly.

McEvoy hielt das Paket vor sich hin. Vater Angwin brach sich ein Stück Fisch ab, und bald aßen sie alle. Vater Fludd zupfte an ein, zwei Schuppen herum. Der Fisch war kalt, aber gut. »Ich frage mich«, sagte Vater Angwin, »ob er in Schmalz oder Rinderfett gebraten wurde.« Er sah Philomena forschend an, doch sie wich seinem Blick aus. Seine Laune hob sich, und er fühlte sich zum Scherzen aufgelegt, wo er in Gegenwart seines Feindes solch einen Leckerbissen genoss, der doch eigentlich dessen Abendessen war. »Ich wünschte, wir hätten jeder einen Fisch«, sagte er und sah Vater Fludd forschend an. Er fragte sich, ob der Vikar eine Art Fischvermehrung bewirken würde. Schließlich hatte es so etwas schon gegeben. Aber Fludd, dessen Portion kleiner als die aller anderen war, aß ruhig weiter.

»Mir scheint«, sagte Fludd, »dass wir aufs Tageslicht warten sollten. Wir brauchen Seile und starke Arme.«

»Die Marienkinder«, sagte Miss Dempsey sofort. »Wir haben morgen unser Treffen.«

»Heute Abend, meinen Sie«, sagte Philly.

»Wir würden sie abwaschen. Ich glaube, unsere Präsidentin würde es erlauben. Wir könnten gleichzeitig unsere Litanei beten und so weiter.«

»Ich verstehe nicht, wie Sie je zustimmen konnten, sie zu begraben«, sagte Fludd.

»Sie kennen den Bischof nicht.« Philomena strich sich Erde von der Kutte. »Wenn wir sie über der Erde gelassen hätten, wäre er womöglich mit einem Hammer gekommen und hätte sie zerschlagen.«

»Ich glaube, da geht Ihre Fantasie mit Ihnen durch, Schwester«, sagte Agnes. »Und natürlich kennt Vater Fludd den Bischof.«

»Trotzdem, wir müssen uns gegen ihn behaupten«, sagte Angwin. »Unser plötzlicher Wagemut lässt ihn nicht einfach verschwinden.«

»Er könnte die Statuen aufs Neue verbieten«, sagte Miss Dempsey, »und unsere Nachtarbeit wäre umsonst gewesen.«

»Nicht umsonst«, sagte Judd. »Wenigstens haben Sie nicht mehr bloß zugesehen, und das wird Ihnen Vater Angwin hoch anrechnen.«

Agnes berührte den Arm des Pfarrers. »Was, wenn er uns sagt, wir sollen sie wieder wegschaffen? Werden wir ihm trotzen?«

»Sie könnten ein Schisma herbeiführen«, sagte Vater Fludd.

»Ich habe früher schon daran gedacht.« Auch Vater Angwin schlug sich Erde von den Kleidern. »Aber ich hatte nicht den Mut.«

»Sie sagen ›Sie‹, Vater Fludd«, beobachtete McEvoy, »nicht ›wir‹. Darf ich daraus schließen, dass Sie nicht mehr lange unter uns weilen werden?«

Fludd antwortete nicht. Er legte sich den Spaten über die Schulter. »Ich habe meinen Teil getan«, sagte er. »Miss Dempsey, ich denke, Sie sollten ein heißes Getränk machen. Vielleicht könnten Sie auch den Ofen einheizen und Mr McEvoys Erbsen aufwärmen. Wir haben ihn davon abgehalten, sie zu genießen.«

Gesichter sahen aus der Erde auf, knochenfarben und mit leerem Blick starrten sie in den schneeträchtigen Himmel. Miss Dempsey zog ihren Morgenmantel etwas enger um sich. Ohne ein Wort hakte sie sich bei Vater Angwin unter, und sie gingen zum Pfarrhaus. Der Pfarrer richtete den Lichtkegel seiner Lampe auf den Pfad vor sich. Der Tabakhändler folgte ihnen.

»Ich muss zurück«, flüsterte Philly. Die Turmuhr schlug. »Wir stehen um fünf auf.«

»Jetzt ist es halb drei. Ich nehme nicht an, dass sie in Netherhoughton schon im Bett sind.« Fludd streckte die Hand aus. Sie zögerte einen Moment lang und legt dann ihre hinein.

»Die Nacht ist noch lang«, sagte Fludd.

Sie wandten sich bergab, zum Kloster hin. Die reifbedeckte, harte Erde vor ihnen glitzerte, hinter ihnen flackerten die zurückgelassenen Kerzen, und um sie herum war eine silbrige Helligkeit. Sonne und Mond. Überirdisch quecksilbrig schimmerten die toten Zweige, flimmerte der Graben, glomm das Kopfsteinpflaster vor der Kirchentür. Die Fenster des Klosters strahlten, das schmutzige Gemäuer leuchtete. Hoch auf den Terrassen schienen Glühwürmchen hin und her zu schießen.

Bis heute war mein Leben, dachte sie, eine Reise durch die Dunkelheit. Aber jetzt beginnt eine neue Reise, eine lange Wanderschaft in der Sonne, in ihrem heiligen, Leben spendenden Licht.

Als die Uhr drei schlug, gab Fludd ihr direkt unter der Furche, die das weiße Band in sie hineingrub, einen keuschen, trockenen Kuss auf die Stirn. Einen sakramentalen Kuss, dachte sie und schloss die Augen. Fludd neigte den Kopf, und sie spürte die Spitze seiner Zunge über ihre Lider streichen.

»Philly«, sagte er. »Sie wissen doch, was Sie tun müssen?«

»Ja, ich muss hier raus.«

»Sie wissen, Sie müssen es bald schon.«

»Es wird Jahre dauern«, sagte sie. »Meine Schwester, die haben sie gerade hochkant hinausbefördert. Aber sie war noch Novizin. Ich habe mein Gelübde abgelegt. Erst muss der Bischof darüber befinden, dann Rom.«

Fludd ließ sie einen Moment lang los und trat zurück. Sobald sein Körper ihren nicht mehr berührte, fühlte sie die Kälte in sich hochkriechen und ihren Mut schwinden. Es war kein Mond mehr da, nur die eine einzelne Kerze, die sie mitgebracht und mit Fludds Feuerzeug entzündet hatte. Und da waren die Töpfe, kopfüber auf ihren Gestellen, die Töpfe, die sie so oft für Schwester Anthony gescheuert hatte. Die Teebecher, die auf den Morgen warteten.

Fludd wanderte durch die Küche. Seine Füße machten keinerlei Geräusch auf dem Steinboden. Philomena sehnte sich nach richtigem Sonnenlicht, einem Tag im Juli, um ihn genau zu sehen, um zu wissen, wie er aussah.

»Sie müssen damit nicht nach Rom.«

»Ich wünschte, es wäre Sommer«, flüsterte sie.

»Haben Sie gehört, was ich gesagt habe? Sie müssen damit nicht nach Rom.«

»Doch, ich muss. Ich muss von meinen Gelübden entbunden werden. Papiere müssen übersandt werden. Das kann nur der Vatikan.«

Der Sommer wird kommen, dachte sie. Und ich werde immer noch hier sein und warten, denn wer sollte die Sache vorantreiben? Ich habe keine Freunde. Und ein weiterer Winter wird kommen, ein Sommer, ein Winter. Wo wird er dann sein?

»Sie verstehen nicht, was ich sage«, erklärte ihr Fludd. »Sie sagen, Sie müssen von Ihren Gelübden entbunden werden. Ich sage, das müssen Sie nicht. Sie sagen, Sie sind gebunden, ich sage, das sind Sie nicht. Welches Gesetz, denken Sie, hält Sie hier?«

»Das Gesetz der Kirche«, sagte sie verblüfft. »O nein, ich nehme an, das ist kein Gesetz. Kein geltendes Recht. Aber, Vater Fludd ...«

»Nennen Sie mich nicht so«, sagte er. »Sie kennen die Wahrheit.«

»... aber, Vater Fludd, dann würde ich exkommuniziert.«

Fludd trat wieder zu ihr. Die Kerze loderte auf, als hätte sie Atem geschöpft. Er berührte ihr Gesicht, ihren Nacken und begann die Nadeln aus ihrem Schleier zu ziehen.

Sie sprang zurück. »Das dürfen Sie nicht«, sagte sie. »O nein. Nein, das dürfen Sie nicht.«

Er ließ einen Moment lang von ihr ab. Wich zurück. Sein Ausdruck war unsicher. Müde schien er nicht. Sein Durchhaltevermögen war wunderbar. Philomena drehte den Kopf, von einer Bewegung am Fenster angezogen. Es hatte angefangen zu schneien, große, flauschige Flocken strichen ohne ein Geräusch über die Scheibe. Sie betrachtete sie. »Es muss wärmer geworden sein. Er wird nicht liegen bleiben, oder? Er überdauert die Nacht nicht.«

Denn sie wusste, etwas so Gutes wie das würde nie für sie geschehen. Gott würde nicht dafür sorgen, dass sie, wenn sie um fünf aus ihrem nervösen Schlaf gerissen wurde, zum Fenster schleichen und eine neue Landschaft sehen könnte, mit ausgelöschten Zügen, unberührtem Weiß und schwarzen Bäumen voller Brautschleier. Nein, der Schnee würde ein nächtliches Wahnbild sein, ein Phantasma der frühen Morgenstunden. Um fünf Uhr würde es weder

Sonne noch Schnee geben, und wenn sie aus dem Fenster blickte, würde sie nichts als ihr eigenes, mattes Spiegelbild in der Scheibe sehen. Und sollte es durch eine Laune der Natur bereits dämmern, würde da nur der dunkle, verschwollene Rand des Moores sein, das Netz der nahen Äste und ein Stückchen Regenrinne, auf der die Spatzen nach Futter suchend herumhüpften. Dieselbe alte Welt würde sie sehen, die Welt, in der sie leben musste. Ich ertrage es nicht, dachte sie, nicht einen weiteren Tag. Ihre Hände hoben sich an ihren Hals, an ihre Schläfen, den Stoff ihres Schleiers. In ihren Nacken, und dann tastete sie nach den Nadeln.

Eine nach der anderen zog Fludd heraus und legte sie in einer Reihe an den Rand des Küchentischs. Mit seinen langen Fingern fasste er ihren Kopf und löste sie aus der Umklammerung der weißen Haube. Sie hatte nur die Kraft für die Entscheidung, ihm nachzugeben, mehr nicht. Sie fühlte sich schwach, müde und kalt. Ohne die Kraft, sich zu widersetzen. Er entfernte die Sicherheitsnadeln aus dem Stoff ihrer unteren Haube und legte sie neben die anderen Nadeln auf den Tisch. Mit einem einzigen festen Zug öffnete er das Band, hob ihr die Haube vom Kopf und ließ sie zu Boden fallen.

»Das Haar sieht aus wie eine schlecht geschnittene Hecke«, sagte er.

Sie spürte, wie eine Röte ihren freigelegten Hals überzog. »Schwester Anthony macht das. Einmal im Monat. Bei allen, auch bei Purpit. Die Schere ist rostig, wir haben keine eigene. Wie oft ich mir schon eine gewünscht habe, doch das ginge gegen die heilige Armut.«

Fludd fuhr ihr mit der Hand über den Kopf. Das Haar, an einigen Stellen zwei, drei Zentimeter lang, wuchs in die eine und die andere Richtung. Hier drehte sich eine übersehene Strähne zur Locke, da war eine kahle Stelle, reckte sich ein struppiges Büschel wie ein Frühlingstrieb in die Höhe und kämpfte um Licht und Luft. »Wie war es vorher?«, fragte er.

»Braun. Ein ziemlich gewöhnliches Braun. Mit einer leichten Welle.«

Soweit er es im schlechten Licht beurteilen konnte, schienen sich die Proportionen ihres Gesichts verändert zu haben. Es war kleiner und weicher geworden, die Augen wirkten weniger groß und wachsam, und ihre Lippen hatten die verkniffene Nonnenstrenge verloren. Sie schien ihm weggeschmolzen und hatte sich neu zu einer Frau geformt, die er noch nicht kannte. Er küsste sie auf den Mund, weniger sakramental jetzt.

Um neun Uhr kam McEvoy mit seiner Schubkarre hinten an die Tür. Agnes schrak zusammen, als sie sein Klopfen hörte. Sie wischte sich den Spülschaum von den Händen und machte auf.

»Mr McEvoy. Wer kümmert sich um Ihren Laden?«

Der Tabakhändler nahm respektvoll seine karierte Kappe ab. »Ein lieber Freund«, sagte er.

»Haben Sie auch Seile dabei?«

»Ich habe alles Erforderliche. Ich denke, am besten geht es mit der Karre.«

»Ich nehme an, Sie haben es allen erzählt?«

»Nichts von den Ereignissen der Nacht ist über meine Lippen gedrungen. Die Gemeinde wird es früh genug erfahren.«

»Die Marienkinder heute Abend.«

»Die Nonnen zweifellos eher. Wenn Vater Fludd willens und fähig ist, haben wir die Heiligen in ein, zwei Stunden wieder auf ihren Sockeln.« Er lächelte schwach. »Als wir sie begraben haben, hatten wir eine Menge Helfer. Sachen auszugraben ist nicht so schwer, wie sie verschwinden zu lassen, oder?«

Für mich war es schwerer, dachte Miss Dempsey. »Ich rufe Vater Fludd«, sagte sie. »Er ist wie gewohnt aufgestanden, um die Messe zu lesen, und trinkt gerade seinen Tee.«

Sie bot Mr McEvoy keine Tasse an, sondern ließ ihn an der Tür warten. Der Schnee war verschwunden, und draußen herrschte eine raue Kälte. Sie rief noch auf ihrem Weg durch die Küche nach Fludd, hörte ihn aus dem Wohnzimmer kommen, die Tür hinter sich zuschlagen, nach vorn aus dem Haus gehen und McEvoy begrüßen. Laut lobte er die Schubkarre, wie rechtzeitig sie komme und wie hilfreich sie sein werde. Miss Dempsey holte den Staubwedel aus der Vorratskammer und ging ins Wohnzimmer, das der Vikar gerade verlassen hatte. Zu McEvoy hinauseilend, hatte er die Teetasse nachlässig aufs Kaminsims gestellt. Sie griff danach und sah sich in dem ovalen Spiegel. Ihr Gesicht was leichenblass und müde, ihre Augen wirkten entzündet. Aber trotzdem, ihre Warze war verschwunden.

Vater Angwin saß im Beichtstuhl. Da fühlte er sich sicher. Er zog den Samtvorhang vors Gitter und lauschte ängstlich dem Schlagen und Schaben aus dem Mittelschiff. Wenn der Bischof kommt, dachte er, kann ich mich vielleicht hierher flüchten. Er würde mich doch nicht herauszerren? Und mir Gewalt antun wie die Ritter Thomas Becket?

Die Laune Vater Angwins schwang zwischen Betrübnis und Jubel hin und her, zwischen Angst und Freude. Warum sollte der Bischof kommen?, dachte er. Im nächsten Jahr gibt es keine Firmungen, und unsere Gesellschaft sucht er auch nicht. Wenn ihm übelwollende Personen wie Purpit nicht von unserem Schisma berichten, kann es ruhig so weitergehen. Vielleicht werde ich im Laufe der Zeit noch ein Antipapst.

Er wünschte, Miss Dempsey würde ihm eine Erfrischung bringen.

Als sich die Tür mit einem leichten Knarren öffnete, wurde er aus seinem Tagtraum gerissen. »Fludd?«

»Nein, der stellt den heiligen Ambrosius auf.«

»Ah, meine Sünderin.«

Sie kniete sich leise raschelnd nieder.

»Was ist mit Ihrer Versuchung?« Er fürchtete sich vor ihrer Antwort.

»Eine Frage«, sagte sie.

»Ja, fragen Sie.«

»Vater, angenommen, ein Gebäude stürzt ein, und in den Trümmern werden Menschen begraben. Kann ein Priester ihnen die Absolution erteilen?«

»Ich denke, ja. Bedingt. Wenn sie gerettet würden, müssten sie ihre Sünden natürlich auf die gewohnte Weise beichten.«

»Ja, ich verstehe.« Sie machte eine Pause. »Gibt es eine Absolution, die Sie mir erteilen könnten?«

»Oh, meine Liebe«, sagte Vater Angwin. »Sie sind ein Mädchen, das die ganze Nacht draußen war. Ihnen hilft eine Absolution im Moment kaum etwas.«

Es war Miss Dempsey nicht in den Sinn gekommen, Vater Angwin eine Erfrischung zu bringen, wusste sie doch gar nicht, wo er zu finden war. So saß sie denn in ihrem Zimmer und aß ein Karamellbonbon. Es war äußerst ungewöhnlich für sie, tagsüber ihre Aktivitäten zu unterbrechen, schließlich gab es immer etwas, das sich polieren ließ. Und wenn der Erfindungsreichtum an seine Grenzen stieß, konnte man die Matratzen umdrehen.

Aber jetzt saß sie ruhig da, den Blick in die Ferne gewandt, und legte ihr goldenes Bonbonpapier in winzigen Falten zusammen. Von Zeit zu Zeit berührte sie ihre makellose Lippe, und einige Verse gingen ihr durch den Kopf:

Liebste Agnes, Heil'ges Kind,
Bist so rein;
Oh, mögen wir unbefleckt
Rein sein wie Du …

Schnell drehte sie ihr Papier zu einem Ring, nahm ihn ehrfürchtig in die rechte Hand und hielt ihn zwischen Zeigefinger und Daumen.

Bereit, unser Blut zu vergießen,
Statt in Sünde zu leben.

Sie schob ihn auf den Ringfinger. Bewundernswert sah er aus, dachte sie. Einer der besten Ringe, die sie je geschaffen hatte. Es schien zu schade, ihn wegzuwerfen, und so nahm sie ihn herunter und steckte ihn in die Schürzentasche.

Bereit, unser Blut zu vergießen,
Statt in Sünde zu leben.
Der Spur der Märtyrer folgen,
Um zu sterben wie Du.

Kapitel neun

»Ich habe den Schlüssel«, flüsterte Schwester Anthony. »Normalerweise trägt sie ihn immer bei sich, aber heute Morgen war sie nicht sie selbst. Sie hat eine Warze.« Die Nonne klopfte sich aufs Gesicht. »Hier. Hier, auf der Lippe. Ein hässliches Ding. Ist da über Nacht gewachsen, wie ein Pilz. Cyril meinte: ›Mutter Purpiture, die sollten Sie ansehen lassen. Ich denke, das ist Krebs.«

»Oh, Schwester Anthony«, sagte Philly. »Was soll ich nur tun?«

»Folge mir in die Stube. Schnell, beweg dich.« Mit flatterndem Schleier und ausgestellten Ellbogen vollführte Schwester Anthony Hirtenhund-Bewegungen hinter ihrem Rücken. »Ich dachte schon, ich bekäme sie nie hier heraus. ›Wie kann ich Gemeindebesuche machen?‹, hat sie gesagt. ›Mit dieser Wucherung?‹ Am Ende habe ich ihr erzählt, in der Back Lane gehe das Gerücht, eine Frau sei mit ihrem Untermieter durchgebrannt. Gerüchten kann sie nicht widerstehen. Sie wird den ganzen Nachmittag unterwegs sein und von Haus zu Haus wandern.«

»Um halb fünf wird es dunkel«, sagte Philly.

»Da bis du längst hier raus. Um halb fünf sitzt du im Zug.«

Schwester Anthony schob sie in den Aufenthaltsraum, schloss die Tür und verbarrikadierte sie mit einem Sessel. Philomena sah sie mit großen Augen an.

»Ich kann die Sachen da drin nicht anziehen. Die sind jahrealt, älter als ich. Da sind Kleider drin, die wurden vor meiner Geburt da hineingelegt.«

»Ich kann's nicht glauben«, sagte Schwester Anthony. »Ich denke, du hast Angst, exkommuniziert zu werden, aber offenbar sorgst du dich nur darum, ob du modisch genug angezogen bist.«

»Darum geht es nicht. Aber alle werden mich bemerken.«

»Unsinn. Ich sorge schon dafür, dass dich niemand wiedererkennt.«

»Ich habe keine Angst, dass mich jemand erkennt, sondern dass die Kinder auf der Straße hinter mir herlaufen und mich verhöhnen.«

»Nun, was ist dir lieber?«, wollte die alte Nonne wissen. »Ich kann nicht mit dir in den Co-op gehen, um dich auszustaffieren, und wenn du was von Agnes Dempsey erbetteln oder klauen könntest, würden dir ihre Röcke nicht mal über die Schenkel reichen, du großes, langes Ding. Sie ist so eine untersetzte kleine Person.«

Schwester Anthony beugte sich über die Truhe und steckte den großen Schlüssel ins Schloss. »Komm schon, du Drecksding«, sagte sie. »Komm, du undankbarer Mechanismus.« Sie knirschte mit den Zähnen und fluchte weiter. Endlich gab das Schloss nach, und Anthony öffnete den Deckel.

»Nun denn«, sagte sie grüblerisch.

»Sie sollten das nicht für mich tun«, sagte Philly.

»Unsinn«, schnaubte Schwester Anthony. »Ich bin alt. Was können die mir noch tun? Sie können mich versetzen, raus aus meinem Reich, nehme ich an. Aber ich wäre ja froh, hier wegzukommen. Ich hätte nichts dagegen, wenn sie mich nach Afrika schickten. Lieber lebe ich in einer Leprakolonie als noch ein Jahr mit Purpit.«

Schwester Anthony wühlte durch die Truhe. »Oh, übrigens, wo wir gerade von Agnes Dempsey reden, sie hat diesen Umschlag hier für dich abgegeben.« Sie holte ihn aus ihrer Tasche. »Keine Ahnung, was drin ist. Hoffentlich ein Zehn-Shilling-Schein. Ich kann dir nicht mehr als eine halbe Krone aus der Haushaltskasse geben, ohne dass mir Purpit im Nacken sitzt und sagt, ich verwette unser Geld.«

Philly fühlte sich wie ein Kind, das in die Ferien fuhr. Oder für einen Besuch bei der Verwandtschaft ausstaffiert wurde. Zum ersten Mal weg von zu Hause.

Aber ich kann nie wieder zurück, dachte sie. Ich kenne nichts als Bauernhöfe, Klöster und das Haus meiner Mutter. Kein Kloster auf dieser Welt wird mich je wieder aufnehmen. Selbst ein Bauer weist mir die Tür, ein katholischer, meine ich. Meine Mutter würde mich mitten auf der Straße anspucken, und sogar meine Schwester Kathleen würde mir die Hölle heiß machen.

Sie nahm den Umschlag von Schwester Anthony. Schüttelte ihn. Da war nichts zu hören. Vorsichtig öffnete sie ihn, Nonnen verschwenden nichts. Selbst ein Umschlag kann mehrmals benutzt werden.

Miss Dempseys Ring rollte ihr in die Hand.

»O ja«, sagte Schwester Anthony. »Welche Gnade. Du brauchst einen Ring.«

»Sie muss verrückt sein«, sagte Schwester Philomena.

Ihre Kutte lag auf einem der Stühle, gefaltet, da sie das Gefühl hatte, sie nicht einfach darüberlegen zu können. Sich vor Schwester Anthony auszuziehen, da war sie sicher, bedeutete zehn oder gar ein Dutzend Sünden gegen die heilige Sittsamkeit. Selbst wenn man ganz für sich war, konnte das Ausziehen eine Sünde gegen die Sittsamkeit sein. Man musste es auf die richtige Weise tun. Als sie in den Orden eingetreten war, hatte sie gelernt, sich auf religiöse Weise auszuziehen: sich das Leinenzelt ihres Nachthemds über den Kopf zu heben und darunter aus ihren Tageskleidern zu strampeln. Ebenso hatte sie gelernt, in ihrem Nachthemd zu baden.

»Was werden Sie damit tun? Mit meiner Kutte?«

»Die schaffe ich auf meine Weise beiseite.«

Schwester Anthonys Mitgefühl für die junge Frau war größer denn je. Befreit von ihren schwarzen Hüllen und Unterröcken, nur in ihrer langen Leinenunterhose, war sie eine erbarmungswürdige Bohnenstange und ganz und gar nicht das spröde Mädchen vom Land, das sie alle gewohnt waren. Zitternd, die Arme vor den Brüsten verschränkt, bot sie einen so pittoresken wie unbeholfenen Anblick. Gott allein wusste, wo sie hingehen würde.

»Twilfit oder Excelsior?«, fragte Schwester Anthony.

»Oh, das geht nicht. Ich kann kein Korsett anziehen. In meinem ganzen Leben habe ich noch kein Korsett getragen.«

Schwester Anthony war verblüfft. »Gibt es so was in Irland heute nicht auch?«

»Ich wüsste nicht, wie ich damit umgehen sollte. Was, wenn ich aufs Klo muss?«

»Aber irgendetwas musst du anziehen.« Schwester Anthony fühlte in der Truhe herum. »Versuch das Schnürmieder hier. Komm schon. Kopf hoch.«

Das Mädchen wollte die Dringlichkeit der Situation nicht erkennen. Es war, als verkleidete Philomena sich für eine Scharade. »Entweder nimmst du eine meiner Seidenkombinationen«, sagte Anthony, »oder du musst in der Unterhose losziehen. Wie du willst.« Sie richtete sich auf. »Hör zu, es ist noch nicht zu spät, weißt du.« Sie deutete auf die zusammengelegte Kutte auf dem Stuhl. »Du kannst immer noch da wieder hineinsteigen, zu Vater Angwin gehen, ihn um Absolution bitten, deine Reuegebete sprechen und das Ganze vergessen.«

Philly sah sie an: die großen, sanften Augen. Dann beugte sie sich selbst über die Truhe, gab nach und hatte, als sie sich wieder aufrichtete, die weißen Arme voller Kleider. »Alles«, flüsterte sie. »Ich nehme, was da ist. Ich kann nicht bleiben. Purpit findet es heraus, sie wird es mir ansehen. Lieber werde ich wie die heilige Felicitas den wilden Tieren im Zirkus vorgeworfen.«

Endlich hatte Schwester Anthony sie angezogen. Das blaue Sergekleid schien am besten, weil es das wärmste war. Offenbar war nie jemand mit einem Mantel ins Kloster eingetreten. Der Rock reichte ihr fast bis auf die Füße, bauschte sich um ihre magere Gestalt, und der weite Bund rutschte ihr um die schmale Taille. Die Jacke hing unförmig an ihr herunter.

»Ich wünschte, das Wetter wäre nicht so schlecht, dann könntest du meinen Strohhut nehmen«, sagte Schwester Anthony. »So ein schönes blaues Band. Ich weiß noch, wie ich ihn gekauft habe, im Sommer, bevor ich herkam.« Sie hielt ihn einen Moment vor sich hin und strich mit den dicken mehlfarbenen Fingern darüber. Dann warf sie ihn mit einer abrupten Geste zurück in die Truhe und zauberte ein kratziges wollenes Kopftuch hervor, mit einer Art Ersatzkaro, lindgrün und kastanienbraun. »Das bedeckt eine Vielzahl Sünden«, sagte sie. Es war ein Tuch, wie es die Frauen aus Fetherhoughton trugen. Vielleicht hatte ein Marienkind es nach einem Treffen vergessen, und Schwester Anthony hatte es einkassiert.

Die Schuhe waren ein Problem. Philly bekam ihre Füße gerade so in das hübsche dunkelblaue Paar mit den schmalen hohen Absätzen. Darin zu gehen war etwas anderes. Sie wackelte durch den Raum, zuckte und sog die Luft durch die Zähne ein. »O Gott«, sagte sie. »Ich habe noch nie Schuhe mit hohen Absätzen getragen. Oh, sie drücken so.« Sie blieb stehen. »Ich nehme an, ich könnte es als Buße anbieten.«

»Nicht wirklich«, sagte Schwester Anthony. »Nicht mehr. Es hat keinen Sinn, noch irgendwas anzubieten, oder?«

Philomena klammerte sich an die Lehne eines Stuhls. »Werde ich verdammt, Schwester Anthony?«

»Das denke ich doch«, sagte die Nonne leichthin. »Komm schon. Lass mich sehen, wie du durchs Zimmer gehst.«

Philomena biss sich auf die Unterlippe und stakste los, die Arme seitlich ausgestreckt, um das Gleichgewicht zu halten, wie eine Akrobatin auf dem Hochseil.

»Das ist zum Lachen«, sagte Schwester Anthony, ohne es tatsächlich zu tun. »Wenn du die trägst, endest du in der Notaufnahme. Ich laufe hinunter zur Schule und hol dir ein Paar von den Kinderturnschuhen.«

Philomena nickte. Das war vernünftig. »Nehmen Sie zwei verschiedene, nicht zwei linke.«

»Und wenn du dann noch eine Minute wartest, gehe ich in die Küche und mache dir ein Proviantpaket für die Reise.«

»O nein, Schwester Anthony. O nein, machen Sie sich nicht die Mühe. Ich fahre doch nur bis Manchester.«

Schwester Anthonys Gesicht sagte: Du weißt nicht, wohin du fahren wirst, und was macht es schon, wenn das Brot etwas trocken wird? Denk an die Pharaonen und ihre Picknicks für die Ewigkeit, die sie mit in ihre Gräber genommen haben.

»Setz dich, Schwester, und gönne deinen Fußgelenken etwas Ruhe.«

Gehorsam setzte sich Philly und brach in Tränen aus. Bis jetzt hatte sie sich gut gehalten. Aber dass die alte Frau sie so nannte: »Schwester.« Nie wieder würde sie so angesprochen werden.

Anthony betrachtete sie nachdenklich, zog ein sauberes, zusammengefaltetes Taschentuch hervor und gab es ihr. »Behalte es«, sagte sie. »Ich weiß, du hast selbst nie eins.« Dabei war eigentlich klar, dass sie es nicht verschenken konnte. Es war Gemeineigentum, das ihr der Orden für den vorübergehenden Gebrauch zur Verfügung gestellt hatte. »Übrigens«, sagte sie. »Wie hast du geheißen? Bevor du in den Orden eingetreten bist?«

Schwester Philomena schniefte. »Roisin.« Sie wischte sich über die Augen. »Roisin O'Halloran.«

Schwester Anthony hatte gesagt: »Warte bis Einbruch der Dämmerung.« Jetzt floh Roisin O'Halloran wie ein Tier über die dunkle Erde. In dem Moment, in dem überwältigenden Augenblick, bevor Anthony sie aus der Hintertür ließ, als sie mit ihrer Reisetasche dagestanden hatte, wie eine Läuferin am Start eines Rennens, hatte sie gehört, wie sich auf dem Korridor ein leises Klicken näherte. Da kamen Polykarp, Cyril und Ignatius Loyola, und die Perlen ihrer Rosenkränze klickten gegeneinander. Es klang fast wie Zähneknirschen.

Roisin O'Halloran rannte, blieb aber, als sie den Pfad zu den Schrebergärten erreichte, noch einmal stehen und sah zurück. Sie schöpfte Atem. Vier Uhr schlug es vom Kirchturm. Sie sah sie zusammengedrängt, alle drei, an einem offenen Fenster im oberen Stock. Sie wollte im Gebüsch aufgehen, in den Pfützen versinken, doch dann sah sie, dass sie ihr mit ihren Taschentüchern zuwinkten, damit auf und nieder wedelten, und das seltsam ruhig und feierlich.

Sie drehte sich ganz um, die Tasche mit beiden Händen an sich gedrückt, eine magere, schäbige Gestalt in merkwürdigen Kleidern. Sie sah hoch zum Kloster, den kleinen Fenstern, den rauchgeschwärzten Steinen. Dahinter wuchs das Schieferdach der Kirche auf, durch die Feuchtigkeit der Luft mit Glanz überzogen, dann folgte die Finsternis der Terrassen, Blättermulch, schlüpfrig, der Dschungel des Nordens. Die Fenster der Webereien von Fetherhoughton waren erleuchtet, Rauch wehte aus den hohen Schornsteinen und verblich im dunkler werdenden Himmel, die Fabriköfen brannten, trübe, träge Juwelen der letzten Tage des Jahres. Sie hob den Arm und winkte. Die Taschentücher bewegten sich auf und ab. Eine Stimme drang bis zu ihr.

»Schick uns einen Brief«, rief Polykarp.

»Schick uns was zu essen«, rief Cyril.

»Schick uns …«, rief Ignatius Loyola, aber sie hörte nicht, was, denn sie hatte sich bereits wieder umgedreht und lief weiter, auf den ersten Zauntritt zu. Als sie noch einmal zurücksah, waren sie immer noch da, jedoch längst außer Hörweite. Taschentücher und Gesichter waren in der Düsternis nicht mehr zu unterscheiden.

Roisin O'Halloran flog wie ein Tier über die dunkle Erde, beobachtet, von einem erhöhten Punkt in der Back Lane aus, von Mutter Purpiture.

Im Pfarrhaus klingelte das Telefon. »Ich habe den Bischof für Sie«, flüsterte der Speichellecker am anderen Ende der Leitung.

»Einen Moment«, sagte Agnes Dempsey. Sie legte den Hörer auf den Dielentisch, trat an die Wohnzimmertür und klopfte. »Er ist dran«, sagte sie. »Soll ich Vater Fludd holen, damit er mit ihm spricht?«

Vater Angwin hob die Hände, wie ein Pianist sie über die Tasten hielt, ließ sie auf die Lehnen des Sessels sinken und sprang auf die Füße. »Nein«, sagte er. »Ich bin der Verantwortliche.« Er öffnete die Tür und sah sich in der Diele um, als hielte sich der Bischof in den Schatten versteckt. »Wo ist Vater Fludd?«

»In seinem Zimmer. Ich glaube, ich habe ihn nach oben gehen hören.«

»Ich dachte, er sei heruntergekommen. Nun, beides ist möglich.« Beides gleichzeitig, dachte er.

Agnes stand direkt neben ihm, als er den Hörer aufnahm. Früher wäre sie zurück in die Küche geschlichen, aber sie war mutiger geworden. Ständig umspielte ein Lächeln ihren Mund, als hätte sie gerade etwas Befriedigendes gesehen oder etwas erfahren, das ihr gefiel.

Vater Angwin hielt den Hörer mit einigem Abstand neben sein Ohr und lauschte eine Weile dem Wortschwall des Bischofs. Agnes fing hier und da einen Satz auf: *»Etwas Geselligeres für die Jüngeren ... die Ministranten ... eine Tanzveranstaltung, ein* ›Record hop‹, *wie es, glaube ich, unsere amerikanischen Freunde nennen ...«*

»Er weiß es noch nicht.« Vater Angwin formte die Worte tonlos mit den Lippen. »Er hat es noch nicht gehört.«

»Diese Purpiture«, hauchte Agnes, »ist in der Upstreet. Vielleicht will sie zur Post und ihn anrufen. Schwester Polykarp sagt, sie hat Münzen mitgenommen. Sie kauft nicht ein, was sonst will sie also damit?«

»Meine Todfeindin«, flüsterte Vater Angwin. »Das traue ich ihr zu.« Er wandte sich wieder dem Bischof zu: »Ich hätte gern gewusst, Aidan, ob Sie mir bei der Beantwortung einer Frage helfen können, die mir jemand aus der Gemeinde gestellt hat.«

Eisiges Schweigen am anderen Ende. Miss Dempsey fragte sich, warum Vater Angwin den Vornamen des Bischofs benutzte, was er noch nie getan hatte. Dazu kam diese bedeutungsvolle, rätselhafte Scherzhaftigkeit in seinem Ton. »Es geht um einen Freund von ihm, einen Arzt«, fuhr er fort. »Dieser Arzt hat menschliche Knochen in seinem Besitz, sie stammen aus seiner Studentenzeit in einem protestantischen Land. Vielleicht war es Deutschland, denn mein Gemeindemitglied hat noch einen Freund, einen Deutschen, der unbedingt beichten will, aber kein Englisch spricht, und ich kann kaum sagen, ob wir einen Dolmetscher brauchen oder ein anderes Arrangement.«

Miss Dempsey lauschte aufmerksam. Wie es schien, antwortete der Bischof nicht – oder nur gedämpft.

»Nein, nur keine Eile«, sagte Vater Angwin, »denken Sie in Ruhe darüber nach, es ist eine heikle Frage. Wirklich, Aidan, Sie werden es nicht glauben, aber ich stoße hier auf die absurdesten Probleme, Dinge, wie sie einem in vier Jahrzehnten als Gemeindepfarrer nicht begegnen. Es gibt in Fetherhoughton auch einige Verwirrung in Bezug auf die Kirchenlehre zum Fasten, und wir haben uns gefragt, ob Sie uns da vielleicht mit all Ihrer Erfahrung und Ihrem Rat zur Seite stehen wollen?«

Diesmal gab es keine lange Pause. Der Bischof sagte ohne sein gewohntes Feuer: *»Also hören Sie …«*

Miss Dempsey verstand die nächsten Worte nicht. Dann hörte sie: *»… mache nur meinen Job … Gehorsamspflicht. Die Aufgabe wurde mir übertragen … nur ein junger Kerl.«* Vater Angwin hielt den Hörer und lächelte. *»Die Zeiten ändern sich«,* sagte der Bischof. *»… kaum ein Grund, sich zu schämen …«*

»Aber Sie schämen sich, oder?«, sagte Vater Angwin. »Also, Mann, wenn das rauskommen sollte, würden Sie überall, wo zwei, drei moderne Bischöfe zusammenkommen, Ihre Glaubwürdigkeit verlieren.«

»Ich rücke Ihnen diese Woche auf die Pelle, Angwin. Zählen Sie darauf.«

»Und ich Ihnen«, murmelte der Priester, als er den Hörer auflegte. »Ich nehme Ihre Leber auf Toast. Und warnen Sie Fludd, Agnes.«

»Ihn warnen?« Das Wort stand im Raum, schockierend, und verlangte nach Aufmerksamkeit.

»Ja. Warnen Sie ihn, dass der Bischof hier jederzeit an die Tür klopfen kann.«

»Wie soll ich ihn warnen?«

»Sie könnten die Treppe hinaufrufen.«

»Soll ich nicht hinaufgehen?«

»Rufen müsste reichen.«

»Ja, ich belästige ihn besser nicht, indem ich bei ihm anklopfe.«

»Er könnte gerade beten.«

»Ich würde ihn nicht gern unterbrechen.«

Sie sahen einander an. »Tatsächlich nach oben gehen sehen habe ich ihn nicht«, sagte Miss Dempsey.

»Oder hinunterkommen.«

»Ich müsste annehmen, dass er oben ist.«

»Das wäre eine redliche Annahme, von der ein vernünftiger Mann ausgehen könnte.«

»Oder eine Frau.« Miss Dempsey trat an die Treppe. »Vater Fludd«, rief sie taktvoll. »Vater Fludd?«

»Erwarten Sie keine Antwort«, sagte Angwin.

»Er würde seine Andacht nicht unterbrechen.«

»Aber wir können davon ausgehen, dass er es gehört hat.«

Sie wussten jedoch beide, dass der obere Stock leer war, so sicher, wie sie nur je etwas gewusst hatten. Asche fiel leise raschelnd durch den Rost, an den Wänden verdrehte Christusse starben weiter, gelbe Blätter schwebten durch die dunkler werdende Luft über dem Kirchengelände. Vögel kauerten sich in die Bäume auf den Terrassen. Würmer wanden sich.

»Soll ich Wasser aufsetzen?«, fragte Agnes.

»Nein, ich trinke ein Glas Whisky und lese ein Buch, das mir ein Gemeindemitglied geliehen hat.«

Hinterlassen hat, hätte er beinahe gesagt. Er schluckte das Wort gerade noch rechtzeitig herunter. Miss Dempsey nickte. Fludd ist natürlich in seinem Zimmer und betet. Philomena ist natürlich im Kloster und fegt unter Aufsicht von Schwester Anthony den Küchendurchgang. Alle sind, wo sie sein sollten, oder wir verabreden, so zu tun als ob. Und Gott ist in seinem Himmel? Das ist verdammt wahrscheinlich, dachte Vater Angwin.

Er saß mit seinem Buch da und drehte es in den Händen, den verschmutzten, mitgenommenen gelbbraunen Umschlag: *Glaube und Moral am katholischen Kamin: Eine Fragensammlung für den Laien*, Dublin 1945. *Nihil obstat: Patrilius Dargan.* Das war die Druckerlaubnis vom Erzbischof von Dublin höchstpersönlich, mit einem kleinen Kreuz bei seinem Namen.

Daraus hat sie das alles, dachte er, all unsere Gespräche. Was für ein Schatz an Bedenken, was für ein Vorrat an konservativen Prinzipien. Das ist er, der alte Glaube in seiner Gänze, der gute alte Glaube, ohne Raum für Zweifel und Widerspruch. Die Fasten- und Abstinenzregeln, kein Wort zu Tanzveranstaltungen. Hetzreden gegen unreine Gedanken, kein Wort über Relevanz. Und da auf dem zerfledderten Rücken der Name des Herausgebers, der niemand anders ist als Reverend (der er damals war) Aidan Raphael Croucher, Doktor der Göttlichkeit: der Bischof höchstpersönlich.

Ich werde es mir unters Kissen legen, beschloss Vater Angwin. Es wird mich auf Jahre mit Munition versorgen. Ich werde den Burschen mit seinen alten Meinungen verfolgen, eine Frage nach der anderen werde ich in unsere normale Unterhaltung einfließen lassen, bis seine Angst vor mir komplett ist. *Darf man mit Rinderfett Kuchen backen oder nur Fisch damit braten?* Mithilfe solcher Fragen ist er zum Bischof geworden. Niemand weiß, wie wir einmal enden, aber einige erinnern sich nicht mal, wie sie angefangen haben.

Frage: *Warum ist auf katholischen Basaren das Wahrsagen erlaubt?* Antwort: Es sollte nicht gefördert werden und ließe sich durch gesündere Amüsements ersetzen. Frage: *Ist es richtig, wenn die katholische Kirche während der Fastenmesse am Sonntagabend den Klingelbeutel herumgehen lässt?* Das ist immer richtig, manchmal empfehlenswert und oft notwendig.

Ich wusste, sie hat ihre Fragen von einem Zettel abgelesen, sagte sich Vater Angwin, und ich dachte, dass sie auch die Antworten hatte. Auf dem Vorsatzblatt stand mit Bleistift in runder Schulmädchenschrift ein Name geschrieben: *Dymphna O'Halloran*. Das Buch ist alles, was sie aus Irland mitgebracht hat, dachte er, und ich meinte, es sei eines der Bücher des Klosters. Nur dieses Buch hat sie aus Irland mitgebracht, und jetzt hat sie es mir hinterlassen. Er blätterte zurück zum Vorwort: *Göttliche Offenbarung, verbunden mit zweitausendjähriger Erfahrung, hat die Kirche zu einem unvergleichlichen Lehrer in Bezug auf das menschliche Verhalten gemacht. Es gibt keinen Weg im Leben, keine persönliche Aktivität, keinen privaten oder öffentlichen Anlass, zu dem uns unsere Heilige Mutter nichts sagen kann. Sie spornt uns an, warnt und rät uns, und das aus ihrer tiefen Kenntnis des menschlichen Herzens, des menschlichen Denkens und der oft merkwürdigen Handlungsweisen heraus.*

Zweitausend Jahre Erfahrung, dachte Vater Angwin. Welch beeindruckender Gedanke. Ohne hinzusehen, griff er nach seinem Whiskyglas. Seine Finger schlossen sich darum, er hob es an die Lippen, nahm einen Schluck und hielt es vor sich hin. Gegen das Licht hielt er es, kniff die Augen zusammen und sah genauer hin. Äußerlich stimmte alles, das Erscheinungsbild, die Farbe, aber es war kein Whisky, es war Wasser. Oh, Fludd, dachte er, du Zauberlehrling, diesmal hast du es nicht hingekriegt. Du hast eine Art umgekehrtes Wunder gewirkt, hast das himmlische Feuer gelöscht, das Göttliche genommen und es vermenschlicht, hast den Geist gegen feuchtes, warmes Fleisch eingetauscht.

Währenddessen lief Perpetua querfeldein. Am Bahnhof bekomme ich sie, dachte sie und kümmerte sich nicht weiter darum, was für ein Bild sie abgab, wie sie dahinstampfte und schnaubte, die Kutte mit den Fäusten gerafft und die abgewetzten Schnürschuhe und das in den Strumpf gerissene Loch darüber für alle sichtbar. Das Kruzifix an seiner Schnur hüpfte und schlug gegen die Stelle, wo weltliche

Frauen ihren Busen hatten. Sie rannte auf eine merkwürdig geduckte Weise und legte immer wieder eine Pause ein, um sich aufzurichten, die Rippen zu massieren und nach ihrer Beute Ausschau zu halten. Oben auf den Zauntritten verharrte sie und ließ den Blick über das Land schweifen. Das Biest ist nicht in Sicht, aber auf dem Bahnsteig werde ich sie erwischen, dachte Purpit.

Während sie rannte, hatte sie die Zeit, den weißen Wimpel zu bemerken, der, an einen Zaunpfahl gebunden, im Wind wehte und schlug. Er hatte etwas Vertrautes, dachte sie, etwas entfernt Kirchliches, das ihr das Bedürfnis gab, innezuhalten und das Knie zu beugen. Aber sie überwand diesen Drang. Ich erwische sie auf dem Bahnsteig, dachte sie, und zerre sie zurück, über die Upstreet zerre ich sie, für alle sichtbar, und noch bevor es Abend wird, habe ich ihr diese Kleider wieder heruntergerissen und dann sperre ich sie in ihre Zelle, bis der Bischof kommt, und dann werden wir sehen, dann werden wir sehen, dann werden wir sehen, was wir mit dem herabgewürdigten Luder anfangen.

Ihr Herz pochte, und unter den Falten des Schleiers rauschte ihr das Blut in den Ohren. Sie zweifelte nicht daran, dass sie den Vorteil auf ihrer Seite hatte, der Weg zum Bahnhof war nur ein kurzes Stück entfernt. Sie wandte sich bergab, und langsam schien sich der Abend über den Schrebergärten hinter ihr zusammenzuziehen, die von den Mooren heranrollende Finsternis. Von den Hühnerställen leuchtete ein einzelner Lichtpunkt herüber, vielleicht die Spitze einer brennenden Zigarette.

Fast hatte sie den Weg zum Bahnhof erreicht, als eine Gestalt vor ihr aufwuchs, aus den Büschen kam sie und verstellte ihr den Weg. Sie blieb stehen und starrte sie mit hervortretenden Augen an. Es war eine Gestalt, die sie kannte, ein Umriss, den sie kannte, doch verändert, und die Veränderung ließ ihr das Blut in den Adern gefrieren. »Oh, schrecklich«, sagte Mutter Purpit, auf halbem Weg über den letzten Zauntritt.

Roisin O'Halloran stand auf dem Bahnsteig, die Reisetasche vor sich in den Händen. Offenbar wusste sie nicht, wie schnell ihr Zug kommen mochte. Sie starrte die Gleise hinunter. Ihr kariertes Kopftuch flatterte ungestüm im Wind, und ihre Hände mit dem Papierring waren um die Knöchel herum blau angelaufen.

Durch die Moore musste der Zug kommen, aber was, wenn es in Sheffield geschneit hatte? Was, wenn Woodhead blockiert war und sich ein Schneesturm zusammenzog? Vielleicht waren Schneepflüge im Einsatz, die Weichen eingefroren, Schafe lebend unter dem Schnee auf den Mooren begraben. Männer mit dicken Schals und Nagelstiefeln, Eiszapfen in den Bärten, mit Schaufeln unterwegs, um Menschen auszugraben. Sie sah sich schon im Warteraum kauern, auf der Bank, in die die Netherhoughtoner ihre Runen geritzt hatten, und hörte die Stimme des Bahnhofsvorstehers. »Heute keine Züge mehr.«

Sie hatte keine Uhr. Sie wusste nicht, wann der Zug kommen sollte. Ihre Fahrkarte hatte sie mit gesenktem Kopf und verstellter Stimme gekauft. Sie war wie ein Paket, dachte sie, adressiert, aber noch nicht aufgegeben. Sie hatte gespürt, wie ihr der Fahrkartenverkäufer mit den Blicken gefolgt war, und sich nicht getraut, ihn zu fragen, wann der Zug denn kommen würde. Sie hatte auf eine Art aushängenden Plan gehofft. Aber wenn es so etwas gegeben hätte, wären zweifellos die Netherhoughtoner gekommen und hätten ihn heruntergerissen.

In ihrer Scheu, ihrer Verwirrung, ihrer Eile hatte sie Vater Fludd nicht gefragt: Wann wird der Zug kommen und mich davontragen? Sie hatte ihn nur sagen hören: Ich komme nach. Wenn du ankommst, warte am Gepäckschalter. Vertraue dich niemandem an. Ihr kam der Gedanke, dass dieser Mann, dieser falsche Priester, dieser Hochstapler, mit dem sie bald den schrecklichen Akt vollführen würde, ein Geheimnis war, über das sie kaum nachzudenken wagte, ein Mann, den sie nicht kannte. Gott kenne ich auch nicht, dachte sie. Aber ich habe ihm immer getraut.

Roisin O'Halloran stellte ihre Tasche ab und rieb sich die Hände, damit das Blut wieder zu zirkulieren begann. Eine Frage kam ihr in den Sinn: *Vor Jahren wollte ich mit dem Zug in eine bestimmte Stadt fahren. Zufällig traf ich einen Mann, der eine Fahrkarte dorthin besaß, es sich aber anders überlegt und beschlossen hatte, nicht hinzufahren. Er schenkte mir die Fahrkarte, und ich benutzte sie. War das der Eisenbahn gegenüber ungerecht?*

Wie lautete die Antwort? Sie zog die Brauen zusammen und versuchte sich zu erinnern und ihre aufgebrachten Gedanken auf etwas anderes zu zwingen als ihre Situation jetzt. *Es ist nicht ungerecht. Die Eisenbahn besteht nicht auf einer persönlichen Identifizierung. Sie sind zufrieden, wenn jeder Reisende über eine für seine Reise erforderliche Fahrkarte verfügt.*

Der Bahnsteig war bei ihrer Ankunft durch einen gnädigen Dispens leer gewesen, doch jetzt sah sie aus dem Augenwinkel, dass ein Mann gekommen war. Er stand ein Stück entfernt hinter ihr. Sie krümmte die Schultern tiefer in ihre dunkelblaue Jacke und hob eine Hand, um das Kopftuch weiter nach vorn zu ziehen. Lass es einen Protestanten sein, betete sie, jemanden, der mich nicht kennt. Dann dachte sie: Was nützt es, für so etwas zu beten? Oder sonst irgendetwas?

Er muss, dachte sie, meinen sonderbar aussehenden Rücken mustern. Die Haare in ihrem Nacken stellten sich auf, fast als wäre es Fludd. Sie begann den Kopf zu drehen, langsam, aber unaufhaltsam, als folgte sie einer magnetischen Kraft.

Und ja, natürlich, er starrte sie an. Ihre Blicke trafen sich. Erschrocken, als hätte sie einen Toten auf den Gleisen entdeckt, wandte sie sich ab.

Da es sich um Mr McEvoy handelte, musste er sie erkannt haben, doch er sagte nichts. Der Wind zog an ihrer Jacke und schnitt ihr durch die Knochen, er fasste ihr unter den Rock und wirbelte um ihre Beine. Sie senkte den Blick und hielt ihn auf ihre Turnschuhe gerichtet, einen rechten, einen linken.

Dann endlich kam der Zug, ein Punkt in der Ferne, so schwach nur in der sich sammelnden Dunkelheit zu sehen, dass sie kaum sicher sein konnte, dass er es war. Sekundenlang schien er absurd regungslos, weder vor- noch zurückzufahren, doch dann, als er größer wurde, trat sie vor an den Rand des Bahnsteigs und hob das Gesicht ins orangefarbene Licht der Bahnhofslampen.

Erst als der Zug in den Bahnhof einfuhr, trat Mr McEvoy neben sie. Sie zitterte am ganzen Leib. »Schwester?«, sagte er mit leiser Stimme und bot ihr seinen Arm an. Ihre Fingerspitzen legten sich darauf, und sie überlegte, ob sie ihn zurückweisen sollte. Er öffnete ihr die Tür des Wagens. »Ängstigen Sie sich nicht«, sagte er. »Ich fahre nur bis Dinting, ein paar Haltestellen. Ich werde so tun, als würde ich Sie nicht kennen. Ich bin die Diskretion selbst.«

»Dann gehen Sie«, zischte sie. »Lassen Sie mich in Ruhe.«

»Ich möchte doch nur helfen«, sagte McEvoy. »Jemand muss Ihnen Ihre Tasche anreichen und dafür sorgen, dass Sie einen Platz in Fahrtrichtung bekommen. Und Sie wissen, wie man sagt, Schwester: Besser der Teufel, den man kennt.«

Mit einem Lächeln hob Mr McEvoy ihre Tasche ins Gepäcknetz. Eine Tür schlug zu. Ein Eisenbahner ließ einen wilden, unartikulierten Ruf hören. Flaggen wurden geschwenkt, und einen Moment später waren sie unterwegs, ratterten über die Weichen nach Manchester, ihrer Defloration und dem Royal and Northwestern Hotel entgegen.

Kapitel zehn

Das Royal and Northwestern Hotel war von einem Schüler Sir Gilbert Scotts in einem Zustand der Zerstreutheit entworfen worden, und als Roisin O'Halloran durch sein Portal trat, fühlte sie sich auf unbehagliche Weise zu Hause. Sie wandte sich an ihren Begleiter. »Wie eine Kirche«, flüsterte sie. Das Foyer war von einer marmornen Kühle, und hinter der mit seltsamen Schnitzereien verzierten Empfangstheke von den Proportionen eines Altars stand eine blasse Person mit den blutleeren Lippen und eingefallenen Wangen eines vatikanischen Intriganten. Der Mann schob ihnen ein dickes Buch hin, einer angeketteten Bibel gleich, und zeigte mit einer bleichen, platten Fingerspitze auf die Stelle, an der Fludd sie einzutragen hatte. Als er damit fertig war, betrachtete der Mann seinen Eintrag mit zusammengezogenen Brauen und zwang sich ein dünnes, frostiges Lächeln ab, wie der Märtyrer, dessen Henker einen Witz gemacht hat. »Wir haben ein hübsches, ruhiges Zimmer für Sie, Herr Doktor«, sagte er.

Herr Doktor, dachte Roisin. Du fährst also mit deinen alten Tricks fort. Fludd fing ihren Blick auf und lächelte schwach, dennoch heiterer als der Rezeptionist. Der zog eine kleidertruhenartige Schublade auf, fuhr mit der Hand durch die Schlüssel, wählte einen aus und überreichte ihn. Auf diese Weise, mit dieser Vorsicht, sucht Petrus einen Schlüssel für eine der unscheinbareren Türen des Himmels aus und gibt ihn dem Erwählten, der gerade noch so hereingeschrammt ist.

»Sehr freundlich sind die hier nicht«, flüsterte sie auf dem Weg zum Aufzug. Aber vielleicht, dachte sie, hat es nichts mit uns zu tun, und Hotelleute sind nun mal so. Sie dachte an Mrs Monaghan, von

Monaghan's Hotel, die zu maulen pflegte, wenn sie ihr Hinterzimmer für einen Geschäftsreisenden herrichten musste. Dymphna hatte in Monaghan's Hotel abgespült und sich hinterher, wie es hieß, in der Bar zur Verfügung stellen müssen.

Als sie daran dachte, fingen Roisin O'Hallorans Wangen an zu glühen. Dann kam ihr ein offensichtlicherer Gedanke. »Liegt es an mir?«, hauchte sie Fludd zu. »Weil ich so komisch aussehe?«

Das Eisengitter des Aufzugs schepperte hinter ihnen zu und schloss sie ein. Fludd griff nach ihrer kalten Hand. Mit einem Ruck setzte sich die Maschine in Bewegung, und eine unsichtbare Kraft zog sie nach oben, hinein ins Innere des Gebäudes. Als sie in der Dunkelheit zwischen zwei Etagen verschwanden, sah sie für einen Augenblick Perpetuas Gesicht hinter den Gitterstäben. Wutverzerrt und mit einem eifersüchtigen, zornigen Schnauben griff die körperlose Erscheinung mit Klauenhänden nach ihr und schob ihre Wurmfinger durch die Metallstäbe.

Es gab einen Kleiderschrank. Das war etwas Neues für sie. Zu Hause hatten sie nur Kommoden gehabt und einen alten, modrigen Schrank in der Wand. In einem Kloster, nun, da braucht man so etwas nicht.

»Willst du deine Tasche auspacken?«, sagte Fludd. »Und deine Sachen aufhängen?«

»Mein Kostüm könnte ich aufhängen«, sagte sie, »wenn ich es auszöge.« Sie sah sich um, und unverhüllte Freude erfüllte ihren Blick. »Und mein Kleid. Ich habe ein Hauskleid mitgebracht. Es gehörte Schwester Polykarp und hat einen Seemannskragen. So etwas hast du noch nie gesehen.«

Fludd wandte sich ab. Sie war eine schmerzende, scharfe, ernste Versuchung. Jetzt, da er sie hier in einem warmen Zimmer sah, zwischen Möbeln, strahlte sie Sanftheit und Hoffnung aus. Sie war nie Teil seiner Pläne gewesen. Manche sprachen von der *Soror mystica*, der mystischen Schwester und Gefährtin des Mannes bei der Arbeit –

ihm waren die Frauen immer wie Egel vorgekommen, die einem das Wissen aussaugten. Aber er dachte: Andere Zeiten, andere Sitten.

Andere Zeiten, andere Sitten. Philomena zog die Jacke aus, faltete sie zusammen und legte sie aufs Bett. Der Raum hatte etwas Höhlenartiges, Stickiges. Eine große, unter dem Boden versteckte Maschine dünstete Hitze aus. Das Bett war mit steifer weißer Wäsche bezogen, das Plumeau schwer und lila, seidig glänzend, die Art Decke, wie sie auch ein päpstlicher Gesandter bekommen mochte. An der Wand blühten Kohlrosen, blau, das Weiß zwischen ihnen gelbbraun gesprenkelt vom Tabakrauch früherer Gäste. In der Ecke, hinter einem Wandschirm, hing ein Waschbecken mit einem kalten grünen Seifenstück und einem weißen Handtuch, in das die Initialen des Hotels geschwungen scharlachrot eingestickt waren.

»Muss ich auch die anderen Sachen ausziehen?«, fragte die junge Frau.

Als Roisin O'Halloran endlich unter der Decke lag, ihr nackter Körper ganz steif in der eisigen Umarmung des Bettzeugs, dachte sie an ihre Unbeholfenheit und wie alles hätte danebengehen können. Am Bahnhof, als die Fahrgäste aus Fetherhoughton aus dem Zug gestiegen waren, hatte sie Fludd in seinem Tweedanzug nicht erkannt, weil sie nach seinem kirchlichen Schwarz Ausschau gehalten hatte. Sie hatte ihm das nicht gesagt, und auch nicht, wie sie in Panik geraten war, bevor er zu ihr gelaufen kam, sie auf die Wange küsste und ihre Tasche nahm. Der Irrtum schien ihrer Dummheit eine weitere Dimension hinzuzufügen: Gab es je eine Frau in der Menschheitsgeschichte, die mit einem Mann davonlief, den sie nicht erkannte?

Fludd entkleidete sich züchtig, wobei er ihr den Rücken zugewandt hielt. Sie sah, wie er ein Taschentuch hervorzog und wie ein weißes Nest auf die Kommode legte, in das er sein Kleingeld gab. Sie dachte: Ich sehe, was andere Frauen jeden Tag sehen. Dann bedeutete er ihr mit einer Geste (sein Oberkörper war durchsichtig weiß, wie das Gewand eines Heiligen), sie solle die Decke für ihn zurückschlagen und das Licht ausmachen. Jetzt war er nur noch ein dämmriger Umriss und legte den Rest seiner Kleider ab, die neben ihren zu Boden fielen. Geräuschlos bewegte er sich über den Teppich zum Bett.

Als sie die Arme ausstreckte und um seinen Körper legte, hatte sie das Gefühl, Luft zu umfangen. Die Augen weit geöffnet, die Lippen aus Angst vor Schmerz zusammengepresst, fiel sie zurück in die Kissen und reckte den Hals. Sie drehte den Kopf, blickte zur Wand, zum Vorhang, ihren Schatten, wie sie sich auf der Wand bewegten. »Jeder Besitz ist ein Verlust«, sagte Fludd. »Aber in gleicher Weise ist jeder Verlust auch ein Besitz.«

Später, als sie schlief, den geschorenen Kopf tief im Federkissen vergraben, schlüpfte Fludd aus dem Bett, betrachtete sie und lauschte den nächtlichen Geräuschen der Stadt. Er hörte das schwermütige Rangieren, das Pfeifen der Züge, die Schritte der Nachtportiers auf den Treppen, das Singen eines Betrunkenen auf dem St. Peter's Square. Er hörte das zerrissene Atmen aus hundert Räumen, das Morsegeschwätz von Schiffen auf See, das Ächzen und Knarzen der Erdachse, während die Engel die Welt im Kreis drehten. Er wusch sich das Gesicht mit Wasser und trocknete es mit dem weißen Handtuch, kroch zurück ins Bett neben sie und schlief mit geschlossenen Augen ein, überwältigt von der Kraft seiner Träume.

Am nächsten Tag wollte Roisin O'Halloran nicht aus dem Hotel. Sie schämte sich ihrer Kleider und auch ihrer Haare ohne das karierte Kopftuch. Fludd sagte, er gehe mit ihr in ein Kaufhaus und sie könne sich etwas Modisches aussuchen, doch sie meinte, keiner Verkäuferin gegenübertreten zu können. Sie würden sie um ihr Geld betrügen und sie wie einen Clown aussehen lassen.

Jahrelang hatte sie nicht über ihren Körper nachgedacht. In ihre Kutte gehüllt, schien er sein eigenes geheimes Leben entwickelt zu haben. Einen Fuß vor den anderen hatte sie gesetzt, so war sie gegangen. War geschlingert, gewatschelt, die Kutte hatte ihren Gang versteckt. Sie hatte sich, so gut es ging, vorwärtsbewegt, jetzt musste sie lernen zu gehen. Am Abend zuvor hatte sie gesehen, wie Frauen über die Hotelflure gelaufen waren, geschritten waren sie, auf vogelgleichen Beinen. Voller kontrollierter Spannung, mit lächelnden Augen unter gefärbten Brauen. Im hallenden Kathedralenschiff des Foyers hatten sie sich die Handschuhe mit winzigen zupfenden Bewegungen von den Fingern gezogen, hatten ihre Handtaschen geöffnet, in ihnen herumgesucht und kleine Taschentücher und Puderdosen herausgeholt.

»Das alles sollte ich auch haben«, sagte sie ungläubig. »Lippenstifte.«

»Und Düfte«, sagte Fludd.

»Gesichtspuder.«

»Pelze«, sagte Fludd.

Er versuchte sie dazu zu überreden, das Zimmer zu verlassen, das Bett, aber sie setzte sich nur auf und lehnte sich gegen die Kissen. Die Bettwäsche, die am Abend noch vor Stärke geknistert hatte, fühlte sich schlapp und klamm an. Sie zog sich das Federbett bis ans Kinn und konnte ihm nicht erklären, dass sie bereits das Gefühl hatte, neue Kleider zu tragen, und mit dem Verlust ihrer Jungfräulichkeit in eine andere Haut geschlüpft war. Die Leute nannten es »Verlust«, überlegte sie, aber sie wissen nicht, was Unschuld ist. Unschuld ist eine blutende Wunde ohne Verband, eine Wunde, die sich auf jedes beiläufige Klopfen eines zufällig Vorbeikommenden frisch öffnet. Erfahrung ist eine Rüstung – sie fühlte sich neu gekleidet.

Sie war um fünf aufgewacht, wie im Kloster, mit einem fürchterlichen Hunger, den sie unterdrücken und besänftigen musste, während sie im Dunkeln neben Fludds schlafender Gestalt lag. Sie konnte nicht sehen, dass er atmete, und beugte sich von Zeit zu Zeit über ihn, um sich zu versichern, dass er nicht tot war.

Um sieben wachte er auf und bestellte Frühstück aufs Zimmer. Sie zog die Decke über den Kopf und versteckte sich, als es an der

Tür klopfte. Minuten später kauerte sie immer noch so da für den Fall, dass der Kellner etwas vergessen hatte und vielleicht noch einmal zurückkam. Fludd hantierte mit der versilberten Teekanne. Sie hörte das leise Klirren des Porzellans, als er eine Tasse auf eine Untertasse stellte. »Setz dich auf«, sagte er. »Hier ist ein Ei für dich.«

Sie hielt es auf den Knien, auf einem Tablett. Sie hatte noch nie im Bett gefrühstückt, aber in Büchern davon gelesen. Es schien ein gefährliches Unterfangen mit dem Tablett so zwischen Rippen und Bauchnabel, nicht zu stark atmend, die Beine ganz ruhig. Mit einer kleinen Zange nahm Fludd Zuckerwürfel und ließ sie in ihren Tee fallen, und er rührte ihn auch für sie um. Jedes Teegedeck hatte seinen eigenen Löffel.

»Probier ihn«, drängte Fludd sie, während sie halb dasaß und halb zweifelnd betrachtete, was da vor sie hingestellt wurde. »Lass mich dir einen Toast mit Butter bestreichen, und du kannst auch Marmelade haben. Iss dein Ei, das gibt dir Kraft.«

Sie nahm ihr Besteck und zögerte. »Was ist die bessere Seite, um das Ei aufzuschlagen?«

»Das tut jeder so, wie er mag.«

»Aber was denkst du?«, drängte sie ihn.

»Es ist nicht wichtig. Tu es so, wie du es magst. Es gibt da keine Regel, verstehst du.«

»Im Kloster gab es keine Eier. Nur Haferbrei.«

»Du musst zu Hause Eier gegessen haben. In Irland. Ich dachte, du kämst von einem Bauernhof.«

»Wir hatten Eier, ja, aber nicht zum Essen. Zum Verkaufen. Nun«, fügte sie nach einigem Überlegen hinzu, »manchmal gab es schon welche, aber nicht so oft, dass ich mir eine eigene Herangehensweise angewöhnt hätte.«

Fludds Ei war bereits leer, vertilgt. Sie hatte nicht gesehen, wie er es geöffnet, und schon gar nicht, wie er es gegessen hatte. Trotzdem hätte sie schwören können, seit sicher fünf Minuten nicht den Blick von seinem Gesicht gewendet zu haben.

Später brauchten sie mehr Essen. Als sie ihre Tasche auspackte, stellte sie fest, dass ihr Schwester Anthony einige kleine, harte Brötchen in die Falten von Schwester Polykarps Seemannskleid gesteckt hatte. Sie dachte, die müssten ihnen reichen, aber Fludd hatte andere Vorstellungen.

Er rief wieder unten an. Eine große ovale Platte kam, mit einem Zierdeckchen darauf und sehr kleinen Sandwiches, von denen die Kruste abgeschnitten worden war. Auf einem weiteren Teller lag süßes Gebäck mit Zuckerguss, weiß und rosa, verziert mit Engelwurzblättern und winzigen kandierten Blumen.

Der Tag verging. Sie war müde, so müde. Fludd räumte die Tabletts zur Seite, und sie lehnte sich in die Kissen. All die Müdigkeit ihrer Klosterjahre, all die Müdigkeit ihrer Kinderzeit, zu der sie auch immer schon früh hatte aufstehen müssen, alles schien sie gleichzeitig heimzusuchen, wie ein Trupp unerwarteter Verwandter. »Ich könnte Schlaf trinken«, sagte sie, »könnte ihn essen und mich in meinen Träumen in ihm suhlen wie ein Schwein im Matsch.« War sie wach, redeten sie, planlos, flüchtig. Sie erzählte ihm von ihrer Kindheit, er ihr jedoch nicht von seiner. Später bestellte er Wein aufs Zimmer. Geld schien für Fludd kein Problem zu sein.

Und der Wein, süßlich, strohfarben, der erste Wein ihres Lebens, stieg ihr zu Kopf. Einen Moment lang schloss sie die Augen und erlaubte sich, an den nächsten Tag zu denken. Fludd sagte, das mit ihrem Haar würden sie schon regeln: Wenn sie wolle, gehe er zu Paulden's in der Market Street und kaufe ihr ein Seidentuch, das sie ihr kunstvoll um den Kopf binden konnten. Oder, wenn ihr das lieber sei, eine hübsche Toque. Sie wusste nicht, was eine Toque war, sagte es aber nicht.

Als sie die Augen wieder öffnete, stand Fludd am Fenster und sah hinaus auf die Straße. Die Leute gingen von der Arbeit nach Hause, sagte er, eilten zur Exchange und zur Victoria Station. Es regne, sagte er, und die Leute drängten sich mit ihren hüpfenden Schirmen auf den Bürgersteigen, wie Reihen dahinmarschierender Käfer.

Fludd sah zu ihnen hinaus und stützte sich mit ausgestrecktem Arm an der Wand ab. Der Kopf sank ihm auf den Arm, und er strich mit Wange und Stirn darüber, wie eine Katze, die sich an einem Sofa rieb. »Ich fühle mich eingesperrt in diesem Zimmer«, sagte er. »Morgen müssen wir nach draußen.«

Aber es ist doch nur ein Tag, wollte sie protestieren. Vor siebenundzwanzig Stunden hatte sie noch im Aufenthaltsraum des Klosters gestanden und sich unter Anleitung von Schwester Anthony umgezogen. Vor vierundzwanzig Stunden, vielleicht war es auch noch nicht ganz so lange her, waren sie in dieses Zimmer gekommen. Anderswo ging das Leben wie gewohnt weiter, Glocken läuteten, das Kloster folgte seinem Rhythmus. Was mochte Purpit gesagt haben, als sie von ihrer Runde in der Gemeinde zurückgekommen war und festgestellt hatte, dass sie nicht mehr da war? Hatte sie es gleich gemerkt oder erst in der Kapelle? Beim Abendessen? Hatten die anderen versucht, sie zu entschuldigen, um ihr Verschwinden möglichst lange zu verbergen? Hatten sie für sie gelogen? Hatten sie ihre unsterblichen Seelen Gefahren ausgesetzt?

Wieder und wieder drehte sie Miss Dempseys Papierring um ihren Finger. Er war wirklich gut gemacht. Wenn sie es sich versuchte vorzustellen, begann Purpits Gesicht bereits zu verschwimmen: Als würde sie von der Zeit und ihren Erfahrungen verzehrt, wie eine Wachspuppe verbrannt.

Fludd wurde es leid, zu den Büroarbeitern hinauszusehen, und kam zurück zu ihr ins Bett.

Mit ihrem leichten Lächeln auf den Lippen trug Miss Dempsey das Tablett mit dem Tee herein. Das Wetter in Fetherhoughton war natürlich schlechter als in der Stadt. Der Bischof saß direkt vorm Feuer, wirkte verfroren und eingefallen, ein Schatten seiner selbst.

In der Kirche war er noch nicht gewesen. Er war nicht fromm, es sei denn, er wurde provoziert. Ginge er hinein, käme er sicher zu dem Schluss, dass seine Anordnung nicht befolgt worden sei. Die

Statuen auf ihren Sockeln waren so gut wie neu, jede mit ihrem eigenen Kerzengestell. Die Marienkinder hatten sie gewaschen, geputzt und poliert und alle kleineren Beschädigungen mit ihren Pinseln behoben.

Vater Angwin spielte mit seinem Bourbon-Keks. Was wirst du sagen, Aidan Raphael Croucher, wenn dir klar wird, dass man dein *Fiat* ignoriert hat? Wenn du weise bist und nicht willst, dass deine früheren Ansichten in die Diözese hinausposaunt werden, wirst du mir freundlich zulächeln und nichts sagen. Und behandelst mich in Zukunft respektvoller.

»Durchgebrannt«, sagte der Bischof mit tonloser Stimme. »Oje, oje. Moderne Sitten.«

»Durchgebrannt, vielleicht. Oder man hat ihr etwas angetan.«

»Oh, mein lieber Gott«, sagte der Bischof. »Was sagen Sie da?« Er sah, dass die Sache Folgen haben würde.

»Ich erwarte die Polizei morgen mit dem ersten Licht, damit sie das Gelände durchsuchen. Ein Inspektor war hier. Er ist hinter der Garage herumgewandert und hat gesehen, dass da gegraben wurde.«

»Ist so etwas möglich?« Die Hand des Bischofs zitterte, sein Tee schwappte auf die Untertasse. »Wer würde einer Nonne etwas antun wollen?«

»Der Verdacht würde auf die Leute von Netherhoughton fallen«, sagte Vater Angwin. »Dass sie eine Jungfrau für ihre Riten gesucht haben.«

Er dachte an das Gemeindemitglied, das ihm nach der Frühmesse mit zitternder Hand eine braune Papiertüte mit einem Teil von Fludds Ornat übergeben hatte, seiner Stola, die an einen Zaunpfahl zwischen den Schrebergärten gebunden gewesen war. Das Gerücht vom Verschwinden des Vikars hatte längst die Runde gemacht, und als der Tag über den alten Hühnerställen heraufzog und die Seidenschlange im ersten Licht von der Back Lane aus sichtbar wurde, meinten einige Fetherhoughtoner, dass sie dort als Notsignal drangebunden worden sei. Andere, die gern schneller gegen ihre Nachbarn urteilten, glaubten, ein kannibalistisches Überfallkommando Betrunkener aus dem Olds Oak oder dem Ram habe den jungen Mann in den frühen Morgenstunden aus dem ungeschützten Pfarrhaus geholt und seine Stola als Banner des Triumphes dort festgemacht.

Vater Angwin dagegen war absolut zuversichtlich, dass Fludd nichts Schlimmes zugestoßen war, konnte es jedoch nicht frei heraus sagen, denn dann wäre er gezwungen gewesen, für ihn geradezustehen und ihn herbeizuschaffen. Er hatte versucht, die Ängste der Gemeinde zu beschwichtigen, indem er ihre rationalen Erklärungsversuche unterstützte und die Schuld für welches Vergehen auch immer einem gewissen Fremden zuschrieb, der unbemerkt geblieben war, bis er, wie die Eisenbahner sagten, gestern Abend um sechs am Bahnhof aufgetaucht sei und eine einfache Fahrkarte in die Stadt gekauft habe. Sie erinnerten sich an den Tweedanzug des Mannes, aber nicht an sein Gesicht und vermochten nicht mal die vagste Beschreibung von ihm zu liefern.

Gott sei Dank war der Bischof noch nicht auf Fludd gekommen. Ihn beschäftigten die Sorgen des Klosters. »Gebe Gott, dass sie heil und unversehrt gefunden wird«, sagte er. »Sie kann zurückgebracht werden, wenn sie wieder auftaucht. Wir könnten eine Geschichte über einen Gedächtnisverlust verbreiten und so einen Skandal vermeiden.«

»Die Protestanten werden es auszuschlachten wissen«, sagte Vater Angwin.

»Sie sitzen da, Vater, und wirken so ruhig«, platzte es jetzt aus dem Bischof heraus, und er stellte Tasse und Untertasse so heftig auf den Tisch, dass etwas Tee über Agnes' Chenille-Decke spritzte. »Sie wirken so ruhig, obwohl Sie mir erzählt haben, dass eine Ordensschwester aus dem Kloster davongelaufen und Mutter Perpetua bei einem ihrer Besuche in der Gemeinde in Flammen aufgegangen ist. Was hat sie gesagt, sie muss doch etwas gesagt haben, bevor man sie weggebracht hat? Eine Nonne, und dazu noch die Oberin eines Klosters, geht doch nicht einfach so in Flammen auf!«

Vater Angwin zupfte einen Krümel von seinem Knie, akribisch, und antwortete nicht gleich. Er dachte daran, wie ihm eine nachdenkliche Schwester Anthony die Nachricht überbracht hatte: »Mutter Purpit ist verbrannt, mit Warze und allem!« Der Bischof rieb sich aufgeregt die Fäuste, die rechte in der linken Hand, dann die linke in der rechten.

»Sie war nicht in der Verfassung für längere Gespräche«, sagte Vater Angwin. »Die Männer mit der Bahre meinten, sie habe etwas von einer kleinen blauen Flamme gemurmelt, die übers Gras auf sie zugekrochen sei ... Sie haben überhaupt nicht verstanden, was sie meinte.«

»Sie muss im Krankenhaus befragt werden.«

»Sie sagen, sie sei nicht vernehmungsfähig. Agnes hat heute Morgen angerufen, und es hieß, sie habe eine ruhige Nacht verbracht. Das sage das Krankenhaus, hat Agnes mir erklärt, wenn jemand fast tot sei. Ich habe dann selbst mit der Stationsschwester gesprochen, und sie meinte, sie sei nicht allzu sehr entstellt, habe aber einen Schock davongetragen. Sie konnten nicht sagen, wann sie in der Lage sein wird, zu erklären, was geschehen ist. Ich glaube, Aidan, Sie unterschätzen die Schwere ihrer Verletzung. Wie Sie wissen, konnte sie nur durch die Hilfe eines vorbeikommenden Tabakhändlers gelöscht werden.«

»Der Mann muss befragt werden. Er ist Katholik, sagen Sie?«

»Ein prominentes Gemeindemitglied. Sehr aktiv in der Männer-Kameradschaft.«

»Oje, oje«, sagte der Bischof wieder. »Was für eine Gnade, dass er vorbeikam. Das ist eine schlimme Sache, Angwin, eine sehr schlimme Sache. Das sieht äußerst böse aus und fällt alles auf mich zurück.«

»Denken Sie, es war eine Teufelserscheinung?«

»Unsinn«, sagte der Bischof mit aufflammender Erregung.

Angwin sah ihn warnend an. »Nonnen haben da ihre Schwierigkeiten«, sagte er. »Die heilige Katharina von Siena wurde mehrfach von Dämonen ins Feuer geworfen. Sie zerrten sie von ihrem Pferd und tauchten sie mit dem Kopf voran in einen eisigen Fluss. Und Schwester Marie-Angélique von Evreux wurde zwei Jahre lang vom Teufel in Gestalt eines grünen, schuppigen Hundes verfolgt.« Er machte eine Pause und genoss die Wirkung, die er erzielte. »Eine Mutter Agnes, eine Dominikanerin, wurde vom Teufel in Gestalt eines Wolfsrudels angegriffen. Die heilige Marguerite-Marie wurde, als sie vorm Ofen saß, von ihrem Stuhl gestoßen, und drei Nonnen bestätigten schriftlich, dass sie gesehen hätten, wie die heilige Person von übernatürlichen Kräften wiederholt auf ihre Hinterseite geworfen worden sei.«

»Es muss eine andere Erklärung geben«, sagte der Bischof mit schwacher Stimme.

»Sie meinen, eine modernere Erklärung? Ein relevantere? Eine Art ökumenischen Grund, warum es geschehen ist?«

»Quälen Sie mich nicht, Angwin«, jammerte der Bischof. »Ich bin ein schwer geprüfter Mann. Ich habe das Gefühl, es muss eine chemische Reaktion gegeben haben, die das Feuer hervorgerufen hat.«

»Der Teufel ist ein großer Chemiker«, sagte Angwin.

»Natürlich gibt es Fälle von Leuten, die in Flammen aufgehen, aber ich habe das noch nie von einer Nonne gehört. In einem Dickens-Roman gibt es so einen Fall, nicht wahr? Und dieser Bursche hat eine Studie darüber verfasst, wie heißt er noch, der mit der Mütze und der Geige?«

»Ich nehme an, Sie meinen Mr Arthur Conan Doyle«, sagte Vater Angwin. »Ich wusste gar nicht, dass Sie solche Krawallautoren lesen. Noch Tee?«

»Sie nennen es eine ›Selbstentzündung‹«, sagte der Bischof mit irrem Blick.

»Eine Entzündung war es gewiss«, stimmte ihm Vater Angwin zu, wobei er persönlich bezweifelte, dass das Feuer von selbst entflammt war. Er hatte es gleich bezweifelt, als er gehört hatte, dass McEvoy vor Ort gewesen war. Der Weise, dachte er, kann zwischen einem Feuerwehrmann und einem Brandstifter unterscheiden.

In seinem Zimmer im Royal and Northwestern, während Frauen in Cocktailkleidern nach unten trippelten, um in der grabesähnlichen Bar Gin zu trinken, drehte sich Fludd im Bett herum. Roisin O'Halloran erwachte aus ihrem Schlummer, streckte die Hand aus, fuhr ihm mit den Fingerspitzen über die Brust und schaltete die Nachttischlampe ein. Es war acht Uhr. Sie hatten den Vorhang nicht zugezogen, das Licht einer Straßenlaterne fiel herein und verlieh dem Zimmer eine dürre, sublunare Blässe. Der Seidenschirm der kleinen Lampe warf ein mächtiges Wellenmuster auf die Wand neben dem Schrank.

Roisin spürte eine beginnende Steifheit in den Muskeln innen an ihren Schenkeln. Fludd sagte, es seien Muskeln, die sie nie benutzt habe. Er sagte, sie solle den Flur hinuntergehen und ein heißes Bad nehmen, mit duftendem Badeöl, und den Dampf, die Wärme und die makellos weißen Kacheln genießen.

Jetzt rollte er sich auf den Rücken. Seine Augen waren geöffnet und starrten ins Dunkel. »Es muss Zeit zum Essen sein«, sagte er. »Wir könnten nach unten gehen.«

»Ja«, sagte sie. Plötzlich, vielleicht war es im Schlaf geschehen, waren ihr ihre Kleider und ihr Haar, die Unzulänglichkeiten ihres neuen Lebens nicht mehr so wichtig. Sie setzte sich auf, und da ihr das alles nicht mehr wichtig war, ließ sie die Decke herunterrutschen. Ihr Hals und die zarte Haut ihrer Brust waren fleckig und rot, und sie fuhr sich mit der Hand über die Brüste, die zu schmerzen begonnen hatten. Wie schwer sie waren. Sie hielt sie einen Moment lang. »Ich brauche einen Büstenhalter«, sagte sie. »Morgen.«

»Heute Abend wirst du noch ohne auskommen müssen«, sagte Fludd. »Ich denke, wenn ich ein leidenschaftlicherer Mann wäre, würde ich vorschlagen, für den Rest der Nacht im Bett zu bleiben, aber es heißt, dass sie hier im Hotel Französisch kochen, und ich würde gern etwas essen. Du kommst doch mit?«

»Ja.« Sie schaltete auch die andere Nachttischlampe an und zog die Knie bis an die Brust. »Bevor wir aufstehen«, sagte sie, »lies mir noch einmal aus der Hand. Du hast einen Stern gesehen, nicht wahr? Siehst du ihn dir noch einmal an?«

»Es ist zu düster hier drin«, sagte Fludd.

»Später dann?«

»Vielleicht. Unten.«

Der Bischof schien wie gelähmt. Stumm saß er da und sah ins Feuer, als versuchte er dessen Natur zu ergründen. Vater Angwin wusste nicht, ob er Agnes bitten sollte, für sie beide etwas zu kochen. Er fragte sich, was sie gekauft haben mochte, als sie in der Upstreet gewesen war, oder ob sie überhaupt noch daran gedacht hatte angesichts der wilden Gerüchte und Spekulationen, denen sie dort begegnet war.

»Wir könnten etwas Kleines essen«, schlug er dem Bischof vor. »Ich könnte meine Haushälterin bitten. Was immer sie hat, es sollte für uns beide mehr als reichen. Vater Fludd kann nicht dabei sein. Er isst heute außer Haus, fürchte ich.«

Er hatte sich Entschuldigungen überlegt, um das Verschwinden seines Vikars zu vertuschen: Fludd ist von einem Mitglied der Männer-Kameradschaft eingeladen worden, dessen Schwester vom Land zu Besuch ist und eine Kaninchenpastete mitgebracht hat. Besser noch: Vater Fludd ist bei einem Beerdigungstee. Er tröstet die Trauernden und bekommt kalten Kochschinken.

Der Bischof hob den Blick. »Fludd?«, sagte er. »Wer ist Fludd? Ich weiß nichts von einem Fludd.«

Vater Angwin hörte, was der Bischof sagte. Er antwortete nicht. Es dauerte einen Moment, bis ihm die Bedeutung des Gesagten bewusst wurde. Ganz still saß er da. Er war nicht überrascht, wenn er genauer darüber nachdachte. Er war ganz und gar nicht überrascht.

Was hatte der Engel gesagt, als er sich Tobias erklärt hatte? »Während all dieser Tage bin ich euch sichtbar gewesen, aber ich aß und trank nicht, ihr saht nur eine Erscheinung.«

Der Kellner legte eine Damastserviette auf ihren Schoß, groß wie ein kleines Tischtuch. Sie trug das Musselinkleid mit dem Seemannskragen. Fludd hatte ihr hineingeholfen und gesagt, wie hübsch sie darin aussehe. Altmodisch, wie es war, strich ihr der leichte Sommerrock unter dem Tisch um die Fesseln. Und das Mieder war schicklich, dachte sie. Nicht, dass es ihr wichtig gewesen wäre.

Ein zweiter Kellner zündete die Kerze auf ihrem Tisch an, andere bewegten sich durch die Schatten, schoben Teewagen und zogen den Gästen die Stühle unter dem Tisch hervor. Sie trugen steife weiße, über den hohlen Brustkörben zugeknöpfte Jacken, ihre Gesichter trugen die uralten, scharfen Züge jugendlicher Straftäter.

»In meinem früheren Leben«, sagte Fludd, »hatte ich nie viel mit Frauen zu tun. Jetzt begreife ich, was mir gefehlt hat.«

»Wie meinst du das, in deinem früheren Leben? Meinst du, als du dich als Arzt ausgegeben hast?«

Fludd sah auf, ein Stück Obst auf der Gabel, das »Melone« genannt wurde.

»Wer hat dir das gesagt?«

»Du. Wenn auch nicht ausdrücklich.«

»Du verstehst keine Analogie, oder?«

»Nein.« Sie sah auf ihren Teller und schämte sich. Mit der Melone wusste sie wenig anzufangen. Sie schmeckte wie ein nasser Finger, wie in Wasser aufgelöstes Fleisch. »Ich mag es, wenn alles das ist, was es ist, nehme ich an. Deshalb habe ich auch meine Stigmata gehasst. Ich habe sie nicht verstanden. Niemand hatte mich gekreuzigt. Ich habe nicht verstanden, warum ich sie haben sollte.«

»Sprich nicht mehr davon«, sagte Fludd. »Das ist vergangen und vorbei. Du fängst noch einmal neu an.«

Der Kellner kam und nahm ihre Teller mit. »Meine Hand«, sagte die junge Frau. »Du denkst nicht mehr dran. Du hast gesagt, du liest mir aus der Hand, wenn ich mit nach unten komme.«

Sie hielt sie unter die Kerze. »Einmal ist genug«, sagte Fludd.

»Nein, tu es noch einmal. Ich habe das erste Mal nicht richtig zugehört. Ich will mein Schicksal erfahren.«

»Das kann ich dir nicht voraussagen.«

»Ich dachte, es stehe in meinen Handlinien. Ich dachte, du glaubtest daran.«

»Muster können sich ändern«, sagte Fludd. »Eine Seele ist immer im Fluss. Dein Schicksal ist veränderbar. Dein Wille ist frei.« Er griff über den Tisch und klopfte einmal nachdrücklich auf ihre offene Handfläche. »Roisin O'Halloran, hör mir zu. Es stimmt, in gewisser Weise kann ich die Zukunft voraussagen. Aber nicht so, wie du denkst. Ich kann dir eine Karte zeichnen. Ich kann dir ein paar Wendepunkte zeigen. Aber ich kann die Reise nicht für dich machen.«

Sie senkte den Kopf.

»Hast du Angst?«, sagte Fludd.

»Ja.«

»Gut. So sollte es sein. Nichts wird ohne richtige Angst erreicht.« Ihr Mund zitterte. »Du verstehst mich nicht«, sagte er müde.

»Dann hilf mir.« Ihre Augen bettelten ihn an. Tieraugen. »Ich weiß nicht, wer du bist. Ich weiß nicht, woher du kommst. Ich weiß nicht, wohin du mich bringen könntest.«

An anderen Tischen standen gesättigte Gäste auf und ließen ihre Servietten auf die roten Plüschstühle fallen. Geschäftsleute waren handelseinig geworden und stießen miteinander an. Kristall traf auf Kristall, Wein floss, dunkel wie das Blut unseres Erlösers. Fludd öffnete den Mund, um etwas zu sagen, fing an und brach ab. Mitleid drückte schmerzend in seiner Kehle. »Gern würde ich dir mehr erzählen«, sagte er. »Aber aus Gründen, die allein mich betreffen, kann ich es nicht.«

»Was sind das für Gründe?«

»Berufliche, könnte man sagen.«

Weil es für die Verwandlungsarbeit Bedingungen gibt, von denen der Erfolg abhängig ist. Die Kunst verlangt den ganzen Mann, und neben den Destillierkolben und Retorten, den Brennöfen und der Kohle braucht es Wissen und Glauben, sanfte Worte und gute Taten. Und wenn all das zusammenkommt, braucht es noch etwas, den Garanten für alles: Es muss Schweigen herrschen.

Fludd sah sich um, winkte einem Kellner zu und signalisierte ihm, dass sie für ihren nächsten Gang bereit waren. Der Kellner brachte frische Teller und einen kleinen Spiritusbrenner, den er ebenfalls auf den Tisch stellte. Er wedelte großtuerisch mit seiner weißen Serviette und legte sie sich über den Arm, wobei er sich aus dem Augenwinkel umzusehen schien, ob seine Kollegen ihm auch zusahen.

Dann kam das Fleisch, in einer Soße, und Roisin O'Halloran sah zu, wie der Kellner sie über dem Brenner anwärmte und etwas über das Fleisch goss. Einen Moment später setzte er das Ganze in Brand, und ihre Wangen glühten aus Scham für ihn. Das war Schwester Anthony nie passiert. Am Herd schon, ja, oft, aber nicht am Tisch.

Fludd schien es nichts auszumachen. Er sah sie durch die Flammen stetig an. Sie dachte, dass das Fleisch noch essbar sein müsse, und wollte es versuchen: ihm zuliebe.

In dem Moment, als die blaue Flamme zwischen ihnen hochschlug, das gestärkte weiße Tischtuch und sein dunkles Gesicht erleuchtete, drangen ihr Tränen in die Augen. Das ist alles ganz schön, dachte sie, solange es andauert, aber es wird nicht andauern, denn selbst die Hölle findet ein Ende, und sogar der Himmel. »Champagner«, sagte Fludd zum Kellner. »Kommen Sie schon, Mann, Beeilung, habe ich keinen Champagner bestellt?«

Als sie am nächsten Morgen aufwachte und das Bett leer war, weinte sie ein wenig, verängstigt und kopflos wie ein verschlafenes Kind in einem fremden Zimmer. Es wunderte sie nicht, dass sie so tief geschlafen und ihn nicht gehen gehört hatte. Es war ein trotziger, wütender Schlaf gewesen, von der Art, wie ihn womöglich Schwerverbrecher schliefen, in der Nacht, bevor sie gehängt wurden.

Steif stieg sie aus dem Bett, nackt, und tastete auf der Kommode herum. Sonnenlicht kroch um die Ränder der schweren Vorhänge. Sie sah sich um, und ihr Blick fiel auf ein Stück Papier. Wie es schien, hatte er ihr einen Brief dagelassen.

Das Plumeau war auf den Boden gerutscht. Roisin O'Halloran zog eine Decke vom Bett und legte sie sich um die Schultern. Sie wollte den Vorhang nicht aufziehen, sondern schaltete das Licht ein.

Dann griff sie nach dem Papier und faltete es auf. Seine Schrift war seltsam, schwarz und eng, altmodisch, wie auf einem Geheimpapier. Der Brief war kurz.

Das Gold gehört dir. Es liegt in der Schublade.

Nicht ein Wort. Nicht ein Wort von Liebe. Vielleicht, dachte sie, liebt er nicht auf normale Weise. Schließlich liebt auch Gott uns und zeigt es mit Krebs, Cholera und siamesischen Zwillingen. Nicht alle Formen der Liebe sind verständlich und einige zerstören, was sie berühren.

Sie setzte sich mit dem Stück Papier aufs Bett und hielt es in Händen, als wäre es so etwas wie eine behördliche Mitteilung. Sie drehte ihren nackten Fuß auf dem Teppich, nach rechts und links, links und rechts. Ihm musste der Stift verrutscht sein, dachte sie, als er »Gold« geschrieben hatte.

Sie stand auf, legte die Notiz aufs Kopfkissen und zog die obere Schublade der hohen Kommode auf, in der er seine Sachen gehabt hatte. Jetzt war sie fast leer.

Aber das Eisenbahnertuch lag noch darin, das er auf dem Weg zum Bahnhof vom Zaunpfahl losgemacht hatte. »Ich habe ihnen dafür etwas von mir dagelassen«, hatte er gesagt. »Ich wollte nicht fortgehen, ohne der Gemeinde etwas von mir zu hinterlassen.«

Sie nahm das Tuch, schüttelte es aus und hob es an ihr Gesicht. Es roch nach Torf und Kohlenfeuer, nach Nebel und Hühnerstall, nach dem gesamten vergangenen Jahr. Sie faltete es zusammen und legte es oben auf die polierte Platte der Kommode.

Abgesehen von dem Tuch war nur ein Beutel aus schmuddeliger Baumwolle in der Schublade, die Art Beutel mit einer Kordel, wie Kinder sie für ihre Murmeln haben, nur ein gutes Stück größer. Sie nahm ihn und wog ihn in ihren Händen. Er war unförmig und schwer. Sie zog die Kordel auf und öffnete ihn. Darin lagen Banknoten.

Lieber Gott, dachte sie, hat er jemanden überfallen? Ist es spirituelles Geld oder kann man damit einkaufen? Sie nahm das oberste Bündel heraus und legte es sich auf den Schoß, als wollte sie es wiegen. Echt sah es aus. Es schien, als hätten sich die kleinen Sixpence-Münzen vermehrt, die er in sein Taschentuch gewickelt hatte. Es waren Scheine einer Währung, die sie noch nie gesehen hatte.

Roisin O'Halloran leerte den Beutel aus, drehte die Bündel in ihren Händen und fuhr über die Ränder. Sie wusste nicht zu sagen, wie viel Geld es war. Es würde ewig dauern, es zu zählen, und sie war sicher, dass es für alles reichen würde, was sie kaufen wollte.

So. Sie saß eine Weile da und dachte nach. Sie wollte ihn zurück, ja. Sie stellte sich die Stunden, Tage, Monate, Jahre vor, in denen sich ihr Herz nach ihm verzehren würde. Aber das einmal beiseite gelassen – fühlte sie sich nicht bemerkenswert getröstet? Schließlich musste sie jetzt nicht bettelnd an die Türen von Bauernhöfen klopfen und auch an keine Klostertüren. Niemand würde sie beherbergen und ihr Almosen geben müssen, nicht solange dieses Geld reichte, und angesichts ihrer bescheidenen Gewohnheiten reichte es bestimmt eine ganze Weile. Und wenn es zu Ende geht, dachte sie, bin ich anderswo und auch selbst eine andere. Das Leben hat eine zweite Chance mit mir.

Und warum sollte es jemals ausgehen?, war ihr nächster Gedanke. Dies war keine gewöhnliche Münze, kein gewöhnliches Gold. Dieses Geld ist wie die Liebe, dachte sie. Wenn du etwas davon hast, wenn sie zu leben beginnt, kann sie sich vermehren, jeder einzelne

Teil von ihr teilt sich, verdoppelt und vervierfacht sich wie die Zellen eines Embryos.

Sie warf einen Blick auf ihren papiernen Ehering. Ich könnte mir einen richtigen kaufen, sagte sie sich. Ihre Laune stieg. Sie nahm ein Bündel Geldscheine und drückte es sich gegen die Wange. Und dann sagen sie, dass es die Wurzel allen Übels sei. Nun, die Protestanten sagen es. Die Katholiken wissen es besser.

Sie legte das Geld zurück, Bündel um Bündel, jedes an seinen Nachbarn geschmiegt, zog die Kordel zu und verstaute den Beutel vorsichtig unten in ihrer Tasche, nahm den Brief vom Kissen, faltete ihn zusammen und legte ihn ebenfalls hinein. Er war sehr klar. Falls ihr jemand Fragen stellen sollte, stand da: *Das Gold gehört dir.*

Sie trat ans Waschbecken und sah zu, wie das warme Wasser aus dem Hahn sprudelte. Sie nahm ihren Waschlappen, machte ihn nass, wrang ihn aus und wusch sich am ganzen Körper mit duftender Seife. Anschließend ließ sie das Wasser ab, füllte das Becken aufs Neue und wusch sich noch einmal mit klarem, fast kaltem Wasser. So leben Leute, dachte sie. Wenn sie wollen, können sie jeden Morgen aufstehen und sich so waschen.

Sie zog sich an. Sie hatte nur das Kostüm, sich aber daran gewöhnt. Schließlich, dachte sie, gibt es wichtigere Dinge, als sich zu sorgen, was die Leute über einen denken.

Sie machte das Bett, setzte sich und weinte fünf Minuten lang. Sie stoppte die Zeit mit der Uhr, sie hatte das Gefühl, so viel sollte ihr erlaubt sein. Weil sie gewusst hatte, dass er sie verlassen würde. Sie stellte sich nicht vor, dass es anders hätte kommen können.

Als die fünf Minuten um waren, ging sie ein letztes Mal zum Waschbecken, hielt eine Ecke des Waschlappens unter das kalte Wasser und betupfte ihre Augen. Sie richtete sich auf, betrachtete sich im Spiegel und band sich das karierte Kopftuch um. Was die Leute dachten, war nicht wichtig, aber es wäre zu schade, wenn man sie aufgriffe und in ein Irrenhaus steckte. Sie öffnete den Vorhang. Eine mächtige Welle Sonnenlicht ergoss sich ins Zimmer und spülte über den Schrank, die Kommode und das frisch gemachte Bett. Roisin trat einen Schritt zurück und staunte.

Endlich verließ sie schüchtern das Zimmer und schlich den Korridor hinunter, vorbei an den schmierigen, verrußten großen Fenstern mit ihren schmutziggrauen Netzgardinen und den purpurnen, von goldenen Kordeln und Quasten zurückgebundenen Samtvorhängen, die sie an Kardinalshüte und Wappen erinnerten. Sie ging die breite Steintreppe hinunter und trat an den Mahagonialtar, hinter dem die blasse Person stand und sie höflich grüßte. Sie sagte, sie wolle die Rechnung bezahlen, worauf die blasse Person äußerst überrascht antwortete, das habe der Herr Doktor bereits getan. Wo war er, der Herr Doktor?, wollte er wissen. Der sei schon weg, sagte sie.

O, verstehe, dann sollten Sie das Zimmer ebenfalls möglichst schnell verlassen, *Mrs* Fludd, sagte der Mann. Wie sie feststellen musste, veränderte sich seine Art ihr gegenüber schlagartig, und er war bei Weitem nicht mehr so höflich. Aber sie sagte nur sanft, das habe sie bereits, sehe er denn nicht ihre Tasche? O, Sie hätten sich helfen lassen sollen, *Madam*, sagte die blasse Person, Sie wollen sich doch nicht überanstrengen. Und als sie ihm den Schlüssel gegeben hatte und das rutschige Foyer durchquerte, diese marmorne Verschwendung, die einem vereisten See glich, hörte sie ihn zu einem Kollegen sagen: Also, kannst du das glauben, Tommy, ich habe immer gedacht, ich würde sie aus einem Kilometer Entfernung erkennen. In meinen gesamten zwanzig Jahren im Hotelfach habe ich noch keine so verdammt komisch aussehende Nutte gesehen.

Es war einer jener im Norden Englands seltenen Tage, an denen eine blasse Sonne jeden einzelnen schwarzen Zweig der winterlichen Bäume mit ihrem Licht hervorhebt, der Frost einen goldenen Schleier über die Bürgersteige breitet und die großen Gebäude, die Tempel des Handels, schimmern, als wären ihre Mauern aus Luft und Rauch. An diesen Tagen schüttelt die Stadt ihren grimmigen arktischen Charakter ab, und ihre Bewohner verlieren ihre Bitterkeit und Knauserei.

Anmut und Freundlichkeit überziehen ihre harschen Züge, als trüge die blasse Sonne genug Wärme und Kraft in sich, ihre Herzen zu entzünden. Büroangestellte sehnen sich danach, Mozart zu hören, Wiener Backwaren zu essen und mit Feigen aromatisierten Kaffee zu trinken. Putzfrauen wischen summend die Flure und lassen ihre kräftigen Absätze wie Flamenco-Tänzerinnen über den Boden klacken. Canaletto verharrt auf der Blackfriars Bridge, um die Perspektive aufzunehmen, und auf dem Manchester Ship Canal gehen Gondolieri ihrem Gewerbe nach.

Roisin O'Halloran eilte zum Bahnhof, kam unter den großen Plakatwänden durch, die sich die London Road hinaufwanden, und falls jemandem ihr blaues Sergekostüm und die schwarzen Turnschuhe auffielen, sah er darin einen Teil der Besonderheit dieses Tages. Ihre Augen und Wangen brannten, aber es war eine berauschende Kälte, und alles um sie herum, die goldenen Bürgersteige, die Gesichter der Menschen, die bunten Bilder über ihrem Kopf, kam ihr wie neu geschaffen vor, über Nacht auf eine ungekannte, geniale Weise produziert, die alles sauber, klar und leuchtend hatte werden lassen, die Gesichter makellos, die Plakate makellos, die Bürgersteige ohne jeden Schmutz. Ich könnte überallhin, dachte sie. Zurück nach Irland. Mit dem Schiff. Wenn es mir gefiele. Oder nicht.

Als sie in die London Road Station kam, in die laute Dunkelheit voller Rauch und Dampf – und der Eisenbahnlärm brach in Wellen gegen das Dach –, stellte sie ihre Tasche vorsichtig zwischen ihren Füßen ab, sah hoch zur Anzeigetafel mit den Zügen und suchte sich einen aus.

Vater Angwin wachte spät auf. Miss Dempsey brachte ihm seinen Tee ans Bett, und es war das erste Mal in all ihren gemeinsamen Jahren, dass sie so etwas tat. Die Marienkinder wären empört, dachte sie, wenn sie wüssten, dass ich im Schlafzimmer eines Priesters bin, während er in seinem Bett liegt. Vielleicht würde ich verstoßen und auf ewig in Ungnade fallen.

Wie auch immer, es würde ihn auf das vorbereiten, was der Tag bringen musste: Fragen, Ausflüchte, Erkenntnisse. Die Zeit wird kommen, dachte sie, da wir auf die Geschehnisse dieser Tage zurückblicken und von einer Zeit der Wunder sprechen werden. Sie berührte die Stelle, wo die Warze gewesen war – wann immer sie seit gestern Morgen an einem Spiegel vorbeikam, und sie hatte vor, noch viele weitere aufzuhängen, blieb sie stehen, sah sich an und lächelte.

Aber zunächst einmal mussten sie sich mit der Polizei auseinandersetzen. Um neun Uhr kam der Chief Constable persönlich. Er war ein moderner Polizist, jugendlich frisch und kaltäugig, und nichts gefiel ihm besser, als mit seinem großen schwarzen Wagen durch die Diözese zu rasen.

Auf Gemälden nehmen Engel verschiedene Gestalten an, um ihre Botschaft zu verkünden. Einige haben Vogelknochen und winzige Füße, dazu Flügel, die wie der Rücken eines Eisvogels schimmern. Andere, mit feinem, gekräuseltem Goldhaar, tragen den sittsamen Ausdruck einer Musiklehrerin auf ihren Zügen. Einige Engel wirken eher männlich, mit großen, affenartigen Füßen, die sich ins Pflaster graben. Ihre Flügel sind von der nassen Festigkeit großer Meerestiere.

Auf dem Gemälde *Madonna col Bambino* von Ambrogio Bergognone ist die Frau silbrig blass, ihr Kind dicklich und wohlauf. Es ist so ein Baby, das bereits laufen würde, wäre es nicht zu träge und so schwer, dass es einem die Arme schmerzen lässt. Sie hält es mit einer Hand, seine Füße stehen auf einem dunkelgrünen Tuch.

Auf beiden Seiten von ihr sind offene Fenster mit Blick hinaus auf eine staubige, belebte Straße. Eine Gestalt mit einem Korb kommt auf uns zu, von uns weg bewegen sich zwei andere, in ein Gespräch vertiefte Personen, gefolgt von einem kleinen, weißen Hund mit buschigem Schwanz. Das Kind spielt mit den Perlen eines Rosenkranzes, womöglich Korallen.

Vor der Frau liegt ein offenes Buch. Sie liest den ersten Psalm, dessen Botschaft äußerst beruhigend ist: *»Denn der Herr kennt den Weg der Gerechten, der Weg der Frevler aber führt in den Abgrund.«*

Auf den ersten Blick erscheint der Gesichtsausdruck der Jungfrau unergründlich traurig. Erst bei näherem Hinsehen erkennt man fast so etwas wie ein Grinsen um ihre vollen Lippen und Befriedigung in ihren großen, dunklen Augen.

Die englische Originalausgabe erschien 1989
unter dem Titel ›Fludd‹ bei Viking, London.

Erste Auflage 2017

Übersetzung: Werner Löcher-Lawrence
Umschlaggestaltung: Lübbeke Naumann Thoben, Köln
Satz: Angelika Kudella, Köln
Gesetzt aus der Garamond Pro und der Finnegan
Druck und Verarbeitung: GGP Media GmbH, Pößneck
Gedruckt auf säurefreiem und chlorfrei gebleichtem Papier
Printed in Germany
ISBN 978-3-8321-9872-5

www.dumont-buchverlag.de